地域文化视域下的东北流亡文学

东北流亡文学史料与研究丛书·研究卷

姚　韫

阎丽杰　著

北方联合出版传媒(集团)股份有限公司
春风文艺出版社
·沈　阳·

主　编　张福贵
研究卷主编　韩春燕

图书在版编目（CIP）数据

地域文化视域下的东北流亡文学 / 姚锟，阎丽杰著
. —沈阳：春风文艺出版社，2019.11（2024.1重印）
（东北流亡文学史料与研究丛书）
ISBN 978 - 7 - 5313 - 5646 - 2

Ⅰ. ①地… Ⅱ. ①姚… ②阎… Ⅲ. ①地方文学 — 现
代文学 — 文学研究 — 东北地区 Ⅳ. ①I209.93

中国版本图书馆CIP数据核字（2019）第180038号

北方联合出版传媒（集团）股份有限公司
春风文艺出版社出版发行
沈阳市和平区十一纬路25号　邮编：110003
河北浩润印刷有限公司印刷

责任编辑：姚宏越　刘　维　　　责任校对：曾　璐
封面设计：马寄萍　　　　　　　幅面尺寸：155mm × 230mm
字　　数：179千字　　　　　　印　　张：13
版　　次：2019年11月第1版　　印　　次：2024年1月第2次
书　　号：ISBN 978-7-5313-5646-2
定　　价：49.80元

序　言

不同的地域孕育着独具特色的文学。地域对文学的影响是一种综合性的影响，这包括地理环境、气候等自然条件，更包括历史沿革、民族风貌、风俗民情、语言乡音等形成的人文环境因素。"东北流亡文学"是带有浓郁的地域色彩和鲜明的时代印记的文学，它是指1931年九一八事变以后，从东北流亡到关内的东北文学青年创作的以东北人及其生活为主要书写对象的文学作品。东北流亡文学的创作主体即是从东北流亡到关内的东北文学青年，他们亦被称为"东北流亡作家"。其主要作家有萧军、萧红、端木蕻良、骆宾基、罗烽、马加、白朗、舒群、李辉英、穆木天、林珏、蔡天心、高兰、塞克等。有学者指出，它是相对于东北沦陷后的"十四年殖民地文学"而独立存在的一种文学形态。它是中国现代文学整体结构的一部分，既融汇在"左翼文学""抗战文艺""延安文艺"之中，又因内在的文学精神而相对独立成形。① 杨义在《中国现代小说史》中对东北流亡作家给予高度评价："东北流亡作家是一个有潜力、有才华的作家群，在三五年间，它经历了萌发、崛起、成熟的发展过程，艺术上也由初期的粗糙峻急，迅速转向雄健壮阔、深邃凝实。在现代文学史上，如此紧贴时代潮流而波澜迭起，风格独特而丰富多彩的作家群，是不多见的。"②

① 沈卫威：《关于"东北流亡文学"的思考》，《山东师大学报》（社会科学版）1989年第6期，第66页。

② 杨义：《中国现代小说史》，人民文学出版社，1993，第525页。

九一八事变的爆发，对中国现代历史进程的影响是全方位的。本书在观照东北流亡文学创作的时代语境（国土沦丧、民族危机）的前提下，更将其放在地域文化的场域中，运用文化人类学、民俗学、语言学等相关理论加以解读。纵观东北流亡作家群的创作，始终彰显着特有的东北文化地域特质，黑土地厚重的自然原野和深广的历史文化构成其创作底蕴。东北的文化资源为他们的创作提供着源源不断的素材和动力，地域文化的乳汁，已经化为他们的血肉，滋养着他们的创作。东北地域文化对生于斯长于斯的东北作家的精神气质、文化心理、价值取向产生了不同程度的影响与浸润，内化为"集体无意识"。这具体表现在东北流亡文学的题材选择、人物塑造、情节构思、叙述风格、民俗世相的呈现、审美价值取向、语言表达等方面。

　　九一八事变及此后十四年的悲惨历史，促使中国现代文学史产生了一个带有深刻历史投影的"东北文化现象"，出现了以萧军、萧红为代表的东北流亡作家的集体叙事，我们可将其形象地称为苦难的"东北叙事"。这一叙事不仅聚焦于九一八事变引动的东北创痛，同时也带有更为深沉的哲学思考，即根植、成长于黑土地的东北文化，在中华版图及中华民族数千年光阴中的地域定位、历史定位问题，如何理解这一动荡不休、灾变与生机并存的"苦难文化"，如何站在大中华的战略高度上正视复杂的"东北问题"，这对形成完整意义上的抗战文化认知至关重要。

　　这些因战乱被迫流亡的东北作家，他们心中怒燃着国仇家恨之火，他们眼中映射着黑暗与光明轮转的岁月期待，他们渴盼借笔下生动的人物之口获寻一个继往开来的"东北解答"。简言之，抗战时期流亡关外的东北作家们所要表述与传递的，不仅仅是日寇铁蹄下东北民众苦难的哀鸣，更有着对东北文化的反思，对东北出路的诘问。这种思考触动光阴，触及灵魂，触发了一系列纠结话题的梳理与引申，这绝不是一个轻松的过程，其内涵的巨大的现实意义，恐怕直到今天依然需要我们肃目以视、静心面对。

长期的灾祸动乱，由古至今的多民族冲撞亦交融的跌宕历史，使东北文化灌注着一种筋脉偾张、热血奔流的独特质素，这一文化衍生的歌曲悲凉而慷慨，这一文化催生的文字火辣而张扬，它彰显着俗中见雅的壮丽豪迈，也透着笑傲江湖的苦难中的达观，所以，这一特殊时代、特殊地域中聚成的作家群体，有着个性鲜明的东北气质，这气质，饱浸着不容混同的地域属性与时代属性，因而别具魅力。

　　在东北流亡作家笔下，无论写人写景，还是说理抒情，无论是昂扬放歌，还是委婉低吟，文字的背后都奔跃着不可按捺的激情律动，仿佛在无边的黑夜中忽见一星希望的萤火的兴奋，仿佛在暴风骤雪中惊见茅舍炉火的冲动。那种流淌于字里行间触目皆是的不可抑制的心曲倾吐，令人望文即动情，掩卷而感动，这文字，天生便烙刻下醒目的东北标识，散发着回味无穷的东北味道。沉浸于这独一无二的东北叙事中，我们既能回首东北的曾经，也可眺望东北的未来；既能读懂东北人的家国情思，也能参破他们的内心渴盼。而由东北至中国，从"中国之一角"走来，重新俯瞰泱泱中华的辽阔版图，自然别有一番滋味在心头。

目　录

第一章　亡国之痛与生死场的书写

　　1931年九一八事变后，东北沦为日本侵略者的殖民地，白山黑水生灵涂炭，东北民众遭受异族的欺凌与蹂躏。有着切肤之痛的东北流亡作家以一种强烈的爱憎交织的群体意识和饱含血泪的文字，书写东北的灾难以及东北人的觉醒与抗争。从中国现代文学史上第一部以东北抗日斗争为题材的长篇小说《万宝山》（李辉英）开始，到在关内引起强烈反响的《生死场》（萧红）和《八月的乡村》（萧军），再到《没有祖国的孩子》（舒群）、《边陲线上》（骆宾基）、《大地的海》（端木蕻良）、《伊瓦鲁河畔》（白朗）、《呼兰河边》（罗烽）、《登基前后》（马加）……可以说，日寇入侵的暴行和东北人的奋起反抗始终贯穿于东北流亡作家的"东北叙事"之中。

第一节　抗战文学的先声：流亡者的歌哭

　　东北流亡文学的创作是东北流亡作家在经历了丧失家园之痛后的一种文学的自觉。流亡在上海的青年作家李辉英于1932年3月至5月间，创作了中国现代文学史上第一部以东北抗日斗争为题材的长篇小说《万宝山》（1933年3月出版）。作品以吉林"万宝山事件"为素材，描写了农民联合起来组织自卫队反抗日本军警的英勇壮举。虽然作者创作这部小说仅用了八十余天，属于急就章，但是它对于抗战文学的作用却是举足轻重的。"它是东北三千万同胞沦于日寇侵略者铁蹄下陷入水深火热之中的最初写照，是文学创作中反抗日本帝国主义侵略行径的最初的呐喊，它当之无愧是东北抗日文学的先声。"①诚如作者所言："我是在一九三一年九一八事变以后，因为愤怒于一夜之间失去了沈阳、长春两城，以不旋踵间，又失去了整个东北四省的大片土地和三千万人民被奴役的亡国亡省痛心的情况下，起而执笔为文的。""作为生养在东北大地上的一分子，我不能放弃任何可以打击敌人的具体行动。执干戈以卫社稷，属于兵哲人的职责，我非武人，但因报国不容袖手，于是联想到纵然不能真刀真枪与倭寇拼个你死我活，目前应以手中掌握的一支笔，横扫妖氛，取得最后的胜利大有必要。"②

在完成《万宝山》的创作后，李辉英曾潜回东北，先后到吉林、长春、哈尔滨、沈阳、大连等地，对沦陷的故土进行了两个多月的实地考察。返回上海后，他以这次回乡的所见所闻为素材，创作了一大批抗日救亡主题的小说和散文，先后出版了《两兄弟》《丰年》《人间集》三部短篇小说集。李辉英创作于1942年5月到1944年的长篇小说《松花江上》，写的是松花江畔的一个山村，居住的大多是从山东来的移民，他们开荒种地，打下了家业。九一八事变后，日本侵略者占领了山村，横行霸道，逼得善良的农民们不得不组织起义勇军，采取联合行动，包围了县城，准备给敌人以沉重的打击。这是一曲东北义勇军为民族生存而战的英雄赞歌。李辉英回忆说，自己一直是"怀着不共戴天的仇恨来执笔写反日的作品的"。

同样流亡在上海的穆木天在推动诗歌大众化的过程中，痛感于家乡沦丧、生灵涂炭，创作了《别乡曲》和《守堤者》两组感伤与义愤交织的诗篇（收入《流亡者之歌》），控诉日寇对东北同胞的残杀，讴歌家乡人民的反抗斗争，抒发了流亡者的思乡之情。罗烽以纪念九

---

① 王吉有：《东北抗日文学的先声》，《抗战文艺研究》1986年第3期。
② 李辉英：《三十年代初期文坛二三事》，长春出版社，1988，第11页。

一八事变为题材创作了《伟大的纪念碑》《这是民族灭亡的警钟第一声》《五年祭》等诗作。1931年的9月18日是国耻日,是令人痛心疾首的日子,也是激励中华民族奋起抗争、救亡图存的日子。在《伟大的纪念碑》中,诗人把"九一八"称作"伟大的纪念碑",并不是因为它记载着什么人或什么时代的杰出贡献和丰功伟绩,而是说它深深地刻下了日本帝国主义在中国肢体上活活地撕去东北的弥天大辱。诗人要人们牢牢记住敌人的侵略罪行,念念不忘"九一八",念念不忘沦亡。

> 我们记得:是谁喊着不抵抗,
>
> 我们记得:谁是抗战的英雄,
>
> 这一日突破历史的耻辱,
>
> 这一日也突破历史的光荣!

这振聋发聩的控诉和怒吼,震撼着人们的心灵,诗人在无情地揭露了日寇的血腥罪行的同时,又痛斥了国民党反动政府的不抵抗政策,并暗示只有中国共产党及其领导下的革命人民,才是"抗战的英雄"。诗人对时代的光明前景充满着坚定的信念:抗战——"这是侵略者的丧钟第一声!"

饱尝国破家亡之痛,深受颠沛流离之苦,罗烽在九一八事变五周年纪念之时,向被日军铁蹄践踏下的故乡,献上《五年祭》一诗,倾诉衷情。但是,这里没有悲悲切切的哀叹和哭泣,只有一颗充满着"耻辱和仇恨"的心。罗烽发表过的唯一长诗《碑》,是自序传性质的三部曲:《奴隶的辱印》《祖国的海岸》和《明天,我回到故乡去》。《奴隶的辱印》,记录了东北大地上的悲哀与苦难,人民心灵里积压着的沉重的难以忍受的耻辱和愤怒。故乡的山川、田野、物产、一草一木,使诗人深深地迷恋。但是,诗人并没有把故乡的现实理想化,故乡有他所热爱的,也有他所仇恨的。在那里,军阀统治使东三省到处是"精神和肉体的绞刑"。九一八事变后，故乡浸在血泊中，人民的苦难之上堆积了更多的苦难。诗人死里逃生，离开家乡，带着遍身斑驳的"殖民地奴隶的辱印"，带着国破家亡的深仇大恨。在诗的第二部分《祖国的海岸》中，诗人抒发了犹如大海波涛一样汹涌澎湃的爱国热情。祖国的海岸，是"厄运的岸"，"灿烂的史迹"面临着一同陆沉海底的严重危机。他敲击着祖国的海岸，呼唤祖国觉醒。在长诗的第三部《明天，我回到故乡去》里，诗人为神圣的抗战而欢呼，而放歌。同仇敌忾，万众一心，誓将"耻辱平复""仇恨扫尽"。诗人预言，明天，我们将会唱着欢快的凯歌，生出"鹰的翅膀"飞回故乡。[1]

如果说，李辉英的《万宝山》开抗战文学长篇小说创作的先河，那么1935年作为"奴隶丛书"出版的萧军的《八月的乡村》和萧红的《生死场》则为中国抗战文学开辟了广阔的天地，"带给了中国文坛一个全新的场面。新的人物，新的背景"，引起了轰动效应，令读者"齐声叹服"[2]。于是，当时分散在哈尔滨、北平、青岛的大批东北籍作家纷纷南下，群聚上海，构成了盛极一时的具有相关的群体意识、政治倾向、审美追求和心理机制的东北流亡作家群。

值得一提的是，《八月的乡村》出版时，国民党政府正推行不抵抗政策，不准言"抗日"二字，当时的报刊，连"东北沦陷"和"九一八事变"的字样也必须回避。下面是邢富君对萧军的专访《柳岸青青访萧军》中的一段：

> 萧军回忆当时的情形说："那时蒋介石有明文规定，言抗日者杀无赦。我是对准刺刀尖去的，当时有些人不敢这样。你不敢，我敢了，这一点就比你高明。"
>
> 他的声调里蕴藏着一种不可抑制的激情，青春热血仍在

---

① 高擎洲：《为民族解放而呐喊——罗烽诗歌创作略论》，《社会科学辑刊》1982年第6期，第133页。

② 乔木：《八月的乡村》，《时事新报·每周文学》1936年2月25日。

这位老人的血管里涌动着！我受了感染，禁不住称赞他当年的勇气。

萧军却轻轻笑了："什么勇气呀！有人管我叫亡命徒，说我是闯大运。老实讲，我那时只想，作品能让一个战斗者读到我就满足了。我有点实用主义，革命需要它，能达到目的就完，别的怎么样我不考虑，我写任何作品都是这样。"

由此可见，萧军的《八月的乡村》和萧红的《生死场》的出版对于中国抗战文学具有重大意义。马加的《登基前后》（1936年）真实地记述了伪满洲国皇帝登基前后东北农村的黑暗现实和农民的悲惨生活。作者以纯正的东北语言和奔放的感情，展示了以陆有祥为代表的贫苦农民们的正义反抗，格调沉郁，具有一种悲壮之美。浓郁的地方风俗人情与之相融合，更增加了作品的文化底蕴。蔡天心的《东北之谷》（1937年）是凝聚着作者深沉的历史感和民族感的中篇佳作，作者试图从更为广阔的社会空间和更为纵深的历史空间，发掘东北民众烙印于心的民族之魂。作者精描细摹东北人民在反抗侵略和压迫的斗争中所呈现出的雄姿与风采，展现出以史诗般的语言而涂就的一幅幅壮美的图景，给人以心血的沸腾和战取光明的勇气。1936年骆宾基从哈尔滨流亡到上海，开始写作处女作《边陲线上》。作品描写了一支由苦工、学生、商人、胡子混合成的民族反抗队伍，展示了东北人民面对异族侵凌揭竿而起的原始状态。作品广泛地触及了边陲之地犬牙交错的民族矛盾。作者把人物的活动放在高山丛莽、虎啸狼嚎、雾罩鸦鸣的塞外荒凉环境中，更加有力地突出了这支抗日队伍生存的艰难。

逄增玉认为，九一八事变后关内文坛上虽然出现了周扬所描述的反帝文学高潮，但多数作品由于或者缺乏生活体验，或者过分"贴近"现实等主客观条件的限制，往往流于茅盾当时指出的新闻记事的"小说化"。东北流亡作家的创作改变了这一情形。他们直接地大规模地表现中国人民与帝国主义侵略者之间血与火的搏斗，将近代以来我国反帝爱国文学推进到一个新的阶段，极大地深化了五四新文学的反帝主题，改变了现代小说中直接表现反侵略斗争作品较缺乏的局面，开拓了现代小说中的新的题材领域。①

可以说，日本帝国主义入侵使东北沦陷，东北作家被迫流亡，而流亡的东北作家具有相同的经历，他们亲身体验了被侵略和被奴役的苦果，那种无家可归的伤痛和对侵略者的无比仇恨，都从他们的笔端自然地流露出来。而且应该说，同样的感受给了他们同样的渴望，一面是揭露日本侵略者的暴行，一面是书写东北的苦难生活，礼赞东北人的觉醒与抗争。他们通过自己的切身经历和感受，以其饱含血泪的创作，控诉日寇的暴行，诉说东北人民的不幸，表现东北人民不屈的意志和斗争。这是直接的客观原因。

抗战爆发以后的政治现实向革命文艺提出了创作抗日反帝题材以唤醒民族意识的任务，这也是左翼文学的任务。抗战爆发以后，东北流亡作家的作品，最早向全国人民描绘了日伪统治下的东北社会的真实图景，表现了抗日救国主题，以及中华民族在日本侵略者面前的强烈民族感情和爱国主义精神。东北流亡作家的创作情绪和创作内容，正好应和了左翼文学的要求。这是东北流亡作家形成的最有利条件。诚如学者王富仁所分析的："正是有了左翼文学的存在，东北流亡内地的知识分子才有了自己同声相应同气相求的伙伴，才有了发表自己文学作品的阵地。……左翼文学到底提供了给他们表达自己独立生活感受、社会感受和精神感受的文化空间，到底没有拒绝他们偏激的情绪和粗粝的声音。东北作家首先找到的是鲁迅，虽然鲁迅像当代批评家所说的那样没有比自己更阔的朋友，但他却没有拒绝这些比自己更不阔的朋友。是鲁迅，把东北作家一个个推上了文坛，并使这个作家群体逐渐壮大起来，成了左翼文学内部的一个独立的流派。可以说，

---

① 逄增玉：《新时期东北作家群研究述评》，载《黑土地文化与东北作家群》，湖南教育出版社，1995，第297页。

没有左翼文学，没有鲁迅，就没有东北作家群的产生和发展，就没有中国现代文学史上的这个独立的文学流派和文学现象。正是他们，在中国的文化史上，第一次把在当时东北这块大地上、在日本侵略军的铁蹄下形成的独立的生活体验、社会体验和精神体验带入到整个中国文化中来，成了整个中国现代文化的一个有机组成部分。"[1]

东北流亡作家文学创作上的成就离不开鲁迅的提携和关怀。鲁迅先生帮助出版了《跋涉》（萧军和萧红合著）、《八月的乡村》（萧军）和《生死场》（萧红）并为之作序。当萧军、萧红纠结于《生死场》和《八月的乡村》所选题材是否合乎革命文学运动的主流时，鲁迅立即写信答复"不必问现在要什么，只要问自己能做什么"[2]，消除了二人创作上的顾虑。当《八月的乡村》出版后，有人质疑萧军"野气太重"时，他写信给先生请教这"野气"要不要改掉。鲁迅复信说："大约北人爽直，而失之粗，南人文雅，而失之伪。粗自然比伪好。"并对萧军所谓的"野气"大加赞赏。萧红初到上海困苦于创作不出作品的时候，曾写信半开玩笑地请求鲁迅用教鞭鞭策她，鲁迅却风趣地复信说："我不想用鞭子去打太太，文章是打不出来的，从前的塾师，学生背不出书就打手心，但愈打愈背不出，我以为还是不要催好。如果胖得像蝈蝈了，那就会有蝈蝈样的文章。"[3]鲁迅在信中劝勉道："一个人离开故土，到一处生地方，还不发生关系，就是还没有在土里下根，很容易有这一样情境……我看你们的现在的这种焦躁的心情，不可使它发展起来，最好是常到外面去走走，看看社会的情形，以及各种人的脸。"[4]萧军、萧红把鲁迅当作"光芒耀眼的灯塔"。1936年端木蕻良怀着崇敬的心情给鲁迅先生写信，请教题材创作问

① 王富仁：《三十年代左翼文学·东北作家群·端木蕻良》（之二），《文艺争鸣》2003年第2期。

② 萧军：《鲁迅给萧军萧红信简注释录》，黑龙江人民出版社，1981，第17页。

③ 马蹄疾：《鲁迅生活中的女性》，知识出版社，1996，第235—236页。

④ 马蹄疾：《鲁迅生活中的女性》，知识出版社，1996，第235—236页。

题："怎样向东北草原的农民的生活的深处去发掘呢，这个问题深深地苦恼着我。以怎样的原始的岸傲的雄健，他们的反抗与革命的斗力合流呢？"①鲁迅鼓励端木蕻良写成长篇小说《科尔沁旗草原》。骆宾基的《边陲线上》虽然与鲁迅擦肩而过，但写作中也先后收到重病中的鲁迅的两次回信。当然，鲁迅对于东北流亡作家的帮助不仅体现在文学创作上，在物质上也是竭尽所能给予资助。萧军和萧红初到上海，举目无亲，连一张床也没有，是鲁迅从木刻家黄新波那里要了一张床，才使萧军萧红结束了打地铺的日子。没钱吃饭的时候，鲁迅就把自己的稿费送到他们手中；写出作品来，鲁迅就四处为他们寻找发表的地方。为了让他们很快熟悉上海的环境，广交上海文艺界的朋友，鲁迅还特地以祝贺胡风儿子满月为由，在梁园豫菜馆设宴特请胡风及夫人梅志、茅盾、叶紫、聂绀弩，把萧军和萧红介绍给他们，并当场要叶紫（与二萧的年龄相仿）做二萧的向导。流亡生活所造成的不幸在所难免，饥饿、寒冷时时威胁着他们的生命，郁结在他们心中的创作情结以及写成的作品，就像星星之火，极易被泯灭。在危难中，鲁迅、茅盾、巴金、巴人等纷纷伸出了援助之手，鼎力相助，使东北不知名的小人物们一下子在全国闻名。②东北流亡作家群的主要作家与冯雪峰、胡风、聂绀弩等左翼文化人士也交往颇多。聂绀弩为《萧红选集》写序，胡风为萧军的《八月的乡村》和萧红的《生死场》写评论。骆宾基的《边陲线上》也是在茅盾、巴金、巴人等人帮助下，于1939年11月得以出版。③

东北流亡作家群的作品是带着生命热度和饱含激情的。沦为亡国奴的父老乡亲的呻吟、咆哮和逃亡后所见到的灯红酒绿之间的强烈反差，使东北作家感到双重的悲愤。在这种难以承受的遭遇下写出的作

---

① 端木蕻良：《致鲁迅》(1936年7月10日)，载《端木蕻良文集》(第8卷·下卷)，北京出版社，2009，第3页。
② 马蹄疾：《鲁迅生活中的女性》，知识出版社，1996，第235—236页。
③ 韩文敏：《现代作家骆宾基》，北京燕山出版社，1989，第17页。

品，在人物的选择、情感的触发、景物的描绘等方面，往往表现出强烈的民族忧患意识、浓郁的乡土寻根情结、平凡卑微的人生体验、孤独者的不懈追求。他们的逃离，正如罗烽在《呼兰河边》后记中所说，"不过是一只被灾荒迫出乡土的乌鸦，飞到这'太平盛世'"，用"粗糙刺耳的嗓门"把"几年来积闷的痛苦倾泻出来"，"一方面是庄严的工作，一方面是荒淫与无耻"的特定现实。端木蕻良为纪念"九一八"五周年而作的《爷爷为什么不吃高粱米粥》就是这种苦闷至极的激愤声音的倾吐。他让一个六岁孩童幼嫩、娇弱的心灵去感受生活的沉重、悲苦、凄凉，写他对生活懵懂的恐惧。他将关内所谓纪念"九一八老娘们"的无关痛痒的形式与做作同东北人民艰难的生存与切肤的悲痛做鲜明对比。这是他的英雄梦不能实现的苦闷：欲报国死无战场。他的热情遭到禁锢，进而感到无奈、焦灼、愤怒乃至义愤填膺。《浑河的急流》（1937年）是端木蕻良最早表现民族意识、抗日情绪高涨的小说，描写了东北人民从屈辱忍耐到奋起抗争的历程。小说开篇一段浑河左岸白鹿林子一带秋景的描写，蕴含着祖国版图在变色、大好山河在沦陷、人民在惨遭欺辱。"金声"内心从小对日本侵略者有着深仇大恨，他平时练刀的游戏就隐含了"杀日本"的意思。在浑河两岸的猎户酝酿暴动之时，他成为主要的参与者和联系者，并且抛却儿女私情，毅然走向战场。浑河之水映照着民族情绪的高涨，当浑河岸边的战斗打响，猎户们拉起队伍投奔义勇军时，送别爱人的水芹子"眼前仿佛看见浑河的水翻腾着流去"。她的战斗豪情因此激发出来，决心实践自己"用血把浑河的水澄清了"的誓言。在端木蕻良的小说《大地的海》中，农民在一望无垠的高粱地上发出的咆哮体现的正是东北人民的野性和力量，一种从东北的历史积淀和山河大野中喷发出奔腾的生命洪流。即使如《鸳鹭湖的忧郁》通篇弥漫着郁闷、绝望，但篇末却以"远远的鸡声愤怒地叫着，天就要破晓了"结尾，穿透满纸的郁闷，预示着光明的前景。端木蕻良的小说弥漫着"彻骨的忧郁"，交织着"繁华的热情"，并从忧郁中迸发出热情。在长诗《在故乡》（1936年）中，舒群愤怒地呐喊，不能忘记"故乡三千万奴隶在受着苦刑"，要"不怕仇敌，不怕世上的一切暴力""唱出人类的不平！写出世界的不公正"，大声疾呼："没死的弟兄，我们扬起枪支！"全诗气魄雄伟，感情奔放、跳动。

第二节　生死场的挣扎与抗争

日本帝国主义对东北的武装侵略和对这块殖民地十四年的统治，无疑是东北历史上一场空前的灾难，日寇铁蹄下东北民众苦难的哀鸣，惨绝人寰的画面成为东北流亡作家挥之不去的痛苦记忆。然而，知耻而后勇，这场空前绝后的民族灾难也促使了东北人的觉醒。因为它破坏了东北固有的秩序，在很大程度上摧毁了东北封建社会的超稳定结构和人的文化心理结构。因此，东北流亡作家笔下"北方人民的对于生的坚强，对于死的挣扎"给读者留下深刻的印象。

阅读东北流亡作家的作品，日寇在东北烧杀抢掠、奸淫无道的行径使读者感到触目惊心。无数东北百姓的胸膛被日寇的刺刀挑开，无数襁褓中的婴儿被日寇的魔掌摔死，无数东北女子被日寇强奸后割掉了乳房或分尸。活埋，砍头，"上大褂"，马鞭子蘸凉水往脊背上抽，从鼻孔灌洋油，"坐火车""擦肋条""挑脚筋"[1]……这些惨绝人寰的情节只有在东北流亡作家的作品中才看得到。正如梅娘所说，"侵略者造成的各种伤害，是嵌在我们的骨髓之中的"。

在萧军的《八月的乡村》中，我们看到的是这样惨不忍睹的场面："路上随时可以看到倒下去的尸体。女人们被割掉了乳头，裤子撕碎着，由下部流出来的血被日光蒸发，变成黑色。绿色的苍蝇盘旋着飞。"

---

[1] 端木蕻良：《端木蕻良小说选》，作家出版社，1993，第224页。

同样，在林珏的笔下也有类似描写："美丽的神仙洞，竟然放着早已被日寇奸毙的、光裸的姑娘，乳房被割掉，胸前留下的只有两块涂满血迹的伤痕。"（《神仙洞》）"偏僻的山村遭受着日军飞机的野蛮轰炸，绞着腥臭的黑烟，向天边滚腾起来，农民世代生息的地方，瞬间成为一片废墟。"（《山村》）"敌人的铡刀下，成年人被按卧在刀床上，刀口下去，热的血浆，从脖腔里一股一股地喷出来，土道的边缘上滴落无数红点。无辜的儿童也被拖进刀口去，脑袋滚落在马路边的车辙沟里，而一双发育不甚完全的小腿，还在那儿微微地颤抖。"（《铡头》）"在插着膏药形的旗子的煤矿，一具具矿工的尸体被丢掉河里，或是扔在山脚下，任野兽的吞噬。"（《鞭笞下》）

骆宾基的《边陲线上》中有这样的对话：

> "关二虎给毙掉了。"
>
> "那么，尸首呢？"
>
> "在杀人场岔道，头挂在树上。"

罗烽的《呼兰河边》写到一个十二三岁的放牛娃——附近村妇的独生子，被日本鬼子怀疑是抗日义勇军的探子而惨遭残害。鬼子吃了他放的小牛，并将他的尸身和牛的骨头扔在土岗后的草丛里。《第七个坑》讲述一位普通劳动者、皮鞋匠耿大，被日本侵略者抓去挖坑，活埋无辜同胞，一直挖了六个坑，埋了六个人，敌人又逼迫他挖了第七个坑埋他自己。耿大终于觉醒了，用铁锹把狰狞的敌人砍入即将埋自己的第七个坑中。作家通过发生在九一八事变后第三天沦陷区沈阳城的反对日寇活埋我无辜同胞的故事，反映了中华民族不可辱的反抗斗争精神。《考索夫的发》反映的是一个混血儿抗日救国的故事。考索夫的父亲是中国人、老实的木匠，他的母亲是俄国人。考索夫当初由于偏见，嫌弃父亲和自己的祖国，他拒绝叫杨继先的名字，考入俄国教堂学校读书……1932年日本侵略者占领了哈尔滨后，佐佐木、山崎等四五个日本人，鸡奸了美男子考索夫。父亲因去告发这些日本流氓，被害死在宪兵队。考索夫杀死了佐佐木和山崎，自己也被抓进宪兵队的监狱处死，留下了被剪掉的头发求人带给他的母亲。这篇小说题材新颖，愤怒地声讨了日本侵略者的野蛮兽行。骆宾基的《罪证》中的吴占奎，本是一个只知埋头读书、不问政治的北京大学法学院的学生，甚至九一八事变也没在他脑海里占有多大位置。但就是这样一个善良的书呆子，在寒假回东北珲春老家途中，却被日本侵略者无故搜查并以政治嫌疑犯的身份关押起来长达五年之久，最后被逼迫成疯子。再如，罗烽的《荒村》中被人称为"人妖"的女人，她是被日寇作践疯了的农民妻子，她蓬头垢面，每天躲到井里去过夜，常在死寂的夜里发出凄厉的歌声，最后被活埋在井里。类似的例子不胜枚举。即使在一些没有直接描写抗日战争的作品中，如端木蕻良的《科尔沁旗草原》，还有骆宾基描写大后方颓废军人或小百姓生活的篇章里，也都是以日寇的入侵和殖民统治为背景的。

日寇的入侵以及残暴的兽行，并没有泯灭东北人民的民族正义感，相反，激起了他们奋起反抗的汹涌热血。东北人民目睹着自己的兄弟姐妹、父母子女被侵略者杀害，目睹着自己的土地被强盗霸占的时候，他们用粗拙的力量，以"拼一个够本，拼俩赚一个"的精神奋起反抗了！他们或组成人民革命军，或参加抗日救国军，在敌人的刺刀和枪弹下，在敌人的酷刑威逼下，坚守着生命的尊严。

萧红的《生死场》展现的是20世纪20年代到九一八事变前后哈尔滨附近的偏僻农村农民的悲惨命运和他们的觉醒和抗争。小说的前半部（前九章）叙写东北农民在自然灾害和封建势力的奴役的双重重压下，贫困、愚昧、麻木地生活，动物般"糊糊涂涂地生殖，乱七八糟地死亡"。后半部叙写九一八事变后，日本帝国主义的侵略，烧杀抢掠，沦为亡国奴的农民奋起反抗，同仇敌忾的顽强精神。正如胡风在《〈生死场〉读后记》中所说："苦难里倔强的老王婆站起来了，忏悔过'好良心'的老赵三也站起来了，甚至连那个在世界上只看得见自己的一匹山羊的谨慎的二里半也站起来了。"为了抗日,他们喊出的是"千刀万剐也愿意",哪怕"我埋在坟里,也要把中国旗子插在坟顶,我是中国人!我要中国旗子,我不当亡国奴,生是中国人,死是中国鬼"。在一个神圣的时刻,"蚁子似的为死而生的他们现在是巨人似的为生而死了"。萧红那"钢戟向晴空一挥似的笔触"①已力透纸背,感人至深。

萧军《八月的乡村》中的李七嫂遭受了丈夫被鬼子杀死、孩子被鬼子摔死、情人被鬼子打死、自己又被糟蹋以后,仍然以顽强的毅力和复仇精神继续参加战斗。萧军这样写道:"她从昏迷中醒来,爬着捡起情人的步枪,凭借着树干颤抖着立起,抛开自己被鬼子撕碎的裤子,剥下情人的衣服,穿在自己身上。迈着坚决的、忍受的步子,去追赶抗日队伍。"

林珏的短篇小说《老骨头》塑造了程合——刚直不阿的具有民族正气和革命精神的老英雄形象。作者没有以大量的篇幅去叙述程合的生平和家世,而是将人物置于反击侵略者的战场。在祖国和民族危亡的时刻,这位年迈的老人竟然也投身到硝烟弥漫的战斗中了。他不顾任何人的劝阻,怀着"绝不能让必胖的抗战,因为挨饿失败"的信念,冒着密集的枪弹,独自向前线运送给养。当前线的部队开始冲锋时,程合的心像燃烧着"一团火球",有谁会相信这样一位老人在短兵相接的白刃战中竟是如此勇猛灵活。作者充满激情地描绘了他奋力杀敌的情景:

> "杀呀!"扁担神速地舞着……
>
> 白刃的交织,使他周身像电掣一般灵活。
>
> "杂种,两个,又两个!你娘的……"他恨怒地骂。
>
> 阻碍扁担推进的所在,只有一声呻吟。

---

① 胡风:《〈生死场〉读后记》,载萧红《生死场》,黑龙江人民出版社,1980,第145页。

同样，白朗的短篇小说《生与死》也成功地塑造了安老太太——敢于向恶势力抗争并为民族利益而牺牲的英雄形象。安老太太是一位出身于社会底层的东北劳动妇女，日本帝国主义的侵略，使饱受封建制度压迫的她又成了亡国奴。为生计所迫，她不得不到敌伪拘留所当看守。她的儿子参加抗日武装斗争，牺牲在战场，她的怀着身孕的儿媳在被侵略者强暴后含恨服毒自杀。经历了一连串沉重打击的安老太太觉醒反抗，她不顾个人安危，为政治犯传递信息，并帮助她们成功越狱。"一根老骨头，换了八条命"，安老太太的心"欢快得像开了窗"。即使被押赴刑场，她依然坦然赴死。小说的独特之处在于，对于安老太太的觉醒过程写得细腻、真实，令人动容。

　　东北流亡作家以血脉偾张的文字，怀着强烈的义愤和激情，执着地描写东北沦陷区的恐怖社会和惨痛现实，表现那个特殊时代的生活和情绪，把那血雨腥风的历史画面"鲜红地在读者眼前展开"。"东北人"已开始肩负起救亡图存的新的历史重任。

第二章　逃离乡土与精神返乡

我的家在东北松花江上，

那里有森林煤矿，

还有那满山遍野的大豆高粱。

我的家在东北松花江上，

那里有我的同胞，

还有那衰老的爹娘。

九一八，九一八，

从那个悲惨的时候，

九一八，九一八，

从那个悲惨的时候，

脱离了我的家乡，

抛弃那无尽的宝藏，

流浪！流浪！

整日价在关内，流浪！

哪年，哪月，

才能够回到我那可爱的故乡？

哪年，哪月，

才能够收回那无尽的宝藏？

爹娘啊，爹娘啊，

什么时候，

才能欢聚一堂？

张寒晖谱写的这首感人肺腑的《松花江上》唱出了东北流亡者的心声。流亡者的痛苦与悲伤已经无法用语言来表达，只有歌声才能消减心中的烦愁。白朗的《流亡曲》中这样写道："老杨唱，老陆唱，后来，竟连从不唱歌的老太太也唱起来了，唱着唱着，她便深深地打着沉闷的唉声。日里唱，睡在床上也唱，总之，只要一有空闲，就'我的家在松花江上了'，一个唱，大家便都习惯地随唱起来……它已经变成了我们的口头禅，变成了孩子的催眠曲。"[①]李辉英也曾深情地回忆道："亲爱的朋友们，你简直不知每当我听到青年男女唱起《流亡三部曲》（包括《松花江上》这第一部曲在内）时，我的心情会激动到什么地步，而那种热血沸腾的情形，真不知如何处置自己才是呢。当自己也是《流亡三部曲》歌唱者中的一员时，你一看见我唱得珠泪滂沱的样子，也就不难理解一个亡国奴的心情如何的悲伤，如何的痛沉，又如何的愤慨了！"[②]

可以说，没有1931年"九一八"日本帝国主义的军事侵略，便不会有"东北流亡文学"。"流亡"这一特殊处境和"流亡者"这一特殊身份，总是会给作家带来绝非一般的心理精神影响。勃兰兑斯在论述19世纪波兰浪漫主义文学时，就十分重视和强调"流亡"给波兰诗人的影响，指出被从"故土上连根拔起"的惨痛经历，使波兰诗人"感情冲动增强了一倍"并由此决定了波兰文学的基本走向和精神色调——一种特殊的政治浪漫主义。[③]

同样，东北流亡作家是在家乡遭到日本侵略者践踏后为图生存而

---

① 白朗：《流亡曲》，载《白朗文集》（第3—4卷），春风文艺出版社，1986，第58页。

② 李辉英：《港版〈松花江上〉后记》，载马蹄疾编《李辉英研究资料》，春风文艺出版社，1988。

③ 逄增玉：《黑土地文化与东北作家群》，湖南教育出版社，1995，第265页。

被迫逃离故土的。他们被从"故土上连根拔起",从东北出发,先后流亡到青岛、北平、上海、武汉、山西、兰州、西安、重庆、桂林、延安、香港等地,足迹几乎遍布整个中国,始终处于流亡状态。九一八事变后,国难当头,南京政府的"不抵抗"政策使萧军决定离开部队,他曾计划将他朋友的部队组成抗日义勇军,但没有成功,于是同朋友一起逃到哈尔滨。在哈尔滨,他与萧红相识、相恋,走到一起,并出版了两人的短篇小说集《跋涉》。由于二人已被日本占领当局所注意,萧军和萧红于1934年6月12日离开哈尔滨经大连去青岛与舒群会合,1934年11月2日他们离开青岛去上海,1937年9月上旬离开上海去武汉,1938年1月到山西。萧军与萧红分手后,独自去了兰州、西安,后来辗转到达延安。萧红于1930年因反抗封建包办婚姻,只身离开家乡,由此开始了充满艰辛和不幸的漂泊生活。她与萧军分手后,与端木蕻良结婚,二人一起去重庆、香港。端木蕻良于1932年年初加入孙殿英的军队,过了一段军旅生活。1932年夏天,他加入了北方"左联",并考入清华大学历史系。1933年秋,端木蕻良为了躲避追捕到了天津,开始写作《科尔沁旗草原》。1934年夏,到北平与母亲同住。1935年12月底,端木蕻良为躲避当局的抓捕,离开北平南下上海。1937年11月前往武汉。1938年与萧红走到一起。1938年到1940年在重庆复旦大学任教,1940年南下到香港。1942年从香港辗转到桂林、重庆、上海。九一八事变后,舒群加入了义勇军,随着义勇军转战于东北的白山黑水之间。1934年3月,舒群离开哈尔滨流亡到青岛,1934年秋被捕入狱。1935年春获释,7月流落到上海,加入了中国左翼作家联盟,年底,恢复了党的关系。他被派往晋东南前线八路军总司令部工作,任朱德同志的秘书。1938年,又去武汉,创办《战地》杂志。武汉失守后撤至桂林,1940年到延安,1945年抗战胜利后回到东北。罗烽于1935年年初被保释出狱后,与白朗一起逃离哈尔滨,来到上海投奔萧军和萧红。1937年9月他们离开上海到达武汉,1938年到了重庆,1941年2月奔赴延安,1946年重返哈尔滨。骆宾基由于日籍教师告密于1936年5月从哈尔滨流亡到上海，1940年辗转到桂林，1941年夏抵达香港。

可以说，东北流亡作家的创作心境是"国破家亡交织着乡愁"。他们作品中流露出的挥之不去的乡愁（"精神返乡"）是在特定情形下的特殊心理精神世界，非亲历者是难以真正体味得到的。这种"精神返乡"不同于人们对于田园牧歌、小桥流水式的乡间生活的迷恋，也不同于20世纪20年代被鲁迅命名为"侨寓文学"的乡土文学作品。以王鲁彦、许钦文、许杰、台静农、蹇先艾等为代表的乡土作家是自觉地、主动地选择逃离故乡奔向都市的，或者说是一种"自愿逃亡"，他们是站在现代文明的视点俯视宗法制农村和乡下人生，以改造国民性为目的，保持着客观、冷静、节制的人生距离和审美观照，将"乡间的死生，泥土的气息，移在纸上"。而被迫踏上流亡之途的东北作家，有家不能回，有仇无法报，心头郁结着悲苦怨愤要倾吐，内心的怀乡情绪自然而然地流溢于字里行间。他们以饱蘸血泪之笔书写东北地域的原始旷野、大漠莽林、寥廓的草原、彻骨的严寒，以及特有的民风民俗。萧军的"乡村"、萧红的"呼兰河"（后花园）、端木蕻良的"科尔沁旗草原""鸳鹭湖"、骆宾基的"红旗河"，作为作家的"精神家园"无不在他们的心灵深处镂刻下无法抹除的记忆和美好憧憬。高翔将东北流亡作家的创作称为"根植于黑土地的异乡之花"①。

第一节　用文字为失去的土地招魂

独在异乡为异客，东北流亡作家饱尝了无家可归的流亡之苦。黑土地上长大，深受关东文化影响的作家们以饱含深情、充满诗意的文

---

① 高翔：《东北新文学论稿》，社会科学文献出版社，2001，第18页。

字描绘了那片与他们魂魄相依的东北大地以及在这片土地上世世代代繁衍生息的粗犷、朴实的东北人。他们常常梦回故里，用文字为失去的土地招魂。

在东北流亡作家的作品中，土地是被描写最多的自然环境之一，作品中人物的命运大多与土地紧密相关，以"土地"含义命名的作品也不在少数，如《科尔沁旗草原》《大地的海》《大江》《鹭鸶湖的忧郁》《浑河的急流》《人与土地》《万宝山》《松花江上》《蓝色的图们江》《伊瓦鲁河畔》《呼兰河传》等。端木蕻良在《我的创作经验》中说，"在人类的历史上，给我印象最深的是土地。仿佛我生下来的第一眼，我便看见了她，而且永远记起了她"。在端木蕻良的家乡有一个风俗，婴儿生下来第一次亲到的东西是泥土和稻草，所以称婴儿生下来了叫"落草了"。土地给了作家一种生命的固执，土地的沉郁使作家热爱沉厚和真实。端木蕻良曾这样感慨："这庄严的草原上，人工的笔触，还不能涂抹去原始的洪荒。在这上面游行着的风，是比海上有着更多的自由的。""这一切感情的活动和思维，也都和这草原一样的荒凉而空阔……倘若是一个外乡人走到这里，一定当真要气闷起来了吧。"[①] 端木蕻良在《〈科尔沁旗草原〉后记》中说：

> 这里，最崇高的财富，是土地。土地可以支配一切。官吏也要向土地飞眼的，因为土地是征收的财源。于是土地的握有者，便做了这社会的重心，地主是这里的重心，有许多的制度、罪恶、不成文法，是由他们制定的，发明的，强迫推行的。

端木蕻良曾充满激情地抒发他对家乡北国风光的感受："远昔僧格林沁的故土在这里，我看见白山的冰雪，黑水的温潮。在这里我看

---

① 端木蕻良：《大地的海》，载《端木蕻良文集》（第2卷），北京出版社，1999，第3—4页。

见的是刚强暴烈'火'一般的人。在这里我看见通天入地的狂风暴雨。"端木蕻良一直在土地上寻找自己的生命之根、精神之源，一生都在为土地吟唱。他的全部作品，他的审美方式和艺术风格，他的创作灵感几乎都与东北那片神奇广阔的土地相关。对于土地，端木蕻良始终有一种宿命感："我活着好像是专门为了写出土地的历史而来的。"他将土地看作是一本巨大的历史书，承载了人类全部的历史与文明，是一块用历史遗骸积压而成的文化化石，土地给予了他所有的人生感性，土地给了他创作的灵感，激活了他的创作激情。在端木蕻良的思想意识中，土地是母亲的象征，她以母亲般的慈爱哺育了大地之子，端木蕻良与东北大地有着难以割舍的血肉之缘。大地精魂渗透于端木蕻良的骨髓，土地成为他心灵深处永远的记忆与牵挂。白朗的《伊瓦鲁河畔》中农民贾德感叹道："自然是的，咱们的土地，谁打算给夺取，那可不行。这一块地有咱们祖宗的血和汗，有咱们祖宗的尸骨，长腿三，你想想一个后代，眼巴巴地看着人家把自个祖宗的尸骨盗去，那还叫人？"①白朗在流亡途中唱着《流亡曲》，哀叹于美丽的故乡遭受日本侵略者的铁蹄蹂躏，失去了往日的和平与安宁，哀鸿遍野。"春色染不绿故乡的原野，故乡的原野已经变成了荒芜的废墟。故乡的草丛里、溪流中以及树的枝丫间……更没有春光在跳荡。那里跳荡着的，是一些恐怖而凄厉的光芒。春风虽暖，却吹不开人们让冰雪封锁了的心扉，人们的心终年终月让白色的冬天冻结着，痉挛着……"②她憧憬着早日"摇着祖国的大旗，高唱凯旋的歌子踏上故乡的土地"③。骆宾基在中篇神话《蓝色的图们江》中，把世间万物生灵说成是太阳和大地的爱情结晶。这一生动的想象透视出骆宾基对"天

---

① 白朗：《伊瓦鲁河畔》，载《白朗文集》（第1卷），春风文艺出版社，1984，第22页。

② 白朗：《一封不敢投递的信》，载《白朗文集》（第3—4卷），春风文艺出版社，1986，第67页。

③ 白朗：《流亡曲》，载《白朗文集》（第3—4卷），春风文艺出版社，1986，第60页。

地人和"文化意蕴的理解。

在萧军的作品中，土地是东北人与日本侵略者拼杀的生死场；在骆宾基的小说中，土地是闯关东者安身立命的家园；在端木蕻良那里，土地是他父亲家族对母亲家族争夺和霸占的见证。总之，浑厚的黑土地滋养了雄强豁达、慷慨耿直的东北人，更成为东北流亡作家发出沉郁宏阔之声的坚实根基。所谓"地是万年根，有地就有财"。

所谓"一切景语皆情语"。东北流亡作家在描写家乡的一草一木的时候总是带有浓郁的主观抒情性。

试看萧军《鲲夫》中的描写：

> 山羊、绵羊、田牛、驴子……像一些斑驳的彩点，散散落落在每个山岈顶，每处山坡有裸岩或是有草色的地方。它们是时时蠕动着的。从那蠕动里可以察知哪些是不安定的山羊，乳牛；哪些是属于温顺一类的绵羊。山羊和乳牛的颜色多数是黑的，红的，浓灰色的……绵羊呢？则一律是白的了，白得像初绽的棉花团。
>
> …………
>
> 河流宁静开阔，沿了村庄南端山脚下树林的北端，描绘着柔和舒畅的屈曲线向东流过。
>
> 炊烟从人家屋顶的烟囱里，纷纷绞起了烟柱，标直地超过了所有的树梢才悠闲地打着回旋飘散。
>
> 随外咕咕嘎嘎……女人们唤鸡和唤猪的错综的声音，清冷而悠远地充满着金属味地响着……
>
> 天空没有一点云丝，澄蓝深湛，燕子游荡着；山岸，田野，河流，树林，村庄……全似静止了样，一齐消融在这要沉落的太阳的浸镀里！

萧军在《〈绿叶的故事〉序》中说：

我是在北满洲生长大的，我爱那白得没有限际的雪原，我爱那高得没有限度的蓝天，我爱那墨似的松柏林、那插天的银子铸成似的桦树和白杨标直的躯干，我爱那涛沫似的牛羊群，更爱那剽悍爽直的人民……虽然那雪和风会像刀似的刮着我们的脸，裂着我们的皮肤……但是我爱他们，离开他们我的灵魂感到了寂寞！……但是：我没有家了！①

《我家在满洲》中诗人对于家乡充满了爱恋，而对于侵略者的破坏则义愤填膺。

　　　　我没有家了！——我家在满洲：
　　　　我的家现在住满了恶霸，
　　　　他们的战马拴在门前的树上，
　　　　那树原先是大家乘凉的，
　　　　畜生却啃光了它们的皮，
　　　　明年不会再绿叶森森。
　　　　……我家在满洲，
　　　　我没有家了！
　　　　那一切不久也就是炮火的灰烬！
　　　　我也不要家了，
　　　　也再顾不了所有的亲人……

诗作《你常常问我》以对话的形式，抒发一个爱国青年失去家园和亲人的难以名状的痛苦。

---

① 萧军：《绿叶的故事》，文化生活出版社，1936，第1—2页。

你常常问我：

"思念故乡吗？姐妹，爹娘，幼年时候爱着的姑娘。"

我能答什么呢？

妈妈早死了，

爸爸何处去流亡！

同样的情感在舒群写给萧军与萧红的文章中亦有表现，如《流浪人的消息——给松水的三郎与悄吟》：

松花江浪波滚滚，塞外战气冲冲，太阳依然射出热烈的光明。在死城的一个角落里，那时候哇，正是流浪途中的流浪人在会聚，还记着吧。

刹那间，又是落叶萧萧，北风飒飒，冷淡的天，飘起片片的雪花，人间最残酷的寒冬哟，又紧迫着我们的命运的不幸了。唉……那时候哇那时候的遭遇，我们该怎样回忆着？

谁曾想风雪交杂中，为了生活的压迫，环境的驱使，不得已我便匆匆地偷偷地，在繁华的都市——哈尔滨逃了出来。

别了，我们又一度地别了，"生离终是胜于死别的"，将来或者有再会的晚餐，在未来的时光等待着呢。

诗人高兰怀着对故乡的无限眷恋，对日寇的恨，写下了长诗《我的家在黑龙江》。诗中描摹了黑龙江一年四季的壮美风光，散发着泥土的芳香，把家乡写得十分迷人、可爱。"到清明时节才能开江/江里的冰/一块一块/像白玉的床/像大理石的塑像/昼夜不停地流/昼夜不停地响/那是塞外春风里的伟大歌唱。"

马加在《我们的祖先》中借一位流亡到关内的老人之口，抒发自己对东北黑土地的热爱，这种对东北故土的爱是炽热的。他赞美东北黑土地上老祖先的智慧与勤劳，"犷野与悲壮"。在这里，他们的歌声中的每一个音节都有着崇高的灵魂。

萧红在《呼兰河传》中温情地回忆：

花开了，就像花睡醒了似的。鸟飞了，就像鸟上天了似的。虫子叫了，就像虫子在说话似的。一切都活了，都有无限的本领，要做什么，就做什么。要怎么样，就怎么样。都是自由的。倭瓜愿意爬上架就爬上架，愿意爬上房就爬上房。黄瓜愿意开一个谎花，就开一个谎花，愿意结一个黄瓜，就结一个黄瓜。若都不愿意，就是一个黄瓜也不结，一朵花也不开，也没有人问它。玉米愿意长多高就长多高，它若愿意长上天去，也没有人管。蝴蝶随意地飞，一会儿从墙头上飞来一对黄蝴蝶，一会儿又从墙头上飞走了一个白蝴蝶。它们是从谁家来的，又飞到谁家去？太阳也不知道这个。

罗烽深情地写道：

这天夜里，我躺在床上无论如何也睡不着。而且我的怀乡病复萌——那一望无垠的雪平原；那冰雪交错的松花江；那山林中被雪埋没着的白桦，古松……这些在现在，正是构成我单相思的对象，一齐浮现在我的眼前。在一种甘甜的迷恋中，我的梦，它竟像一只自由的雀鸟飞回我的故乡去了……①

端木蕻良在《〈大地的海〉后记》中写道：

我的故乡的兄弟的英勇的脚步，英勇的手哇，我愿用文字的流写下你们热血的流。抬起含泪的眼我向上望着，想起

---

① 罗烽：《梦和外套》，载《罗烽文集》（第1卷），春风文艺出版社，1983，第138页。

了故乡的蔚蓝的可爱的天！我的儿时的游侣，我的表哥们，我的亲生的哥哥，我的发锈的笔没有亵渎了你们吗？请原谅我文字的拙劣。但看着我的心！我的兄弟，我的曾相识的兄弟，一样的明月照着我们，而你们却拿着枪杆在高粱林里，我手握着的是单弱的笔杆，在低低的檐下。你们也没有我这么多的感触吧，你们也没有这些泪。[1]

端木蕻良的散文《有人问起我的家》中有这样的话：

　　而使我感到一种内心的悸痛的，是一个漂流在异地的年轻的孩子的狂热的来信。他的热情，照见了我中学时代的追求和梦想，唤起了我对故乡的不可摆脱的迷恋，使我感受到人类心灵交感中的热爱。而最使我痛苦的，是他问起了我的家"是在东北角上的哪一点"。

　　…………

　　使我最大的不情愿，是故乡在我的眼里给我安放下痛苦的记忆。我每一想起它，就在我面前浮出了一片悲惨的世界。当然在别处我看到浓度比它更重，花样比它们更显赫的可怕的悲痛和丑恶。但是，请原谅，那是我的降生地。它们是我第一次看见的人间的物事。倘能逃避痛苦，我敢以生命打赌，我绝不愿意和痛苦为邻的。所以我也需要忘却。

　　…………

　　我是没有那么飘飘然的襟怀的，也不那么有出息，我是牢牢地念着我的家乡，尤其是失眠之夜。

端木蕻良是以土地和人的苦恋倾慕的行吟诗人自诩的，他的作品

---

[1] 转引自谢淑玲《东北作家群的审美追求》，辽宁民族出版社，2007，第67页。

几乎是朝朝夕夕思念着和招祭着科尔沁旗草原和鸳鸯湖的精魂。萧红有篇题为《索非亚的愁苦》的散文，描写的是有教养的俄国贵族流亡生涯的悲苦，表现了他们强烈的思乡爱国之情以及欲归不能的不幸。这何尝不是萧红的心声呢！

第二节　个人记忆的别样书写与文化反思

"作家本人的地域文化心理素质，首先来自童年和少年时代的出生地，来自他的故乡、故园。那里的自然风物、乡俗人情、历史遗迹、文化传统等，从他刚刚能够理解这个世界的时候开始，便感染他，熏陶他，日积月累，遂形成他最初的，也是基本的地域文化心理素质。这种心理素质表现为乡土依恋，表现为悠悠的乡情、乡思，它甚至可以伴人终生。"[①]东北流亡作家的创作中存在着大量的民风民俗的描写，大多积淀着浓郁的"恋乡情结"，并多以回忆的方式或者自序传的形式加以呈现。这里有着"痛定思痛，痛何如哉"的情感体验。其中，有的作品采用儿童视角对于乡村美好往事的热切再现与成人视角对于寂寞人生的冷静叩问相交织，两种叙述话语的对话（复调叙事）形成了独有的张力，体现的是一种深层的文化乡愁，一种独特的文化反思。如萧红的《呼兰河传》、骆宾基的长篇自传体小说《幼年》、端木蕻良的《科尔沁旗草原》《乡愁》《初吻》和《早春》等。

一、积淀着"恋乡情结"的回忆和"自序传"

白长青在《论东北流亡作家群的创作特色》一文中对东北流亡作家的作品中"回忆"的发生机制、发展过程及功能和特征做了阐述，

---

① 何西来：《文学鉴赏中的地域文化因素》，《文艺研究》1999年第3期，第52页。

常勤毅在《铁狱里的归来人——论东北作家群及其创作》中认为中国文学从《诗经》《楚辞》开始的"回视"文学传统积淀在绝大多数中国现代作家群的文化心理结构中，东北流亡作家亦不例外。但东北流亡作家的"回忆文学"又具有自己的特点，他们积淀着"恋乡情结"的回忆和"自序传"已形成一种独特的叙述风格。"回忆"和"自序传"必然伴生和带有强烈的主观性和抒情性，而文学作品中的主观性和抒情性又往往是浪漫主义的构成因素之一。①正是由于回忆式方法的采用，成功地拉开了作家与生活的心理距离。"在美感经验中，我们一方面要从实际生活中跳出来，一方面又不能脱尽实际生活；一方面要忘我，一方面又要拿我的经验来印证作品，这不显然是一种矛盾吗？事实上确有这种矛盾，这就是布洛所说的'距离的矛盾'。创造和欣赏的成功与否，就看能否把'距离的矛盾'安排妥当，'距离'太远了，结果是不可了解；'距离'太近了，结果又不免让实用的动机压倒美感，'不即不离'是艺术的一个最好的理想。"②这种"距离的矛盾"，指的是美感中超脱实际生活而又不脱尽实际生活、忘我而又有我的矛盾情况。"艺术家之所以为艺术家，不仅在能感受情绪，而尤在能把所感受的情绪表现出来；他能够表现情绪，就由于能把切身的情绪摆在某种'距离'以外去观照。"③艺术家的生活体验和强烈情绪感受并不等于就是艺术，艺术家在表现某种生活体验、情绪感受时，需要对实际生活中的体验、情绪进行认识、提高、思索和提炼。只有这样，才能使生活中普通的情感体验具有深刻的社会意义，使生活中的情感变成艺术中的情感。也就是说，审美需要审美主体和客体之间产生心理距离。

童年是人生中一个重要的发展阶段，童年经验则是一个人心理发展不可逾越的开端，因此，端木蕻良的童年经验对他的土地系列小说

---

① 逄增玉：《新时期东北作家群研究述评》，载《黑土地文化与东北作家群》，湖南教育出版社，1995，第299页。

②《朱光潜美学文集》（第1卷），上海文艺出版社，1982，第25页。

③《朱光潜美学文集》（第1卷），上海文艺出版社，1982，第28页。

的创作有着重要影响。他在《〈大地的海〉后记》中深情地写道：

> 跟着生的苦辛，我的生命，降落在伟大的关东草原上。那万里的广漠，无比的荒凉，那红胡子粗犷的大脸，哥萨克式的顽健的雇农，蒙古狗的深夜的惨阴的吠号，胡三仙姑的荒诞的传说……这一切奇异的怪惑的草原的构图，在儿时，常常在深夜的梦寐里闯进我幼小的灵魂。在那残酷的幻想底下，安排下血饼一样凝固的恐惧和疑问。好像我十分不应该生在这个地方，我对一切都陌生，疑惧。我似乎是走在巨人的林里的一只小羊，睁着不懈的眼睛对他们奇怪地看着。这是我的故乡给我亲切的哺乳。

端木蕻良曾这样描写他的家乡：

> 林荫处人家的大马哈鱼透出海盐的腥味，在草绳上成串地穿着……房檐底下挂着鲜红的大柿子椒，好事的姑娘们摘下的癞瓜，透出比金橼还畅快的亮黄，和红的都络配置在一起，随风流荡出一阵雄辩的明快和漂亮……林里从富于弹性的土壤里渗出酒糟香，因为没被收拾的酸果子落地了，而且蚂蚁也分泌着蚁蜜。[①]

萧红描写的东北黏糕极其诱人：黄米黏糕，撒上大芸豆，一层黄，一层红，黄的金黄，红的通红。三个铜板一条，两个铜板一片地用刀切着卖。愿意加红糖的有红糖，愿意加白糖的有白糖，加了糖不另要钱。萧红的呼兰河家乡，"蜻蜓是金的，蚂蚱是绿的，蜂子则嗡嗡地飞着，满身绒毛，落到一朵花上，胖圆圆的就和一个小毛球似的

---

① 端木蕻良：《端木蕻良小说选》，湖南人民出版社，1981，第82页。

不动了"①。端木蕻良《初吻》中的八岁的"我"是快乐的,"我"喜欢和五姑姥姥的女儿灵姨一起玩,我和她一起到后花园里的水池子旁边玩水,拨开落满花瓣的水面,向水里照,只看水里映出的影子,之后我们去采杏花,并且爬到高处采下园子中开得最爆的杏花。骆宾基借小说人物之口说:"你知道咱们屯子的深山里,是出人参的呀!不要说别的,河水都有人参汁,你要听我的话,管你喝十年咱们屯子的河水,不成仙也能长命百岁。"②

德国诗人海涅在他的《论爱祖国》中说:"春天的特色只有在冬天才能认清,在火炉背后才能吟出最好的五月诗篇。"作家对生活的认识并非轻而易举,他还需经过一个再思考、再认识的过程,即"回忆"的过程,对头脑中"记忆的形象"进行再创造,才能达到对生活本质的深刻挖掘。著名戏剧家斯坦尼斯拉夫斯基说过:"时间是一个最好的过滤器,是一个回想和体验过的情感的最好的洗涤器。不仅如此,时间还是最美妙的艺术家,它不仅洗干净,而且还诗化了回忆,由于记忆的这种特性,甚至很悲惨的现实以及很粗野的自然主义的体验,过些时间,就变得更美丽,更艺术了。"③

在作家的记忆中,情绪的记忆是哺育作家个性的摇篮。一个真正的艺术家,无论他走到哪里,经历怎样坎坷的生活阅历,即使到古稀之年,他那童年回忆,特别是童年的情绪的记忆依然不泯。它往往渗透在他终身的创作中,影响着他作品的风格特色。白长青曾在文章中提及父亲马加创作《寒夜火种》(《登基前后》)的过程:"马加1932年流亡到北平后,又于1933年返回东北农村家乡生活了两年,依据对这两年生活的回忆和感受,他才写出《寒夜火种》。"④作品中极具关东情

---

① 李威主编《萧红经典》,京华出版社,2001,第143页。

② 骆宾基:《混沌初开》,北京十月文艺出版社,1994,第83页。

③ [苏]斯坦尼斯拉夫斯基:《斯坦尼斯拉夫斯基全集》(第2卷),郑雪来等译,中央编译出版社,2012,第275—276页。

④ 白长青:《论东北流亡作家群的创作特色》,《社会科学辑刊》1983年第4期,第148页。

调的歌谣形式，借阴阳先生口中说出的迷信谚语等，编织成生动的风俗画，给人以特殊的感受。

萧军出生在辽西贫困的农民家庭，从小就喜欢舞枪弄棒，但是幼年的萧军也受到民间文学的滋养。萧军十岁以前一直跟随祖母生活，祖母经常会给他讲薛家将、呼家将、杨家将的故事，讲到动情处，时而悲伤流泪，时而破口大骂。他还有一个会唱鼓词的叔叔和擅长皮影的五姑母，四叔爱讲瓦岗寨聚义反隋炀帝的故事，五姑母擅唱《樊梨花三下寒江》《阴魂阵》等等。他曾深情地回忆说："每当冬夜时，四叔父和五姑母围坐在一盏小油灯旁边，孩子们就趴在火炕上，四叔父唱鼓词，或由五姑母一面做针线，一面唱起皮影戏的唱词来，声调全是仿效影戏里的各个角色的声调。"[1]这些内容在萧军的作品中也有表现。《八月的乡村》中写道：

> 谁在叹息了！于是"百灵鸟"当真又唱起了一个思乡的调子：
>
> 　　一更里来，月亮照窗台，
> 　　奴家的丈夫怎还不回来？
> 　　当兵啊，一去三年整……
> 　　这样的岁月怎么叫人挨？
> 　　…………
>
> 　　二更里来，月亮照满窗，
> 　　悔不该嫁了一个当兵的郎！
> 　　当兵的人儿是东啊流的水，
> 　　只要离家哟！就没有个还乡……[2]

---

① 王德芬：《椒园诗话》，《北疆》1982年第4期。
② 萧军：《八月的乡村》，人民文学出版社，1980，第31—32页。

骆宾基在自传体长篇小说《幼年》中回忆道：在东北，中国的传统节日很受重视。由于气候的关系，东北一年四季分明，春种秋收，夏日间歇。到了冬季，天寒地冻，大雪封门。可冬天虽然寒冷，却是农闲的时节了，也是人们最悠闲的季节。在这个季节里，人们喜欢围坐在热炕上或火炉旁边，说家长，道里短，讲鬼神故事，谈一年的收成。也恰在这个寒冷的季节，人们会迎来一年中最隆重的节日——春节。一到腊月，人们就开始办置年货，这叫"傍年备节"。特别是到了小年（腊月二十三）以后，蒸糕蒸枣馒头，做豆腐，熬冻，炸肉，家家忙得不亦乐乎，屋外冷屋里暖，孩子们在外面冻红了脸和耳朵，跑回屋里吃一口大人刚做出的平时吃不到的东西，掀开厨房门帘时一股热气呼的一下冒出，眨眼间孩子又跑到冰湖上打哧溜滑爬犁去了。除夕要祭神，大年初一给老人拜过年后，午餐是鸡冻、海蜇、猪肚和猪冻，待客时的食物还有冻梨、香蕉糖、花生等，自然是少不了桔梗酒。还有"二月二"（"龙抬头"），过这个节有一个仪式，大人在院心地上画出三五个大圈，当作粮仓，同时要画上粮仓的门，门要刚好对着自己家的门，然后在每一个圈子中撒把粮食，象征这一年会有好收成。新年宰的猪的猪头要特意留在这一天吃，预示着新一年的开始。这一天的饮食，除了过年时吃的正菜以外，还有猪肉炖海带和粉条等炖菜，腌菜如手腌蒜茄子，豆瓣酱。还可以依据各家情况置备些小菜……这样的带有浓郁生活气息的细节让东北人备感亲切，也容易引起人们情感的共鸣。当然，东北流亡作家的作品中穿插了大量的东北民俗，也是一种隐蔽的抗日策略，他们通过描写民俗含蓄曲折地表达了民族感情和乡土情怀。

二、复调叙事与文化反思

"复调"理论最早是由俄国文艺理论家巴赫金在分析陀思妥耶夫斯基的创作时提出的。巴赫金指出："有着众多的各自独立而不相融合的声音和意识，由具有充分价值的不同声音组成真正的复调——这确实是陀思妥耶夫斯基长篇小说的基本特点。"① 巴赫金把"复调"又称为"多声部"。复调叙事，主要是指在一部小说中各种声音、各种思想同时存在，彼此对照、互补、互动，形成一个有机整体。

萧红的《呼兰河传》就采用了两种叙述视角，即儿童视角和成人视角，呈现出两个不同的声音或话语系统交织、介入的现象。儿童视角是小女孩的叙述，是率真、稚嫩、清新、明快的述说。而成人视角的叙述，是漂泊异地、饱经沧桑的萧红对于个人命运的喟叹，以及对于国民性与乡村陋俗的文化反思与批判。正如钱理群所说："'童年回忆'则是过去的'童年世界'与现在的'成年世界'之间的出与入。'入'就是要重新进入童年的存在方式，激活（再现）童年的思维、心理、情感，以至语言（'童年视角'的本质即在于此）；'出'即是在童年生活的再现中暗示（显现）现时成年人的身份，对童年视角的叙述形成一种干预。"②

萧红写到东二道街上的扎彩铺，这是为死人而预备的。作者饶有兴味地述说了一个地主宅院的扎彩过程，活灵活现地扎出车夫"长鞭"、马童"快腿"、两个小丫鬟"德顺""顺平"、管账先生"妙算"、使女"花姐"以及拉面条的"老王"……萧红不禁感叹，他们扎的房子那么气派，院子里的陈设井井有条，应有尽有，而扎彩铺的作坊却是乱七八糟。扎彩匠扎出来的东西活灵活现，流彩万方，而他们本人却极粗糙极丑陋，他们懂得怎样打扮一个马童，怎样打扮妇人女子，但对于他们自己却是毫不加修饰的，长头发的，毛头发的，歪嘴，歪眼，赤足裸膝的。他们能为别人扎出一个光怪陆离的世界，而

　　① [俄] 巴赫金：《陀思妥耶夫斯基诗学问题》，白春仁、顾亚铃译，载钱中文主编《巴赫金全集》（第5卷），河北教育出版社，1998，第4页。
　　② 钱理群：《文体与风格的多种实验——四十年代小说研读札记》，《文学评论》1997年第3期，第54页。

不能给自己扎出一个差强人意的人生。没有人看见过扎彩匠活着的时候为他自己糊一座阴宅。

萧红的《呼兰河传》中，每年都有跳大神、唱秧歌、放河灯、野台子戏、四月十八娘娘庙大会等，这是人们不断重复着固定的民俗世相。

> 七月十五是个鬼节，死了的冤魂怨鬼，不得托生，缠绵在地狱里边是非常苦的，想托生，又找不着路。这一天若是每个鬼托着一个河灯，就可得以托生。大概是从阴间到阳间的这条路，非常之黑，若没有灯是看不见路的。所以放河灯这件事情是件善举。可见活着的正人君子们，对那些已死的冤魂怨鬼还没有忘记。

萧红还写到和尚为庆祝鬼们更生而打鼓念经的场面，特别是写到放河灯时由热闹到冷寂、由喜庆到虚空，看着远处渐灭渐少最终完全消失的河灯，真的感觉好像是被鬼一个一个地托着走了似的。读到此处，不禁使人联想到这正是寂寞的萧红无限痛苦的真实写照。

野台子戏是在秋天唱的，或者是因为收成好，更多的是因为夏天求雨灵验了，要感谢龙王爷。从搭戏台开始到唱戏结束，得七八天。看野台子戏可不是普通的看戏，这简直就是东北人一年的盼头，有一首童谣，至今还被东北老年人用来哄孩子：

> 拉大锯，扯大锯，姥爷门口唱大戏。接闺女，唤女婿，小外孙，也要去。姥姥不给饭儿——吃，抓个鸭子摸个蛋儿——吃，舅舅来家看见了，一巴掌打你外——头，舅母来家看见了，搽点儿粉儿，戴点儿花儿，我们小妞给谁家……

在野台子戏的热闹里，萧红质问："年轻的女子，莫名其妙的，不知道自己为什么要有这样的命,于是往往演出悲剧来,跳井的跳井,上吊的上吊。"在娘娘庙大会的虔敬朝拜里,萧红批判道:"可见男人打女人是天理应该,神鬼齐一。怪不得那娘娘庙里的娘娘特别温顺,原来是常常挨打的缘故。可见温顺也不是怎么优良的天性,而是被打的结果。甚至是招打的缘由。"

萧红笔下也有对萨满跳神的描写:

跳大神,大半是天黑跳起,只要一打起鼓来,就男女老幼,都往这跳神的人家跑,若是夏天,就屋里屋外都挤满了人。还有些女人,拉着孩子,抱着孩子,哭天叫地地从墙头上跳过来,跳过来看跳神的。

跳到半夜时分,要送神归山了,那时候,那鼓打得分外响,大神也唱得分外好听;邻居左右,十家二十家的人家都听得到,使人听了起着一种悲凉的情绪,二神嘴里唱:"大仙家回山了,要慢慢地走,要慢慢地行。"

大神说:"我的二仙家,青龙山,白虎山……夜行三千里,乘着风儿不算难……"

这唱着的词调,混合着鼓声,从几十丈远的地方传来,实在是冷森森的,越听就越悲凉。听了这种鼓声,往往终夜而不能眠的人也有。

请神的人家为了治病,可不知那家的病人好了没有?却使邻居街坊感慨兴叹,终夜而不能已的也常常有。

满天星光,满屋月亮,人生何如,为什么这么悲凉。

过了十天半月的,又是跳神的鼓,当当地响,于是人们又都着了慌,爬墙的爬墙,登门的登门,看看这一家的大神,显的是什么本领,穿的是什么衣裳。听听她唱的是什么腔调,看看她的衣装漂亮不漂亮。

跳到了夜静时分,又是送神回山。送神回山的鼓,个个都打得漂亮。

若赶上一个下雨的夜，就特别凄凉，寡妇可以落泪，鳏夫就要起来彷徨。

那鼓声就好像故意招惹那般不幸的人，打得有急有慢，好像一个迷路的人在夜里诉说着他的迷惘，又好像不幸的老人在回想着他幸福的短短的幼年；好像慈爱的母亲送着她的儿子远行，又好像是生离死别，万分难舍。

人生为了什么，才有这样凄凉的夜。

似乎下回再有打鼓的连听也不要听了。其实不然，鼓一响就又是上墙头的上墙头，侧着耳朵听的侧着耳朵在听，比西洋人赴音乐会更热心。[①]

"满天星光，满屋月亮，人生何如，为什么这么悲凉。""人生为了什么，才有这样凄凉的夜。"这是寂寞的萧红对漂泊人生的喟叹。

接下来，在跳大神、"洗热水澡"的胡闹中，萧红讽刺道："老胡家跳神跳得花样翻新，是自古也没有这样跳的，打破了跳神的纪录了，给跳神开了一个新纪元。若不去看看，耳目因此是会闭塞了的。当地没有报纸，不能记录这桩盛事……呼兰河这地方，尽管奇才很多，但到底太闭塞，竟不会办一张报纸，以至于把当地的奇闻妙事都没有记载，任它风散了。"小团圆媳妇的悲惨遭遇让人唏嘘不已，可以说，那些眼睁睁看着小团圆媳妇在"洗热水澡"的过程中被活活烫死的围观看客已经成为集体无意识的"杀人团"。

在端木蕻良的《科尔沁旗草原》中，跳神的情节和场面被写成是大地主丁四爷的有意安排和指使，通过大神之口为丁四爷侵吞北天王财富和为自己的暴富行为寻找和提供"神界根源"，并用以愚弄和欺骗农民，大神成为统治者的御用工具，成为帮凶。《大江》中的跳神

---

① 萧红：《萧红全集》，哈尔滨出版社，1991，第735—737页。

场面也极具吸引力：

> 这时，荒凉的村子，鼓声响了。
>
> 巫女的红裙，一片火烧云似的翻着花，纹路在抖动着。金钱像绞蛇，每个是九条，每条分成九个流苏往下流，红云里破碎的点凝着金点和金缕的丝绦。
>
> 巫女疲倦了，便舞得更起劲，想用肢体坚持着摆动，把倦慵赶跑。金色的，红色的，焦黑的，一片凝练的火烧云的裙袂，转得滴溜溜圆。
>
> 巫女家，把苦黄的脸仰着，脑后水滑滑的漾尾头，在脖颈上擦着有几分毛毛烘。巫女还是舞着，两耳垂的琥珀环，火爆爆地晃，带着闪光带着邪迷。巫女头上梳着吊马坠，没有盘定十三太保的半道梁的金簪子，只插了一梗五凤朝阳的银耳挖子。巫女舞动着，还轻悄悄地笑。巫女的车轮裙兜满了风，在眼前转过来，转过去，像一只逗人的风筝，在半天云里打转，迎着春风冶笑。[1]

偏僻乡村的东北民众对已经降临的民族灾难尚浑然不觉，而犹自沉溺在虚妄之中。

> 这两个仙家第一流的忠仆，是针尖对着麦芒。说话是一口揸拉音，对答得又贴切又流利，村上远近人家大小孩子都爱听，到这里来看跳大神好像看一出大戏一样。[2]
>
> 在荒芜辽阔的农村里，地方性的宗教，是有着极浓厚的

---

① 端木蕻良：《大江》，载《端木蕻良文集》（第2卷），北京出版社，1999，第359—360页。

② 端木蕻良：《大江》，载《端木蕻良文集》（第2卷），北京出版社，1999，第363页。

游戏性和蛊惑性的。这种魅惑跌落在他们精神的压抑的角落里和肉体的拘谨的官能上，使他们得到了某种错综的满足，而病患的痼疾，也常常挨摸了这种变态的神秘的潜意识的官能的解放，接引了新的泉源，而好转起来。[1]

端木蕻良一方面对萨满教持基本否定态度，另一方面也隐约地闪现出了对萨满教娱神娱人相结合的"民间节日"功能的欣赏之情。因而，作家对萨满跳神的描写，虽然其旨意是为了暴露萨满教对人的毒害、麻醉和诱惑之深，以揭示为自己所熟稔的萨满教对人们身心戕害之惨重，但由于地域文化的传承和习染，在潜意识中也流露出了对萨满教的一种复杂的感情倾向。作为萨满教神事活动的亲历者和参与者，端木蕻良在表示这种否定情感的同时，也在不自觉中投入了自己的热情，也不由自主地写到了萨满教存在着的合理性。所以，我们不难发现，这些古老传统的文化仪式因长期积淀已经固化为东北人民传统的娱乐方式。

端木蕻良的《乡愁》也运用了成人与儿童视角交织的手法，小说描写了流亡到北京的东北儿童星儿对故乡的怀念与渴望回归的思乡病，最终在精神痛苦与身体疾病的双重折磨下抑郁而死，真实地展现出流亡者在流亡过程中的命运遭际和难言的苦痛。

积淀着"恋乡情结"的回忆和带有"自序传"色彩的作品已形成一种独特的叙述风格，即带有强烈的主观性和抒情性。萧红在《呼兰河传》中曾多次写到"这院子是荒凉的""我家是荒凉的"，这是对于萧红"女子无乡——女子无乡可返、无家可归"的心境做出的最决绝的注脚。

她在寂寞中写下的这些回忆文字，充满着浓郁的生活气息，又带着挥之不去的乡愁，让人难以忘却。

---

① 端木蕻良：《大江》，载《端木蕻良文集》（第2卷），北京出版社，1999，第363页。

呼兰河这小城里边，以前住着我的祖父，现在埋着我的祖父。

我生的时候，祖父已经六十多岁了，我长到四五岁，祖父就快七十了，我还没有长到二十岁，祖父就七八十岁了。祖父一过了八十，祖父就死了。

从前那后花园的主人，而今不见了。老主人死了，小主人逃荒去了。

那园里的蝴蝶，蚂蚱，蜻蜓，也许还是年年仍旧，也许现在完全荒凉了。

小黄瓜，大倭瓜，也许还是年年地种着，也许现在根本没有了。

那早晨的露珠是不是还落在花盆架上。那午间的太阳是不是还照着那大向日葵，那黄昏时候的红霞是不是还会一会儿工夫变出来一匹马来，一会儿工夫变出来一只狗来，那么变着。

这一些不能想象了。

听说有二伯死了。

老厨子就是活着年纪也不小了。

东邻西舍也都不知怎样了。

至于那磨坊里的磨倌，至今究竟如何，则完全不晓得了。

以上我所写的并没有什么优美的故事，只因他们充满我幼年的记忆，忘却不了，难以忘却，就记在这里了。

"记忆是对往事的构建，是有选择地重塑童年生活。在饱经沧桑的中年或暮年，以柔和的、怀旧的眼光回望生命最初的岁月，时光隧道如同一把筛子，滤去了所有粗陋的沙粒，剩下的是玲珑剔透、晶莹闪烁的珠贝。"① 萧红即使在生命的衰微之时仍然在回望故乡，寻觅着人生，呼喊着人生。在《给流亡异地的东北同胞书》（1941年）一文中，她深情地倾诉：

> 当每个中秋的月亮快圆的时候，我们的心总被悲哀装满。想起高粱油绿的叶子，想起白发的母亲或幼年的亲眷。他们的希望曾随着秋天的满月，在幻想中赊取了十次。而每次都是月亮如期地圆了，而你们的希望却随着高粱叶子萎落……家乡多么好哇，土地是宽阔的，粮食是充足的，有顶黄的金子，有顶亮的煤，鸽子在门楼上飞，鸡在柳树下啼着，马群越着原野而来，黄豆像潮水似的在铁道上翻涌……东北流亡同胞，为了失去的地面上的大豆、高粱，努力吧！为了失去土地的年老的母亲，努力吧！为了失去的地面上的痛心的一切记忆，努力吧！

鲁迅为萧军《八月的乡村》作序时写道："作者的心血和失去的天空、土地、受难的人民，以至失去的茂草、高粱、蝈蝈、蚊子，搅成一团，鲜红地在读者眼前展开……显示着中国的一份和全部，现在和未来，死路和活路。"由此可见，东北流亡作家对乡土的逃离只是一种身体的缺席，他们的作品无时无刻不在书写着国难乡愁，这更是一种精神还乡和精神的在场。

---

① 李莉：《威拉·凯瑟的记忆书写研究》，四川大学出版社，2009，第115页。

第三章 生存环境与东北地域文化

加拿大著名文化人类学家弗莱强调文化传统对文学研究的重要作用，认为不能把每部作品都孤立起来看，而要把它置于整个文学关系中，从宏观上把文学视为一体。每一位作家的艺术创作都离不开他所生存的文化传统，只有把文学作品放回到其所产生的文化传统、文化语境中，才能更深入更贴切地解读作品。①

同样，解读东北流亡作家的创作，必须将其创作置于特定的地域文化的场域中。地域是通过文化作用于文学的，地域对文学的影响是一种综合性的影响，这包括地理环境、气候等自然条件，更包括历史沿革、民族风貌、风俗民情、语言乡音等形成的人文环境因素。生存在拥有广袤黑土地和山林的东北大地的人们在实践中形成了与之相应的东北自然地域文化。文化分为自在的文化和自觉的文化，自然地域文化从属于自在的文化，但是随着人与自然的相互影响，自在自然逐渐人化。它包括从远古以来历史地积淀起来的原始意象、经验常识、行为规则、道德戒律、自发的经验、习俗、礼仪、习惯等等。因此，自然地域文化作为一种自在的文化对东北流亡作家创作的影响是潜移默化的。

东北地域文化对生于斯长于斯的东北流亡作家的人格精神、文化心理、价值取向都产生了不同程度的影响与浸润，内化为一种"集体

---

① 诺思罗普·弗莱：《批评的剖析》，陈慧、袁宪军、吴伟仁译，百花文艺出版社，2002。

无意识"。东北流亡作家还有意表现东北地域文化的独特性。端木蕻良在《我的创作经验》中自述："我自己在创作过程中，追求四种东西，风土、人情、性格、氛围……风土是地方志，是历史，是活的社会经济制度，是此时此地的人们的活动的总和。人情是意识的形象，是人格的自由，是社会关系的总表征。性格是一个人社会活动的全体，是意识和潜意识的河流。氛围是一件事物的磁场，是一件事物在人类心理上的投影。"[1]

东北地域有独特的自然环境。东北的二十四节气和其他地区的是不一样的。"立春阳气转，雨水沿河边。惊蛰乌鸦叫，春分离水干。清明忙种麦，谷雨种大田。立夏鹅毛住，小满雀来全。芒种正开铲，夏至不纳棉。小暑不算热，大暑三伏天。立秋正打靛，处暑动刀镰。白露正割地，秋分无生田。寒露不算冷，霜降变了天。立冬交十月，小雪先封地，大雪河汊严。冬至数了九，小寒刚刚过，大寒又一年。"[2]《呼兰河传》中描绘了东北地域自然环境的独特严寒："严冬一封锁了大地的时候，则大地满地裂着口。从南到北，从东到西，几尺长的，一丈长的，还有好几丈长的……小狗冻得夜夜地叫唤，哽哽的，好像它的脚爪被火烧着一样。天再冷下去：水缸被冻裂了，井被冻住了；大风雪的夜里，竟会把人家的房子封住。"东北地域奇寒，这是其他地域几乎没有的。

东北的地域文化和东北的自然环境有密切的关系。东北地势平坦，物产丰富。在清咸丰八年（1858年）以前，它包括辽河、黑龙江、绥芬河、图们江等领域，远至库页岛，土地面积达百余万平方公里。跨海，拥陆，山林、草原、沼泽、江河、平原相间，鸟兽虫鱼遍布。孔尚任说："盖山川风土者，诗人性情之根柢也。得其云霞则灵，得其泉脉则秀，得其冈陵则厚，得其林莽烟火则健。凡人不为诗

---

① 转引自李兴武《端木蕻良创作的艺术风格》，载辽宁社会科学院文学研究所编《东北现代文学史料》（第5辑），1982。

② 马蹄疾编《李辉英散文选集》，百花文艺出版社，1986，第46页。

则已，若为之，必有一得焉。"①人类学家对于文化和地域的关系有大量的论述。《辽史·营卫志》记载："天地之间，风气异宜，人生其间，各适其便，王者因三才而节制之。长城以南，多雨多暑，其人耕稼以食，桑麻以衣，宫室以居，城郭以治；大漠之间，多寒多风，畜牧畋渔以食，皮毛以衣，转徙随时，车马为家。"

东北历史上生产方式主要是雪原狩猎、深山采参、冰河捕鱼、跑马拓荒，恶劣的自然环境和艰苦的生产方式造就了独特的东北人和东北文化。这其中有代表性的就是游牧文化、渔猎文化、山林文化和绿林文化。

第一节　游牧文化与渔猎文化

历史上，东北地域的民族构成都以游牧文化和渔猎文化为主。东北地区民族众多，有赫哲族、鄂伦春族、鄂温克族、达斡尔族、柯尔克孜族、满族、朝鲜族、蒙古族、回族等。这些民族的信仰以萨满教为主，少有其他地区的儒家礼教，具有独特的民俗生活场域。东北众多民族大多以游牧狩猎为生。满族先人从事捕猎活动，长于骑射，骁勇精悍远近闻名，《东观汉记》记载，汉代大兴安岭南麓乌桓人以游牧为主。二百多年前的柯尔克孜人从西北迁徙到东北从事狩猎放牧。蒙古族是典型的游牧民族，以放牧为生。东北的鄂伦春族又称"俄伦春""毕拉尔""奇勒尔"等，含义为"住在山岭上的人们"或"使用鹿的人们"。鄂伦春族精骑善射，传统上也以游猎生活方式为主。鄂伦春族有独特的"鹿候历"，即用狩猎对象鹿划分月份。春季的二三月份称作"鹿胎期"，夏季的五六月份称作"鹿茸期"，秋季的九月到落雪前称作"鹿尾期"，冬季落雪后又分作"打皮期"和"打肉期"。

---

① 转引自吴承学《江山之助——中国古代文学地域风格论初探》，《文学评论》1990年第2期，第52页。

鄂温克族的语意是"住在大山林中的人们"。在历史典籍中，将鄂伦春、达斡尔、鄂温克等民族统称为"索伦部""打牲部"或"使鹿部"。鄂伦春、达斡尔、鄂温克等民族都是游牧民族。赫哲族也以游牧渔猎为主，他们有高超的叉鱼技艺，会做鱼皮服饰。

蒙古族的神话传说反映了原始蒙古族人的放牧狩猎的生活方式，表现他们征服自然和战胜邪恶的美好理想及胜利信心。《英雄古那干》是一篇英雄的传说，富有传奇色彩。主人公古南乌兰巴特尔为民除害，左手消灭东方的妖精，右手消灭了西方的魔鬼，有惊人的膂力和超人的智慧。古南乌兰巴特尔的形象是蒙古族人民理想的化身，妖精和魔鬼是社会邪恶势力的写照。蒙古族的神话带有质朴的"野"性和"力"的美，具有永久的魅力。

东北长时间停滞于游牧文化阶段主要有两方面原因。第一，东北相对封闭的地理环境使东北保留了长期的游牧文化。东北地处大陆的东北角，大兴安岭、小兴安岭、长白山、山海关犹如天然的屏障，使东北处于相对封闭的地理环境。相对封闭的地理环境，也使得东北保留了相对独立的文化。第二，人为的因素使东北保留了长期的游牧文化。当年徐达遵照朱元璋的命令修建永平、界岭等关，创建山海关，是为了抵御游牧民族的袭击，这样人为地隔绝了东北和中原。历史上，东北是清王朝的"龙兴之地"，为保护"龙脉"不被破坏，清王朝严禁关内人进入东北，东北被人为地封闭起来，因而产生了迥异于中原地区的经济文化。

东北地区的游牧文化和中原的农业文化有着截然不同的特点。东北传统上以游牧文化为主，以地缘关系为人们的连接纽带。而中原以农业文化为主，以血缘关系为人们的连接纽带。游牧文化决定了哪儿有草原哪里就是家，哪儿有猎物哪里就是家，逐水草而居。因而游牧文化具有不稳定性和流动性。打猎不同于农耕，总有一定的风险，久而久之人们就具有了少束缚、好冒险的性格。游牧文化缺少儒家的仁义礼智信的规约，因此，东北人更自由、豪爽、开放。

东北地区的农业文化和中原地区的农业文化也有不同的特点。东北的农业文化不是靠血缘关系传承的。清军入关建立清朝以后，合内地和草原为一家，结束了游牧民族和农耕民族长期军事对峙的局面，东北的农业耕种逐渐多起来。但东北地区的农业耕地不像中原地区那样通过血缘关系世代传承下来。东北的农耕地最初往往是"跑马占荒"确定下来的。东北地区的农业耕地最初没有血缘关系的世代传承，不依靠浓浓的血缘关系维系，后来才逐渐有了血缘关系维持土地，和中原文化逐渐靠近。因此，东北的农业文化仍有许多游牧文化的精神内核。

中原地区的农业文化高度重视血缘关系，尊重传统，对祖先格外尊崇。中原地区的农耕土地往往是世代传承下来的。土地的世代传承靠血缘关系维系，血缘关系占支配地位。人在社会生活中的权利与义务、身份与地位、财富分配都由血缘亲属关系的远近亲疏来决定。社会的基本组织和生产单位依靠血缘的力量来凝聚。中原地区的农业文化信守儒家的仁义礼智信，辈分界限严格。人们固守在世代传承的土地上，生活来源全部依赖土地，没有流动性，久而久之，他们养成了保守、封闭的生活习性。

端木蕻良的《科尔沁旗草原》第四章中有对大山在草原上生活的描写："草原上，远远地，只有一架江北的打草窝棚。全部包括了三条树干，一堆泥土，一团白草。树干架起了空间，泥土贴补了四面，乌拉草填满了四边。这时候，大山手里拿着一把火焰，烘烤着一块泥钵。他一面嘴里哼着，一面粗暴地搅着那钵里的土豆浆。那浆很兴奋地吐着白沫，咕嘟咕嘟地冒着热气。'好喽！好喽！'用脚使劲地把那熊熊的火焰踩灭。只留着几块经炼的桦木根，在那忽敛忽敛地，从那爆裂的木纹里流出硫黄色的木脂来，噗噗地喷成小火喇叭。一只巨手，转向乱草里去，拖出一块黄泥，草率地掷到火瓮里去，从火瓮里砸出几颗火星子来，喷落在地上。……黄土在火焰里滋滋价响……肉香塞满了窝棚，他把鼻子使劲抽了两下，于是又很快乐地叫了起来：'好喽！好喽！'于是伸出一条满长着茧子的大手，把黄土从火里拖了出来，提到窝棚外边，向地下猛孤丁地一摔，里边蹦出来一只刚烧熟的铁梨木色的山鸡。他把半碗奶子酒往脖颈里一灌，一口便咬下一只鸡腿来。"①通过对大山吃烤鸡过程的描写，充分展示了游牧民族的饮食习惯，如吃肉、喝奶酒等，使人们对满族传统的饮食有了更加形象的理解。

"他倒提了枪，抢出门来，原来的意思，是想寻找几只倒霉的野兽来出气。哪承想，一出门来，已经是伸手不见五指的夜黑头。""没有一片风声，没有一棵草动。他凄凉了。忽然他把鼻子往里一紧，自语道：'真怪，哪里来的狼尿味！'……生气地把桦子向尿渥子一入，尿便滋滋地冒着蓝气。""'真闷死了，连狼都不嗥了。'他站在门口把枪机扳开，向着半空，啪地就是一枪。""大山枯坐了一会儿，只得把枪枕在脑袋底下睡了。他的头一沾枕头便睡着了。'愕噢……'声音像是由远而近。'愕噢——愕噢，愕噢！'先是一个，后来就是一群。大山翻个身。手摸着枪，心想狼群来了。和草色一般的转黄了的动物，把嘴插在地上在嗥。让它嗥吧，他还是放心大胆地睡。"②这一段落展现了大山在草原上生活的场景，本想背枪打猎，但由于夜色已晚，打野兽的想法只能落空，百无聊赖之时，只能睡觉，却不断传来狼的叫声。这也正是游牧生活的展现，以打猎为生，同时，也体现出夜晚草原的寂静与危险，从事游牧生活的人们时刻受到野兽的威胁，这种生活方式恰恰是游牧文化的一部分，同时，也形成了游牧民族剽悍好斗的性格。

"远远一匹骏马，一个带大耳风的人，把手遮在嘴上，声音惨烈而凄紧，大声地喊：'大——山，大——山。'那人看见没人回答，便低了头，一带马缰，马就向下坡飞跑而去。岗上一点尘土都没有，只是一片铅色的天穹，忧郁地展开熹微的鱼白光。'大——山，大——山，大——山，人山，人山。'急切的声音，依着风，依然喊。大山

---

① 端木蕻良：《端木蕻良文集》（第1卷），北京出版社，1998，第84—85页。
② 端木蕻良：《端木蕻良文集》（第1卷），北京出版社，1998，第85—87页。

听出是八舅的声音。'呵，八舅——'他疯狂地叫出。""啪，啪，啪，向半空打三枪。'八舅呵，八舅！'他一纵身，就跑下漫岗子去，又打三枪。啪！啪！啪！对面回了三下枪。嗒，嗒，嗒……对面的人循着枪声跑来了。嗒，嗒，马蹄声在耳边响了。'八舅，八舅！''大山，你爹死了。你爹临死有话，问你这个娘。'"[①]此段描写了"八舅"在茫茫的草原上寻着大山，告诉他父亲去世的消息。从中我们可以看到在广袤的草原上寻找人的传统呼喊的方法，以及借枪声来相互示意的交流手段，体现了游牧民族在生活中的交流方式，同时，可以看到骑马是游牧民族必备的技能，从而认识到马在游牧民族生活中的重要地位。在端木蕻良《科尔沁旗草原》中所描写的这些生活习俗和生活方式是游牧文化的具体展现。

乌苏里江长又长

蓝蓝的江水起波浪

赫哲人撒开千张网

船儿满江鱼满舱

阿朗赫那赫尼那雷呀

赫雷那尼赫雷那

白云飘过大顶子山

金色的阳光照船帆

紧摇桨来掌稳舵

双手赢得丰收年

阿朗赫那赫尼那雷呀！……

东北民歌《乌苏里船歌》就是赫哲族人民捕鱼的生产生活方式的真实写照。骆宾基的长篇小说《混沌》中就有当地人对于鱼的喜爱，

---

① 端木蕻良：《端木蕻良文集》（第1卷），北京出版社，1998，第87—88页。

冬季的青鱼、冻鲤是渔场主人的存货，他们还娴熟地穿鱼，青鱼是用穿鱼针从鱼眼穿过去，再用麻绳打结，鲤鱼是"用麻绳在鲤鱼尾上做扣"，然后"倒提"着送到买主手中，鱼是这里人们喜欢的食材。俗话说："有靠山的就有砍柴的，有近海的就有拿鱼的。有风就有浪，有树就有凉的。"[1]

第二节　山林文化与绿林文化

得天独厚的密林深山造就了东北地域粗犷、刚健的生存方式，这里生存着以打猎为生的猎户，以采集山参（俗称"挖棒槌"）为生的访山人和以劫掠为生、落草为寇的绿林汉。这里也流传着各种各样的神话、传说。

东北盛产人参。长白山是中国满族的发祥地和满族文化圣山。远在辽金时代就有山民在万里关东千里林海中"放山"（挖参、挖宝）。关于长白山和人参的传说也很多。人参被形象化，成为心地善良的美女。《红参姑娘》就是有代表性的一篇。传说有个善良厚道的少年，同父亲一道上长白山挖参。他们发现一棵老参，一挖，人参变成少女，红衣红裤，逃出山口，少年没抓住她；第二年春天又去挖参，这姑娘又跑了；第三年，少年一把拉住姑娘。姑娘恳求说："我已九百九十九岁了，再过一年就是参仙了。你放了我，我将来一定报答。"少年放了人参姑娘。又过了一年，红衣红裤的人参姑娘来了，与少年结了婚，生活富裕而美满。少年和红参姑娘的善良、忠贞，表现了满族青年男女的美好品格，也表达了满族人民对幸福美满生活的憧憬。长白山脉的"长白"二字还有一个美好的寓意，即"长相守，到白头"，代表着人们对忠贞与美满爱情的向往与歌颂。凡是在这里生活

---

① 端木蕻良：《端木蕻良文集》（第2卷），北京出版社，1999，第3页。

着的访山人，他们走到"神山"脚下的时候，都会降低说话的声音，怕惊扰了山神，并对山林进行跪拜，感谢大山的赐予。

关于人参的传说、故事，在东北流亡作家的作品中多有表现，如骆宾基的《蓝色的图们江》就将其写成神话小说。骆宾基的《乡亲——康天刚》中的主人公康天刚是一名长工，为了实现自己迎娶邻村财主的女儿为妻的梦想，他决定闯关东，做一名山客。可是在"关东山"挖山参已满三年，他一无所获，只是手里多了"一具雪车"、一件"羊皮外衣"和一匹"俄罗斯种的公马"，打着呼哨在漫长的冰面上滑行。他去拜访自己的乡亲"孙把头"，托他找人给守约"未婚妻"捎信延缓一年时间。可是十七年过去了，康天刚还是没有找到一棵山参，挖参队也不愿意带着他去访山。衰老颓败的乡亲康天刚准备投崖自尽，这时他发现悬崖下一棵千把年的老山参。老山参被挖了出来，乡亲康天刚的生命也走到了尽头。

俗话说，山有山规地有地法。端木蕻良的《大江》中描写东北猎户自有行规，无论是谁打猎时射到了野鹿，射手未赶到之前，任何人碰到了可以先于猎手割掉鹿茸。因为，这野物是属于山林和所有人的。这种山林行规体现的是猎户山民的情义和豪爽。放山的人注重义气，平时遇到抢子（极简易的窝棚）可以随意吃住。压抢子也需要大家合作完成。领棍（也叫"把头"，拉帮放山的组织者和指挥者）一说压抢子，就好像部队行军指挥员下令宿营似的，各操兵刃各负其责，边棍帮着选择窝风向阳、水源方便的地方，定下位置，其他人取出快当斧子快当锯，砍几棵树木，树枝一退，搭成人字架，上面放上一根稍粗一点的横梁。再用粗大的黄波椤树皮或蒿草，搭在上面，抢子冲南开门，门不留窗户，都挡严，窗子在门两侧东西开。夜间从远瞅，就像一只老虎趴在那儿，两面的灯光像两只眼睛，野兽不敢靠前。四周挡严后，再从附近松树林中搂点松树挠子，往抢子里一铺，又暄腾又防潮。上面放上狼皮、狍皮、狗皮，抢子就算搭完。在大伙搭抢子时，选一个有经验的用石头搭个锅台，放上锅，弄来水就烧水做饭。晚上在抢子门口烧上一堆火，俗称"打火堆"，一来御寒，二能防备野兽偷袭。有心眼好使的领棍，半夜怕人冻坏，招呼起来活动活动烤烤火。但烧的火堆不能灭，谁半夜起来上厕所，都要往火里添几块木头。烧火做饭的柴火堆要堆整齐，根冲外摆，烧时先烧根，取"顺当"之意。火还有另一个作用，东北山里一年有四种自然灾害，俗称"四怕"——春怕荒火，夏怕暴洪，秋怕蚊虫，冬怕雪龙（穿山风）。如在喊山时，不是一帮的也可以"接山"（发现人参回答专用名词）。挖到的人参有他们一份，称之为"见面劈一半"。在放山过程中，不管谁先发现"棒槌"（人参），都得仔细看好，别喊"炸山"（错了），看准才能大声喊"棒槌"！领棍的一听到有人"喊山"，必须"接山"，即问："什么货？"发现人参的这个人看准后说："五批叶（或六批叶）。"领棍一听，马上又喊："快当！快当！"喊山接山后，忙走过来，拿出快当绳子，用带大钱的红绳把参缠起来。传说如果不用红绳缠起来，人参会转胎走了。其实用红绳缠绕人参，在绿树绿草中便于发现，不至于因风吹草动失去了目标。古人曾记载："辽东采参时，见参苗不语，急以纬帘（凉帽名）覆其上，然后集人发掘，则得参甚多，否则苗不见，发之无所得。"放山人最讲究做梦，如梦见死人、出殡、白胡子老头、穿红衣绿裤的大姑娘、老太太、抢子起火，都认为是吉利的梦，有时甚至按梦指示的方向去赶山。

东北深山茂林，物产丰富。俗话说："棒打狍子瓢舀鱼，野鸡飞到饭锅里。"骆宾基在《混沌》中写道，由于松林是适宜在高寒纬度存活，这里松林资源丰富，盛产松子。同时这里盛产高品质的黑木耳、口蘑、椴树蜜、榛子和海参。同时，山林中跳跃的麇鹿，为人们提供具有药用价值的鹿茸，但是平常人家是不舍得享用的。烧烤野味，是人们酷爱的美食，松鸡、沙斑鸡、野兔、野狗、羊成为人们口中的猎物。《山区收购站》中，在"老黑山"周边生活着一个个跑山户，他们定期向小屯子的收购员王子修送去自己的收获，他们送去的有山产"党参、五味子、狼毒、黄鼠子皮、灰鼠子皮、熊胆、野猪油、草籽之类"①。比较珍贵的有紫貂皮、鹿茸和老山参。

东北地区冬天酷寒，有将近六个月的寒冷、连续的大雪和长时间的冰封，冬天烧炕，穿动物皮毛，"猫冬"。《混沌》中就提到"我"的父亲穿的是"深蓝色库缎面的猞猁皮袍"，戴着"高装狐皮围领"。在当时东北的物资水平下，辛苦的渔场主人穿的是"短皮褂，羊皮套裤"，浑身沾满鱼鳞；土著的庄稼人穿着"牛皮短靴"，皮袍被卷在腰里，城里的警察穿着"铁钉的短筒皮靴"，"我"戴"三只耳的皮帽"，山客戴的是"大耳狗皮帽子"，猎人头戴"尖塔形狐皮帽子"。"猫冬"是东北地区独有的风俗，即整个冬天待在家里。漫长的冬季使"山林里的英雄"无用武之地，由于冬天很多动物冬眠，积雪也覆盖了道路，"山林英雄"们收获不到什么猎物与药材。他们太过无聊，便闲不住到私家赌场去赌钱，或"押牌九"，或看纸牌，不少人输光了上一年积累的财富或者未来一年预计收入的几倍，没有牌本之后，他们只好静等山帮的消息，准备出发了。

东北的山林郁郁苍苍，松树、穿天杨和白桦树是东北人民坚毅顽强性格的象征。端木蕻良的《科尔沁旗草原》中的大山是科尔沁旗草原原始力的化身，他有着"古铜色的皮肤，一副鹰隼样的、黑绒镶的大眼，画眉炭子画的眉毛，铁腰，栗子肉"。作者把从东北旷野上的农民与马贼那里感受到的精神与力量全部给予大山。他桀骜叛逆，仿佛一头随时会怒吼的狮子，有着丁宁身上已经失去的野性力量。萧军的《第三代》中，就曾把人比作树木，"老林青像一株过于低矬的有了年代的小松树；有石头一样坚硬的性格"，"老林青"是"一颗磨刀的石头"，他到黑河淘过金，在长白山的密林深处访过山参，在吉林伊通河边上谋过生活，生活就像雾里的船，看不清方向，停到哪里就在哪里谋生活。萧军笔下的活跃着抗日义勇军的深山密林，端木蕻良笔下燃起反抗之火的苍茫汹涌的"大地的海"，骆宾基小说中生长着

---

① 骆宾基：《山区收购站》，作家出版社，1964，第3页。

老山参的悬崖峭壁……无论是充满灵性的白山黑水、苍茫辽阔的林海雪原，还是野蛮尖厉的滚滚风沙，都为东北流亡作家提供了用之不竭的创作源泉。

试看东北流亡作家笔下的"风"：野蛮。中原地域的风与东北之风相比显得太过驯良，南方地区的风更是过于温柔了些，唯有东北地域的风才韵味十足，也够野蛮。"厨房间的边缘钉着一圈狗皮，为的是遮风，因为北方的冬季，就是门缝一隙空，那风吹进来，也会使一天烧三十斤煤的火炉失去热力。"[1]不得不说这风实在是够强劲。下雪天如果遇到大风天气，雪花也不能保持她曼妙的身姿和美丽的形状，被蛮横地拽出天幕，变成碎屑，也就是雪末儿。风不仅够冷，还足够有个性。端木蕻良曾这样感慨："这庄严的草原上，人工的笔触，还不能涂抹去原始洪荒。在这上面游行的风，是比海上有着更多的自由的。""这一切感情的活动和思维，也都和这草原一样的荒凉而空阔……倘若是一个外乡人走到这里，一定当真要气闷起来了吧。"[2]"北风逞着荒寒的挺劲，在青年的红萝卜皮色的鼓挣挣的小腮帮上，写出自信、要强和傲慢来。在老人的额角的皱纹上，则沾满了古铜色的金粉，狠狠画出两条不可调和的固执和粗鲁的折痕。"[3]

山林文化体现的是山一样的刚韧、粗犷、伟岸、朴实，映射的是一种阳刚深沉又豪爽大气的精神境界。

东北的绿林文化与东北地域文化有着密切的关系。在近代东北，胡子（关内称"土匪"）已成为一种十分突出的历史文化现象。东北土匪人数之多、分布之广，又堪称中国之最。东北土匪在长期活动和历史发展中形成了独特的胡匪行帮文化，这种行帮文化与他们的性格、生存活动的地域和行帮自身的活动特点紧密相关。在东北上千股

---

① 骆宾基：《混沌》，作家出版社，1954，第69页。

② 端木蕻良：《大地的海》，载《端木蕻良文集》（第2卷），北京出版社，1999，第3—4页。

③ 耀群编《端木蕻良小说选》，作家出版社，1993，第7页。

土匪群落中，他们有大致相似的活动范围，有相同的活动方式、组织机构、行规、信仰、习俗和通用的黑话，在娱乐、穿戴、报号等方面也大致相同。这种行帮文化自成体系，自有一套不同于外部世界的话语、权力和行为价值的约定，它对于不论是群体还是个体的胡匪的心理、性格及行为方式、生活方式均具有重要影响。东北历时弥久、涵盖广泛的胡匪历史现象，是一种独特的"有意味"的文化景观。

东北民风古朴雄浑，东北人性格粗犷豪放，真诚直率，热情似火，意志如钢。东北地域民风好勇斗狠，因为小事动粗毫不奇怪。"这村中彼此打仗是常有的事，像这样的打仗在人们是并不稀奇的。他们知道大家彼此并没有仇恨，大家彼此也不记在心里，所以人们虽是聚得很多，却只是哄笑……"①

东北流亡作家的创作中大多有"胡子"情结，所谓"占山为王，落草为寇"。萧军的志愿是成为胡子，他的二叔就上山当了胡子。萧军认为当胡子是人生的一种理想形态。萧红说萧军具有"强盗的灵魂"②。从萧军童年的生活场域中，可以看出这个特点："他们鼓励着孩子们大胆，鼓励着孩子们蔑视任何秩序和成规……他们崇拜勇力……他们总企盼自己的孩子'有出息'，成为一个非凡的轰天动地的能够高临万人的英雄！不管这英雄是怎样获得来的。"③萧军的家乡在辽宁锦州、义县一带，民风闭塞彪悍，当胡子成为当时很多青年人的理想。

"胡子"之称起于明代，当时胡人常越界南侵掳掠，后来便沿袭称强盗为"胡子""红胡子"，据说是盗匪抢劫时戴面具挂红胡须以遮耳目；也有说，早年土匪多用土枪，枪口有塞，系以红绒一绺，射击

① 萧军：《马的故事》，载王培元编选《东北作家群小说选》，人民文学出版社，1992，第151页。

② 邢富君：《从荒原走向世界》，大连海运学院出版社，1992，第53页。

③ 萧军：《我的生涯》，转引自《周立波选集》，人民文学出版社，1959，第262页。

时去其塞并衔之于口，远望仿佛"红须"；还有说，俄国人经常越过边界烧杀抢掠，俄国人须多而红，故称"红胡子"，久而久之，"胡子"成为泛称。但在东北流亡作家的作品中，"胡子"非但不是被贬对象，还常常作为有几分豪气的英雄来刻画。这主要缘于东北人崇尚豪爽之气和"胡子"在抗战时期敢与日本鬼子抗衡。

在东北，也有将"胡子"与"土匪"混称的，叫"胡匪"，现在字典上还能查到。东北土匪在整个民国时期大体可以分三种。第一种是纯土匪，即红胡子。这种匪多则数百，少则十余，主要勾当是砸富户、抢买卖、绑人票、打官兵，其间烧杀奸淫，无恶不作。第二种是武装土匪。这种土匪大多有政治背景或目的。或为报复社会，或为报复官绅；有的借土匪发展势力，希望招安做官；有的投靠日军，为虎作伥；被人民政权"土改清算"的，要搞阶级报复；被国民党委任军衔的，死心塌地破坏革命。第三种叫"棒子手"。这种土匪没有枪械，仅以木棒劫道；人数少，有时仅一个人，有时数人，时聚时散。他们打劫对象多是单身行人、小户人家。大股的土匪又称"绺子"，有一套比较完整的组织和规矩。其总头目叫"大当家的"或"大掌柜的"，内部呼为"大哥"。其下有二掌柜，再往下有"四梁八柱"，四梁分里四梁、外四梁，合起来即为八柱。下面一般匪徒称"崽子"。

清末至"九一八"之前，东北土匪的来源基本是伐木工人、金矿工人、猎户、炮头和开荒农民，土匪首领是地方绅士、帮会领袖和矿山马场把头，也有世袭胡匪家族。这一时期，胡匪拥枪自卫，维持江湖，许多匪帮据点不是山头而是村屯。抢当然要抢，但他们有自己严格的规则，比如不抢大车店，因为各路人马都要在那里打尖。不抢唱二人转的，因为谁都要娱乐。这种土匪是时代的产物，戴上乌纱就是地方官员，所以有"不当胡子不能当官"之说。最典型的就是张作霖。"九一八"以后至解放战争之前，胡匪中出现大批原东北军官兵，也有进山抗日的学生，关里受命出关的共产党员、青年党员和国民党员。东北胡子在"九一八"之后几乎是成建制地抗日，后来组成抗日联军。

抗战胜利以后至中华人民共和国成立之前，东北胡子进入了最后的时期。跟蒋介石走的胡子，被消灭在白山黑水间。中共著名将军贺晋年就是以剿匪闻名，描述这一时期的作品有《林海雪原》。东北流亡作家作品中所写的"义勇军"就是九一八事变后，东北人民和东北各路部队以及各地胡子的势力组成的抗日力量的统称。

绿林文化影响了东北流亡作家的人格结构、审美心理、审美价值取向。东北流亡作家在总体上对胡子是肯定的，这主要是因为胡子成为抗日斗争中不可忽略的生力军。胡子在抗日战斗中异常英勇，甚至不惜牺牲自己的生命，因而也具有了英雄色彩。东北流亡作家塑造的雄强犷悍、敢于抗日的胡子的群像放出了独特的异彩，丰富了中国文学的人物画廊。有很多抗日英雄都是胡子出身的，比起文弱的书生，胡子更懂得怎样使用武器，更有实际作战经验。胡子自身往往没有家庭的拖累，打起仗来没有什么顾忌，因而，胡子往往成为战斗中的主力。

罗烽的《边陲线上》中的刘司令赞美抗日义勇军中的猛将靠山，认为他不愧为胡子出身，打起仗来就是棒。萧军的《第三代》中的胡子首领海交不爱钱，不爱女人，劫富济贫，具有大侠的风范。萧军的《八月的乡村》中的胡子出身的铁鹰队长刚毅勇敢，沉稳冷静，俨然是一位英雄。另外，端木蕻良的《科尔沁旗草原》《大江》《遥远的风沙》、舒群的《誓言》等很多作品都描写了胡子。东北流亡作家如此集中地描写胡子在其他地域是少见的，这和东北的绿林文化是密不可分的。当然，东北流亡作家对胡子还是有客观评价的，他们也看到了胡子的负面因素。《遥远的风沙》叙写一支抗日义勇军在一个叫煤黑子的土匪的带领下，去改编土匪的队伍。在途中，煤黑子浑身匪气，无恶不作，表现了土匪的许多恶劣品质。然而，就是这个为非作歹、残忍暴烈的煤黑子，当行进的队伍遭到敌人袭击的时候，却挺身而出，掩护队伍安全转移，最后壮烈牺牲在战场上。善恶美丑的特性交织在土匪煤黑子身上，其中既包含土匪的恶劣本性，又有勇猛无畏、甘于牺牲的精神的闪现。煤黑子既有侠义英雄的一面，也有凶残无赖的一面。《大江》中的伍炮也是一个爱国抗日的土匪。骆宾基的《混沌初开》中的人们忌讳把男人的胡须称为胡子，而改称"沿口"。可见，东北流亡作家对英勇抗日、弃恶向善的胡子是赞许的，对胡作非为的胡子是反对的。

正是在东北特有的绿林文化的生活场域中，绿林文化使得东北人的抗日斗争具有了鲜明的地域文化特色。在抗日的特殊历史时期，在与日本侵略者展开生死的斗争的过程中，胡子的身份得到了升华。

东北地域文化影响了东北流亡作家的人格结构、审美心理、审美价值取向，这种独特的缺少儒家礼教束缚的风土民情使得东北流亡作家的创作具有了绿林文化的特色。东北地处偏远地区，远离儒家文化的中心圈，另外，文弱的书生无法在东北恶劣的自然环境中生存，因此，东北民俗生活场域决定了东北流亡作家特有的衡量人物的审美标准，他们心中的理想人物不是充满智慧、饱读诗书、求取功名的知识分子，而是刚健剽悍的英雄。东北民间"尚武少文"，信奉"培养贼子使人怕，不养呆子使人骂"。老人教训孩子的原则是"养儿要强，栽树要梁；丫头要浪，小子要闯"[1]。这种原则显然和儒家的礼教"修身齐家治国平天下"是不一样的，这正是由东北独特的民俗生活场域决定的。东北的民风喜欢好勇斗狠。"他们喜欢复仇，受了欺侮，只是喜欢去当'胡子'，最厌恶是到官场去打官司。他们知道到官场去自己总是吃亏的。"[2]连孩子们做的最普遍的游戏都是"官兵"和"胡子"的冲锋，或是恶霸抢女人，好汉去营救。骆宾基的《乡亲——康

---

① 转引自王培元编选《东北作家群小说选》，人民文学出版社，1992，第110页。

② 转引自王培元编选《东北作家群小说选》，人民文学出版社，1992，第110页。

天刚》中，孙把头告诉刚从海南来的康天刚说："你尽管坐下喝，关东山是不讲礼道的，也不要让。"①孙把头显然是指关东地区缺少儒家礼义道德的束缚，是个蛮荒之地。东北人"一旦话不投机，三句两句顶起来，就立时可以引出一大套的骂言，但也许过不去一泡尿的工夫，对骂的人又和好如初了。倘不然，真的到了不可分解的时候，那便不免出手一打了，可能是一个打一个，也可能是一群打一群，无论怎样打法，打输的既不去报告大人，也不能赖着哭号，那样便显示你的懦弱，而为任何人所不齿了"②。

东北地区民风粗犷狂野，这种狂野的民风成为胡子的温床。东北的山民尚武成风，特别具有抗争意识，因此当有侵略者时，东北人尚武斗狠的绿林文化地域特色突显出来，东北人以民间自发的形式奋起抗日，斗争异常惨烈。

"胡子"的产生是由特定的生存境遇决定的。东北的胡子往往是穷得活不下去的穷苦百姓，只能是"铺着地盖着天，脑袋别在裤腰间"，铤而走险。胡子的来源有农民、金矿工人、伐木工人、猎户等，当胡子是一种无奈的选择。《第三代》中的很多农民和猎户都被迫当了胡子。你不拿枪杀别人，别人就拿枪杀你，这时唯一的出路就是当胡子。《第三代》中的宋七月评价汪大辫子说："这年头安善人……也是没有安善结果的……看吧，眼前就是榜样……被骑死的马，全是因为太老实。"③连柔弱的四姑娘都说："人穷就是犯罪，穷人要想自己是个人……那只有一条路——大家就得全像古时候那样反叛起来！"④端木蕻良的《浑河的急流》中，每个猎户要交三十张狐皮，不交就要被砍头，猎户们被迫造反当了胡子。王四麻子说："伙计

① 骆宾基：《乡亲——康天刚》，载王培元编选《东北作家群小说选》，人民文学出版社，1992，第357页。

② 马蹄疾编《李辉英散文选集》，百花文艺出版社，1986，第77页。

③ 萧军：《第三代》，黑龙江人民出版社，1983，第104页。

④ 萧军：《第三代》，黑龙江人民出版社，1983，第217页。

们，只有一个法子，我们到山里去，我们得走活路……要想争这口气，就得拿枪。"杨庆抢着说："反正在这里也早晚得死，倒不如吃吃山里的大碗饭。"①这样的场面在东北流亡作家笔下都有所描述，人们在没有活路后，被逼上梁山。

端木蕻良曾深情地写道：

> 我的故乡的人们则是双重的奴隶。在没有失去的时候，是某一家人的奴隶。失去了以后，是某一国的奴隶。然而当主人们在大观园里诗酒逍遥将土地断送给敌人的时候，这些奴隶却想用他们粗拙的力量来讨回！这呼声，这行进，我的故乡的兄弟的英勇的脚步，英勇的手呵，我愿用文字的流写下你们的热血的流。抬起含泪的眼我向上望着，想起了故乡的蔚蓝的可爱的天。冰雪的严寒使他们保有了和从前一般出色的粗犷，复仇的火焰在大地的心中跳跃，长白山的儿子，原不是那么容易去死的，为了生，他们知道怎样去死，热血原是光明的燃料！②

在萧军的《八月的乡村》中，陈柱司令演讲时有这样的话：

> 我们有的从农民里来，有的从军队里来，更有的是从别的缭子上来的……我们这样辛辛苦苦，忍饥挨饿，集合到一起，浴着血来和我们的敌人斗争。为什么呢？这是得以吗？这是偶然吗？全不是的，这是我们的敌人将我们逼成这样！

东北成为犯人的流放地。从西汉开始就有人被流放到东北。据记

---

① 骆宾基：《边陲线上》，吉林人民出版社，1984，第83页。
② 中国现代文学馆编《中国现代文学百家——端木蕻良代表作》，华夏出版社，1998，第368—372页。

载，西汉建平元年（公元前6年），侍中骑都尉新成侯赵钦、成阳侯赵䜣都因有罪被流放到东北。明代有二三十万人因罪被贬到东北。清代发配流放到东北的人数是最多的。中原地区的官吏和知识分子获罪也被流放到东北。由于清朝大兴文字狱，清朝流放到东北的犯人最多。这些流人为后世留下了大量的东北流人诗。如函可、季开生、吴兆骞、方拱乾等都是被流放到东北的文人，留下了大量的诗作。敢于触犯大清律令的人势必也是有胆量的人。这些被流放发配的人增加了东北文化中反对循规蹈矩、严守礼教的不安定的文化因子，进一步强化了东北地域的"俗本骛劲"的文化特色。

东北流亡作家对胡子具有独特的审美价值取向，他们对胡子总体上持肯定的审美态度，尤其在抗日斗争中，胡子成为积极的英勇的抗日者，表现了崇高的民族气节。东北流亡作家对胡子的抗日行为，给予了高度的评价，表现的胡子情结主要包括以下几个方面。

其一，在东北流亡作家的笔下，几乎每部小说都在不同程度上描写了胡子。许多小说的主人公本身就是胡子，或者当过胡子，或者正在当胡子。萧军的小说《第三代》中，用大量的笔墨描写了胡子，汪大辫子的老婆翠屏在走投无路的情况下也被迫当起了胡子。《八月的乡村》中的铁鹰队长有过当胡子的经历。白朗的《生与死》中，安老太太的儿子抛下了老母、爱妻、职业，加入了胡子的队伍。另外，在端木蕻良、李辉英、罗烽、萧红、舒群、马加、骆宾基等东北流亡作家的作品中都能发现有关胡子的描写。

其二，男主人公处事的方式有着鲜明的个性。他们从不向对方妥协，也不向对方求情。他们性情刚烈，粗率，好勇斗狠。《科尔沁旗草原》中丁宁借钱的方式和其他地方都不一样，他向三十三婶借钱时说了这样一串话："马上——两万！"这完全是用胁迫的口吻说的。丁宁还说："你说，要借就借，要不借就不借。""两万——就拿来！"①当

---

① 端木蕻良：《科尔沁旗草原》，人民文学出版社，1981，第160—161页。

铁路警察查票时，大山才发现褡裢被偷了，票、钱都被偷了。铁路警察照着大山的鼻梁就是一拳，大山并不解释自己的钱如何被偷，"大山捆地就回他一掌，热辣辣地打在那正笑得得意的方形的脸上。……大山山猫似的，一跃就跃在一个长车凳上，你来，你们哪个小子敢来……全车的人都惊起了。大山一句话不说，头发从额角上披散开来，狮子的钢铁的鬃毛，在沁出血液来似的抖动"①。最后，大山大吼一声，跳出了火车。大山这样勇武的性格在东北流亡作家的作品中是常见的。端木蕻良的《遥远的风沙》中的胡子煤黑子是典型的胡子，他既有粗鲁、残忍的一面，又有侠义的一面。

东北流亡作家对胡子充满了同情，甚至赞许。这是东北流亡作家不同于其他地区的鲜明的特色。其他地区的作家对胡子往往是深恶痛绝的，而东北流亡作家对胡子是充满好感的。《第三代》中的海交、半截塔、刘元等胡子都有情有义、大义凛然。《科尔沁旗草原》中的"老北风"杀富济贫，英勇神秘。有歌谣唱道："老北风，起在空，官仓倒，饿汉撑，大户人家脑袋疼！"小说结尾，写到了"老北风"把民愤极大的官商点了天灯，并交代了这样的话：

> 日本兵今夜十二点要进占全南满线的各大城，土匪都招抚。可是中国胡子由老北风领头自己编为义勇军了。

在东北流亡作家的创作中，抗日队伍中有很多人是胡子。端木蕻良曾这样评价过东北的社会情况："他们的原始社会的成分也特别多，比如低级宗教的信奉和当地土匪的义侠行为就是很好的例子。"②

---

① 端木蕻良：《科尔沁旗草原》，人民文学出版社，1981，第93—94页。

② 端木蕻良：《科尔沁前史》，载《端木蕻良文集》（第1卷），北京出版社，1998，第530页。

第三节 日神文化与鸟图腾崇拜

法国史学家丹纳认为一个民族会永远留着其乡土的痕迹，尤其是当其处于未开化的阶段时只能受环境的包围、陶冶、熔铸；他的头脑会像一块完全软和而富于伸缩性的黏土尽量向自然界屈服，听凭搓捏，不能抵抗外界的压力。从某种程度上看，文化的生成，正是自然界的结构留在民族精神上的印记。

东北是中国东夷、东北夷的发源地。"夷"字，许慎《说文解字》释为"从大，从弓，东方之人也"，明确指出"夷"是对上古时期东方之人的指称。《诗经》云："天命玄鸟，降而生商，宅殷土芒芒。"其中的"殷土"一词，向来被人们习惯上释为红色的土地，其实这应是一个指代古地域的名词。《山海经·海内西经》记载："夷人在东胡东。"据学者们考证，东胡在今内蒙古至辽宁西辽河一带，"东胡东"则指从松花江流域、辽河流域直到渤海湾一带的广阔地区。《后汉书》引《竹书纪年》释曰："夷人分为九类，即畎夷、于夷、方夷、黄夷、白夷、赤夷、玄夷、风夷、阳夷。"汉代时始将东北境内的夷人专称为"东北夷"[1]。距今五千多年的红山文化的先民们亦有尚鸟的习俗。辽宁阜新胡头沟、福兴地，凌源三官甸子，喀左东山嘴，内蒙古巴林右旗那斯台等红山文化遗址都出土了玉石雕琢的鸟形器。这些玉鸟规格不大，腹部细辨可见三角纹痕，做工精细，造型别致生动，大都呈展翅飞翔状。很多玉鸟都有钻孔，是用以佩戴的。这些鸟形饰物很明显是一种重要标志——图腾。在东夷-东北夷的文化系统中，有两个最重要的文化特征，即太阳神（日神）崇拜和鸟图腾。用文化学家萧兵先生的话说，"发祥于渤海两岸的东方夷人集群主要以

---

① 逄增玉：《黑土地文化与东北作家群》，湖南教育出版社，1995，第29页。

鸟为图腾，普遍崇拜从他们身畔升起的太阳"，故夷人属于文化学意义上的太阳鸟族。

东北的女真人，其发祥地在长白山"山上日出之方"。由于东北众多的土著民族皆认为自己是太阳神后裔，具有鲜明强烈的日神崇拜心理，所以，在东北漫长的历史文化发展中，东向、拜日等与日神崇拜意识相关的仪式和习俗一直在东北土著民族中绵延不绝。《后汉书》曾记载乌桓"以穹庐为舍，东开向日"。

东北先民和各土著民族中普遍存在的这种日神崇拜意识的产生，显然与他们所处的生存环境密切相关。东北地区冬季漫长，狂风呼啸，满天飞雪，冷气逼人……在这样恶劣的自然环境下，对于东北先民而言，那普照大地、驱散寒冷、给万物带来光明与温暖的太阳何其宝贵，他们自然而然地对于太阳产生了亲近感，并将太阳神奉为始祖，或将太阳升起的东方作为发源地，将太阳之子奉为本民族的始祖，产生强烈的日神崇拜心理。因此，日神崇拜是东夷-东北夷文化系统中最重要的文化特征之一。既然光明温暖的太阳是东北土地的神祇，那么久而久之，被崇拜的神祇的力量和特征自然会在东北生发的心灵人格中发生潜移默化的"对象化"作用，当这种作用同在严酷险峻的自然条件下产生的犷悍雄豪的游牧、渔猎生产生活方式结合在一起时，便自然而然蒸腾出火爆热烈、豪放积极、勇迈爽朗、追求光明、执着无畏地参与自然搏斗和人生搏斗，对自然生命和现实人生具有原始般的迷狂与冲动的东北亚独特的日神文化精神。东北先民的日神文化精神千百年来流传不息，无意识地渗透、积淀在东北现代作家的心理结构中，也成为影响其艺术创作的重要文化因素。

在《生死场》的后半部，萧红从对国民性的批判转为对民族精神的高扬，沉重的民族压迫和太阳神后裔沉潜已久的精神血气，终于使曾经像动物一样麻木生存的乡民们，齐聚在太阳下向苍天哭叫，歃血发誓。在对这一具有日神文化遗风（太阳、血）的场景描写中，萧红澎湃的激情跃然纸上，她的主观情感投射、涌入到人物中，同作品中的人物一起在太阳下沸腾，使天地为之动容。这是源于现实处境和远古日神文化精神的生命激情的投射，这是一种不可扼制的原始洪荒般的生命强力。

同样，东北生民的日神文化精神也演化为萨满教、大秧歌和种种东北土野戏剧。萧红在《呼兰河传》中描写的四月十八娘娘庙会、五月节挂葫芦、七月十五盂兰节、跳大神、野台子戏等等，其实不仅仅是鬼神崇拜，在娱神的同时也是娱人，是平日劳作和精神压抑下民众的集体狂欢。有的走了三天三夜来逛庙会，有些女人拉着孩子，抱着孩子，哭天叫地地从墙头上跳过来，就为了看跳神的。这种强烈的投入意识也可以看作是日神文化的遗风。

端木蕻良在《我的创作态度》中写道，那辽阔苍莽的东北土地，给了他一种"沉郁""热度"和"力量"，使他在"性格的本质上有一种繁华的热情形成一种心灵的重压和性情的奔流"。他胸中回荡着一股豪气，由此生发出一种横扫不平与罪恶，拯救社会于深渊的宏大抱负与凌厉勃发的气势。日神文化精神在东北作家萧军身上体现的是那种内外一致的刚烈激进、无所畏惧的精神。在萧军的笔下，关东大地上生活着的儿女都是充满着生生不息、热情向上的个性特色的。

同太阳神崇拜一样，东北先民的鸟崇拜显然也同这里的生存条件紧密相关。自然生存环境的险峻与弯弓捕射的渔猎生涯，使东北先民对那勇猛而又自由翱翔于天空中的鹰，对那随季节变换而往来迁徙的候鸟——大雁、仙鹤、天鹅等鸟类产生羡慕和崇拜，并进而产生鸟图腾崇拜和鸟生传说。这种鸟图腾崇拜和鸟生传说，实质上反映了在自然生存环境严酷和生产力低下的时代东北先民借助想象力对自然的征服，反映了他们超越自然与生存条件的限制的企望和对不受拘束纵情来往于天地之间的自由的向往。作为一种地域文化现象，这种在一定的生存条件中产生的鸟图腾崇拜，一方面包蕴、反映和形成着与生存条件相适应的生存规则，另一方面，鸟图腾崇拜所蕴含和蒸发出的崇尚自由漂泊的文化精神却超越生存条件的变化和时空变迁，幻化为一种集体无意识而生生不息，迭代相传，成为一种文化，一种心理情结。正是这种崇尚和追求自由与漂泊的文化心理情结与特定的生存条件的支配，使得此后的东北各土著民族不断地漂泊与迁徙。

赫哲族就有关于寻找象征吉祥幸福的金翅鸟的传说。七姐妹历尽千辛万苦，最后找到生有金翅膀的祥瑞鸟。七姐妹指引赫哲人向金翅鸟飞走的方向迁移，因为金翅鸟生活的地方有吃有穿，吉祥如意。七妹用宝物铜镜寻得了金翅鸟，还用铜镜把草人变成了和她一模一样的姑娘，帮助人们熟皮子、做针线。七姐妹为赫哲人找到了幸福，可她们受到神灵的惩罚变成了七个石头人。石头人越长越高，耸入云霄，形成了七女峰。这个传说故事还有个尾声：每当晴天，人们还能看到七妹萨丽洪脖子上围着银狐皮在风中飘动。① 这个传说表现了赫哲族人民为了寻找幸福的乐园而不断漂泊迁徙的执着追求。

海东青作为满族祖先的图腾，寄托着一个古老民族的精神追求。它具有非凡的飞翔本领，在疾风骤雨中练就了矫健的翅膀，奋力高飞，不知疲倦，从不迷失方向，飞越严寒风雪百折不回。满族的神话中就有最早的女萨满是海东青从东方背来的说法。满族萨满善用舞蹈来表现鹰神直冲云霄九万里的气概与英姿。在祭神时萨满那极速旋转、神裙飘飞象征着神鹰在云海中展翅翱翔。

东北先民以太阳为神，以鸟为图腾。鸟图腾崇拜已经成为一种崇尚和追求自由与漂泊的文化心理情结，一种文化基因，融入东北人的血脉中。当然，这也体现在东北流亡作家的文学创作上。

逄增玉先生说："为什么在中国现代文学史上，有一些作家同样从幼年开始经历了种种磨难，经历了人生漂泊并写出了相当出色的流浪汉小说（如艾芜和路翎），却没有形成萧军式的流浪汉精神特征

---

① 王士媛、马名超、黄任远编《赫哲族民间故事选》，上海文艺出版社，1986，第191—196页。

呢？对此，只有既联系萧军的个人经历与个性（个性亦在很大程度上是环境的产物），又联系到东北那从远古的鸟图腾开始的，贯穿了千年历史的漂泊与自由的文化精神，才能得到正确、全面的理解与阐释。""尽管还不能百分之百地说东北作家身上都具有上述特征，但就整体而言，同别的地域相比，东北作家确实较鲜明地表现出这种大致的、群体的性格特征，而萧军不过是其中的突出代表。"①的确，萧军的骨子里就具有一种无所畏惧、无拘无束的流浪汉精神。萧军这一笔名是1934年在青岛开始与鲁迅通信时所使用的笔名。"萧"来自他所喜爱的京剧《打渔杀家》中的老英雄萧恩，又因为他是辽宁人，古时辽代人有萧姓。"军"源自他曾是军人，这一笔名体现出其崇尚英雄、热爱家乡的情感。

　　萧军1907年7月3日出生于辽宁省义县沈家台镇下碾盘沟村，他出生六个多月的时候，母亲遭到萧军父亲的一次毒打，出身于没落的官宦之家的母亲因为受不了自己的尊严遭到无情的侮辱与践踏，选择了吞食鸦片自杀。也就是说，萧军在还未能充分体会到母亲疼爱的时候就已经永远地失去了她。后来稍长大了一些，他从乡亲的口中听说了关于母亲的故事，他对于失去母亲的悲伤和痛心之情遂转化成了"仇父意识"。"每当人们问他：'你长大了干什么？''给妈妈报仇。'萧军总是坚决响亮地回答。"②为了反抗父亲，也是厌倦了私塾生活的单调、刻板，他经常从私塾里逃学，又时时事事不按照父亲的指示去做，他的挣扎让父亲觉得自己的父权遭到了挑战，于是一次又一次地痛打萧军。望子成龙心切的父亲又让他上了镇上的小学，萧军又经常逃学。十岁时，萧军随父亲到千里之外的长春谋生，上到小学三年级的时候，因不满体育教师的无端责罚，并拒不认错，被校方开除。父亲的专制和暴虐没有让萧军服软，反倒激起了他要更加坚决反抗的决心和斗志。萧军的"个人主义"精神中反抗的部分就在对父亲的仇恨

---

① 逢增玉：《黑土地文化与东北作家群》，湖南教育出版社，1995，第64页。

② 张毓茂编《跋涉者：萧军》，辽宁人民出版社，2000，第14页。

和抵制中"生了根，发了芽"。1925年，十八岁的萧军独自一人闯荡人生，开始了漂泊之旅。他走进了军营，在吉林省城东北军阀部队"陆军三十四团"所属的骑兵营当了骑兵，开始追逐他儿时的英雄梦。军营里的生活并不像萧军最初所想的那样，他在那里除了受到严酷的军事训练之外，最充分感受到的是那里弥漫着的污秽气息。萧军在军营里的生活原本也没什么波澜，他和其他的战士一样生活、训练、受罚。1927年他离开吉林，投考设在沈阳的"东北宪兵教练处"。1928年分配到哈尔滨实习三个月。后来辞去宪兵职务，考入东北陆军讲武堂第九期预科，1929年转入炮兵科。他天生爱打抱不平的英雄主义作风似乎注定了他早晚忍受不了军营里的种种拙劣风气。"锹劈队长"事件发生后，被讲武堂开除的萧军无法继续容身于部队当中。九一八事变后，国难当头，南京政府的"不抵抗"政策又刺痛了萧军爱国的心，最终他决定离开部队，继续自己的漂泊流浪生活。他找到在吉林省舒兰县的一个军队中任职的朋友，计划将他的部队组成抗日义勇军，不幸失败，同朋友一起逃到哈尔滨。在哈尔滨，他与萧红相识、相恋，走到一起，并出版了两人的短篇小说集《跋涉》。由于二人已被日本占领当局所注意，萧军和萧红于1934年6月12日离开哈尔滨，经大连去青岛与舒群会合，1934年11月2日，他们离开青岛去上海，1937年9月上旬离开上海去武汉。1938年1月，他们到了山西。萧军与萧红分手后，独自去了兰州、西安，后来辗转到达延安。在延安的时候，毛泽东曾经鼓励萧军弃文从政，萧军却说："入党，我不是那材料；当官，我不是那坯子。我这个人自由主义、个人英雄主义太重。就像一匹野马，受不了缰绳的约束，到时候连我自己也管不住自己，我还是在党外跑跑吧！"①在后来的王实味事件中，他因为对批判王实味的粗暴方式不满，出于自己的坦率个性"舌战群儒"，同延安文艺界人士展开辩论。总体观之，这种个人主义、自由

---

① 张毓茂编《跋涉者：萧军》，辽宁人民出版社，2000，第280页。

主义和流浪汉精神一直贯穿于萧军整个人生旅途中。故乡的白山黑水赋予了萧军雄强粗犷、英勇无畏的性格，更铸就了萧军东北硬汉的铮铮铁骨。田野密林、河流山涧中生活着的人民和他们世世代代所传承的文化精神内核使得萧军在其中找到了自己"身份的认同"。

在《科尔沁旗草原》里，端木蕻良借小说的主人公丁宁之口表达他心中的热望，"只有自然是健康""唯有在自然里，才能使人性得到最高的解放，才能在崇高的启示里照彻了自己"。而自然的伟大只有广阔无边的原野才能形容出来，"只有这样的旷荡的科尔沁旗草原，才能激发起人类的广大胸怀，使人在这广原之上的时候，有一种向上的感觉，使人感受，使人向往……"他想象着，"在这刚健的草原里，应该怎样锻炼出若干哥萨克的性格呵——像苍鹰似的昂起头来，在向天空搏击"。

萧红的身上也有一种自由精神，无论是为自由反抗包办婚姻，还是为追求女性的独立与萧军分手，又不顾各种非议与端木蕻良结合，漂泊到香港，在异乡含恨而逝。她漂泊的目的都是为了实现人的独立和自由，至死不悔。萧红的流浪精神特征同东北地域文化精神与氛围有契合的地方。"二十岁那年，我就逃出了父亲的家庭，直到现在还是过着流浪的生活。"这是萧红1936年在《永远的憧憬和追求》一文中的自述。这种漂泊的流浪生涯对于一个孤苦无依的少女来说，艰难可想而知。多少次露宿街头，多少次饥寒难耐，都不能压垮萧红那追求自由、摆脱束缚的精神和意志。为了人的尊严和自由，尽管漂泊生涯寒苦而孤寂，萧红也决不向以父亲的旧家庭为代表的旧生活旧世界屈服投降。真正自由的人生从来都是崎岖坎坷的，选择了自由的人生就勇敢无畏地走下去，这正是一种漂泊者的人格心态和气质精神。

总体观之，在超时空的习俗传承中，以游牧文化、渔猎文化、山林文化、绿林文化为代表的传统东北地域文化，养成"俗本鸷劲、人多沉雄"的民俗和文化内核。日神文化精神和鸟图腾崇拜而生成的原始的生命强力以及崇尚自由与漂泊的文化心理情结，潜移默化地影响着东北流亡作家的创作。

第四章　东北流亡作家笔下的
人物形象塑造

　　在抗日救亡的文化语境下，东北流亡作家"不必有意地追求民族意识和民族精神，他们自身的存在就已经天然地具有这种意识和这种精神。他们的文艺几乎必然地与抗战发生关系，因为他们全部的生活体验和生命体验与当时的反侵略战争发生着千丝万缕的联系，日本帝国主义的军事侵略几乎是无可挽回地将他们个人的实际生活感受和实际生活命运提升到了对整个民族命运的感受和体验的高度上来，他们表现着自己，同时也在表现着我们的民族。他们的最基本的愿望和要求也就是当时整个中华民族的最基本的愿望和要求。在这个意义上，他们以及他们的作品本身就是一种符号，一个信息，一种能够激发起每一个中国人深层意识中的民族意识和民族精神的存在物"①。从这个意义上说，东北流亡作家笔下塑造的人物形象，无论是抗日民众群像还是流亡者形象系列，无论是充满野性强悍的生命力的胡子还是洋溢着野性美的东北女性形象，他们都深深地烙刻下东北地域文化精神，丰富了抗战文学的人物形象画廊，体现着文学的多样性。

---

　　① 王富仁：《三十年代左翼文学·东北作家群·端木蕻良》（之二），《文艺争鸣》2013年第2期，第37页。

第一节　抗日民众群像的塑造

东北流亡作家关于"抗日"的描写，不仅仅是描写个人如何摆脱束缚，走向革命，更多地塑造了抗日民众群像，即抗日大众主人公形象。相对于个体行为而言，群体行为更具有鼓舞力和号召力，是一个时代更具体、更生动的体现。在日军侵占东北、长驱直入的紧要关头，作为每一个有良知的中国人，都应该奋起反抗，这是时代赋予每个人的重要使命。东北流亡作家笔下抗日民众群像的塑造，正是当时抗日救亡社会现实的迫切需要，也是东北民众身上潜藏的原始生命强力的具体表现。

萧红的《生死场》中人物众多，往往不分主次，众多人物随着情节的展开而轮流出现。日本侵略者在中国东北土地上实施的一系列暴行是通过小说中人物的感受表现出来的。王婆和金枝的母亲惨淡而忧伤地谈着："村中添设出异样的风光，日本旗子，日本兵。人们开始讲究一些王道啦，日'满'亲善啦，快有'真龙天子'啦！"在"王道"之下，"村中的废田多起来，村中的寡妇多起来"。金枝的母亲最后说："我这些年来，都是养鸡，如今连个鸡毛也不能留，连个'啼明'的公鸡也不让留下。这是什么年头？……"还有赵三被日本宪兵带走问话途中的感受："他又感到烦恼，因为他想起往日自己的麦田而今丧尽在炮火下，在日本兵的足下必定不能够再长起来，他带着麦田的忧伤又走过一片瓜田，瓜地也不见了种瓜的人，瓜田尽被一些蒿草充塞。"倔强的老王婆站起来了，老赵三也站起来了，二里半也站起来了，寡妇们和亡家的独身汉也站起来了。为了抗日，他们喊出："救国的日子就要来到，有血气的人不肯当亡国奴，甘愿做日本刺刀下的屈死鬼。""千刀万剐也愿意！""哪怕我埋在坟里，也要把中国旗子插在坟顶，我是中国人！我不当亡国奴，生是中国人，死是中国鬼。"他们一起哭向苍天，大群人起着号啕！就这样把一支匪枪装好子弹摆在众人前面，每人走到那支枪口跪倒下去盟誓。他们义无反顾地走上抗日的道路。

在这个民众忙着生、忙着死的原始愚昧、麻木落后的生死场，仍然潜藏着一种不可忽视的原始生命强力和复仇意识，它犹如一座积蓄已久的活火山，一旦喷发就难以遏制，从而形成同仇敌忾、民众集体抗日的壮烈景象。

白朗早期的一批优秀作品多以"抗日"为题材，结集为《伊瓦鲁河畔》（1938年）。具有代表性的作品有《伊瓦鲁河畔》《轮下》等。《伊瓦鲁河畔》1936年7月创作于上海，讲述的是伪满洲国代表日本侵略者到伊瓦鲁河岸的村庄宣讲所谓的"王道乐土""民族协和"，强迫百姓家家悬挂"满洲国旗"，以表示对日妥协，却遭到以长腿三、贾德为代表的广大民众的坚决抵制，最终在游击第五分队的帮助下，擒获宣抚员，三十名护卫队员改邪归正，率领民众退入山林。全文几处写到一首民间歌谣：

"满洲国旗"黄又黄，一年半载过不长，东洋虎，满洲狼，一股脑儿见阎王。[1]

在贾德激动的吟唱中，"不只是一个长腿三，无数的人，老的，少的，男的，女的，一齐起来合唱，像沉雷一般传播到远方去"[2]。由此可见，群众反满抗日的热情是高涨的，无数的"长腿三"一起回应，对日寇的残暴行径表现出了积极的反抗。

与《伊瓦鲁河畔》所表现的农村反抗相呼应的，是城市难民的积

---

[1] 白朗：《伊瓦鲁河畔》，载《白朗文集》（第1卷），春风文艺出版社，1984，第21页。

[2] 白朗：《伊瓦鲁河畔》，载《白朗文集》（第1卷），春风文艺出版社，1984，第52页。

极响应。《轮下》写的是伪满当局为搞"市政建设"强拆房屋，难民们雨中游行，到市公署请愿，要求保障基本的居住权，却遭到市政府的坚决反对，无家可归的难民们与日本宪兵展开搏斗，陆雄嫂的丈夫被敌人抓走，陆雄嫂为示抗议抱着仅有六岁的儿子小柱跌倒在囚车轮下，以死抗争。文中多次出现关于请愿过程中"人群"的描写：

"这褴褛又不整齐的行列，仿佛很被人注意……更有的跟着他们走，行列的后边、左边、右边，都有人围绕着，跟踪着。"

"然而，当这个浩浩荡荡的队伍拥到门边的时候，那两对泥塑的小鬼却活转来……尽管他们用那铁锤一样的枪把子往人们身上戳，也踢不退人们前进的勇气，也戳不散这蜂一般的人群，一群人受了伤痛暂时后退了，另一群人又继续拥了上去……"[1]

小说《轮下》塑造了城市难民积极反抗的形象，表现了敌人的残暴。从这几处人群涌动的场景特写中，我们隐约可以看见人们参与反抗的热情与敢于斗争、前仆后继的勇气。多次对请愿人群的描写反映了东北民众齐心协力、共同作战的气势恰如春潮涌动，不可阻挡。请愿的目的虽然没有达到，甚至付出了血的代价，但城市民众敢于维护自己的权益，勇于同敌人斗争的反抗精神却是值得称赞的。在这场殊死的较量中，人民认识到了敌人的残暴，请愿的结果只能是被动挨打，只有奋起反抗，才能取得最后的胜利。不在沉默中爆发，就在沉默中灭亡！

骆宾基的《边陲线上》描写了一支由苦工、学生、商人、胡子混合成的民族抗日队伍，展示了东北人民面对异族侵略揭竿而起的反抗力量。

《大地的海》中描写的狩猎者，有着鹰一般的眼力，有着麋鹿一样矫健的身手，有着智取熊掌的胆量。他们吃肉饮酒，有着强壮的身体，充满着力量。他们不屑于苟且偷生，他们想要轰轰烈烈、自由的生活。

---

① 白朗：《伊瓦鲁河畔》，载《白朗文集》（第1卷），春风文艺出版社，1984，第54—55页。

"生活总要有点盐味"，淡淡的，算不上什么生活，这是"莲花泡"里的"来头"的想法，一定要为"洗村子"中被夺去生命的人复仇。

在抗日民众身上，"这些原始的野生的力，表现在这个当儿，反而更能看出我们这个民族所蕴蓄的力。一些个梦呓者说我们的民族已经腐朽，请他们睁开眼看看这个民族的各式各样的野力吧，多么新鲜，又多么剽悍！任何民族恐怕都少有这样韧性的战斗的人民"①。

东北地域文化决定了东北人的文化性格是雄强刚烈的，在面对着日本的血腥侵略，无论是男人或女人都奋起反抗，涌现了无数的可歌可泣的抗日英雄。东北人共同的雄强的文化性格决定了东北人不可能甘当亡国奴。

第二节 "胡子"与"英雄"的双重角色定位

东北流亡作家的创作中大多有"胡子"情结。罗烽的《边陲线上》中的刘司令赞美抗日义勇军中的猛将靠山，认为他不愧为胡子出身，打起仗来就是棒。萧军的《第三代》中的胡子首领海交不爱钱，不爱女人，劫富济贫，具有大侠的风范。萧军的《八月的乡村》中的胡子出身的铁鹰队长刚毅勇敢，沉稳冷静，俨然是一个英雄。另外，端木蕻良的《科尔沁旗草原》中的"老北风"、《大江》中的伍炮、《遥远的风沙》中的煤黑子、舒群的《誓言》中的杨二愣等很多作品中的人物都是胡子出身。东北流亡作家如此集中地描写胡子在其他地域文学中是少见的。东北流亡作家笔下的这些人物身上具有"胡子"与"英雄"的双重角色，充分地体现出东北地域文化下的多重价值取向。

---

① 端木蕻良：《〈大江〉后记》，载《端木蕻良文集》（第2卷），北京出版社，1999，第529页。

"胡子"与"英雄"的双重角色定位，一方面与特定的时代文化语境相关，一方面也与创作主体的生命体验和价值取向相关。东北流亡作家的作品都是写于抗日救亡的大背景下，在民族危亡的历史关头，作家们往往会集中书写胡子的杀富济贫，"替天行道"，为兄弟两肋插刀的侠义之风，以及举起抗日旗帜，最后投身于抗战的洪流中，成为抗日英雄。如《科尔沁旗草原》中的"老北风"杀富济贫，英勇神秘。有歌谣唱道："老北风，起在空，官仓倒，饿汉撑，大户人家脑袋疼！"小说结尾，写到了"老北风"把民愤极大的官商点了天灯，并交代了这样的话："日本兵今夜十二点要进占全南满线的各大城，土匪都招抚。可是中国胡子由老北风领头自己编为义勇军了。"萧军认为当胡子是人生的一种理想形态。他自述道："1908年我在满洲一个不太小，但离最近的城市差不多七十里山路的乡村出生。那里住的人包括农民、工匠、猎人、士兵，还有土匪……除了参军之外，我曾经做过流浪汉、秘书、那种在露天市场忘命表演的职业拳师的学徒、侍应，以及在一间豆厂推磨石等类似工作。我的志愿是成为土匪，虽然没能实现，我现在正在写小说，但我仍然珍惜这个愿望，希望有一天能够实现。"①萧军的志愿与他家乡尚武成风，以"培养贼子使人怕，不养呆子使人骂"为人生信条密切相关，也与他的个性和人生经历相关。因此，有学者认为，萧军和他笔下的"土匪"具有特定的亲和性、同构性与互文性。也就是说，现实世界中的萧军与文本世界中的那个萧军创造的人物在"土匪"的语境中具有了互为阐释的生命关系。正因为如此，"土匪"这个带有地域特色的"话语"呈现在萧军的文学文本和回忆录中，就有了中国此前的各种"土匪"文本所未曾有过的那种体验性与生命意味。②

　　试看萧军的创作，他的《第三代》中描绘了东北胡子的群像：海

---

① 李欧梵：《中国现代作家的浪漫一代》，新星出版社，2005，第229页。
② 程义伟：《地域文化之镜像——重读萧军长篇小说〈第三代人〉》，《名作欣赏》2010年第23期，第79页。

交、刘元、杨三、半截塔、黄发、翠屏等等，由此建构了"胡子"的文化谱系。尽管这些胡子聚集在羊角山，但他们当胡子的原因和个性气质却各不相同，因而作品并没有雷同化，没有千人一面。老一代胡子首领海交经历了胡子从辉煌到没落，他看透了世事，认为自己和胡子这一角色有着命中注定的缘分，认为"强盗们应该像一只狼似的，不是死在人所不知道的地方，就是死在一万个人的攻击下面，只有狗才太太平平死在狗窝里"，他"执着如怨鬼，纠缠如毒蛇"，仍不屈不挠地坚持反抗，在攻打凌河村地主杨洛中的家宅时不幸中弹负伤，为了不拖累他人和整个队伍，海交先是求其他弟兄向自己开枪，继而自己开枪饮弹自尽，临死时还嘱咐弟兄："我把我老子的一句话送给你们：'不要投降！'……只要你们还在干！"①海交的继任者土匪刘元身上是可以看到萧军那上山当了"马鞋子"的二叔的影子的。刘元是因为赌博输了钱，被父亲赶出了家门，选择了上山"落草"，而萧军的二叔亦是因为无法偿还赌债，被逼无奈而上山。他感叹荒谬无常的人生："一样的泥土……埋下种子还会有新的种子生长出来……可是一埋下了人……为什么就永不能见？"②刘元坚守"不要投降"的遗嘱，他为给海交报仇雪恨，积蓄力量，反抗强大数倍于已的对手，即使最后在官军的围剿下他们难免失败，但是这群失败的英雄身上所表现出的雄强的、野性的生命力量，矢志不渝的英雄气概令人动容。刘元最终离开凌河村，并将一支手枪和一颗子弹留给大环子及自己尚未出生的孩子，这预示着这种英雄精神后继有人，将会在后起的一代代东北人身上延续和发扬下去。还有那位惹得全村女人都喜欢，唱戏就扮演"小白蛇"的杨三，其原型也正是萧军二叔的朋友，与二叔一同上山当胡子的杨正。翠屏是为了反抗凌辱而毅然选择上山当胡子的，并成了"女管家"（账房）。她很自然地融入胡子的队伍中，为他们缝补衣服，掌管钱财，谈笑自如，赢得了胡子们的普遍敬重。

---

① 萧军：《第三代》，黑龙江人民出版社，1983，第659页。
② 萧军：《第三代》，黑龙江人民出版社，1983，第172页。

萧军在塑造东北胡子的野性强悍的生命力之外，还将他们内心情感世界刻画得细腻生动。半截塔是从青少年时期就当了胡子，可以说是身经百战，出生入死，用他自己的话说，从千万颗子弹中钻过，从千万具尸体中爬过，自己也开枪打死过无数的人。但是一旦离开了对敌战斗而回到日常的生活中，半截塔则表现出对家庭生活的向往。他感叹："我为什么总想有个家呢？只要一清醒……我就想到自己应该有个家啦！老婆丑一点不要紧，只要她能生几个活蹦乱跳的孩子，她能够对我知疼知热……我一辈子也碰不到她的一根汗毛！"尽管他一生为匪，尽管他知道"这是没有出息的想头"，但"这要一个家的念头，竟像一条蛇似的缠住了人身，而且固执到竟一天天地和人的血肉凝结在一起"。他的这种过"正常生活""想有个家"的向往，在其他胡子身上也有体现。刘元作为新一代的"当家的"，仍未改其农民的本色，内心深处怀有强烈的乡土之情。小说中描写道："他的心却一刻也不能和这'人间'绝了牵连……他还和一般农民一样，担心着季节，担心着不适宜的风风雨雨，以至于撒种和收成……每天几乎一千遍转走在他记忆里的是那凌河村夏天宁静的夜晚，经过洗浴似的清晨……孩子时候的游戏和伙伴，慈心的妈妈和妹妹们。"他为了和大环子相会，冒着生命危险潜回凌河村。翠屏在出狱的丈夫汪大辫子和孩子们的请求下选择离开时，胡子们与她依依惜别的场面也是十分感人的。黄发夫妇特别是黄发老伴对养伤中的刘元的爱护，就像母亲对自己儿子一样。由此，我们不难看出绿林江湖中的那种真挚、深厚、美好的情感世界。其实，胡子们也不愿意在刀尖上过日子，成天把脑袋别在裤腰带上。刘元在青沙山养枪伤时，一个叫侯七的六十多岁的老胡子，曾经做过海交的"小把式"（护兵），自愿地跟随、保护着刘元。然而，在血与火的斗争过后，他一直思考活着的意义："我从十几岁就在大大小小的'绺子'上爬，我杀过不知多少人，自己也是不知道几回死里逃生了，身上结着大大小小的彩疤！我想来想去，觉得我们这'绺子'上的人，好像只为一个枪弹子活着似的……像那些小猪只为了最后一刀活着一样！……"他问："刘元，你是我们这里最聪明的人，你说说，人一辈子活下来为了什么呢?""人一辈子这样活下去，有什么意思呀?"有家、有老婆、一辈子住在青沙山的黄发也厌倦了山中绿林生活，而希望到山下开药店，过世俗的平凡的"正常日子"。

在羊角山的首领海交与打猎时偶然进山的凌河村农民汪大辫子的对话中，我们可以知道土匪可不是那么好当的。这群人是东北强悍的野性生命力和意志力的代表，是用特殊材料制成的人，敢于在人生夹缝中求生存，并与世界对抗到底。汪大辫子是凌河村最懦弱的人，他可不具备这样的条件。当汪大辫子虚情假意地表示要上山落草时，作品写道：

> 这小老人第二次尖声的大笑比起第一次更要没有拘束，他说："你？你不是这样的材料……还是做你的一份安善良民吧！这里不能要你们这样的人……"
>
> "我也能吃苦！……我……有胆量……"汪大辫子装作坚决的样子挺了挺胸。
>
> "这不单单吃苦……这行生意比你种地要不容易得多啦！去吧！这不是你这样的人应该走的路……"

在萧军笔下，羊角山的这伙胡子，被描绘为一群"义匪"或"仁义之师"。他们有自己的行规，他们杀富济贫，伸张正义。半截塔因爱情而与一个旧军官的小老婆有了"奸情"，触犯"不准弄女人"的规矩，被义父、义叔（海交的爸爸和叔叔）下令枪决。多亏被结义兄弟海交放走，否则早已命归黄泉。胡子们干的是杀富济贫的勾当，从不骚扰劫掠百姓，用凌河村老英雄井泉龙的话说，"胡子们连我们的屁也没有抢一个"。胡子们夜袭凌河村，火烧杨家柴堆，绑架地主儿子并"撕票"割掉他的耳朵。其实，羊角山的胡子已经成为替农民伸张正义的"救星",反抗恶势力的英雄。因此,井泉龙鼓励他的女儿大环子与胡子刘元相爱,并冒着生命危险把负伤的刘元藏在家中。

舒群的小说《誓言》中,叙写的是土匪出身的队长杨二愣带领一帮由大学教授和学生组成的队伍去执行一项特殊的任务。杨二愣满口土匪行话,语言粗鲁。这群学生兵空有爱国热情,从未经历过实际的斗争,当他们真的亲临战场时,根本无力杀敌,只能慌不择路地到处逃命,出发时的慷慨激昂的誓言已被恐惧、绝望和无助所代替。小说的结尾是杨二愣在危急关头挺身而出舍生忘死,以他的英雄行为掩护和鼓舞着这支抗日队伍。

逢增玉认为:"对大部分东北流亡作家而言,他们在观照和描绘东北'胡匪'现象时,往往不是采取历史主义的'客观'和'还原'态度,而是采取了包含着功利内涵的'主观化'态度。"[①]的确,东北流亡作家笔下的胡子身上具有"胡子"与"英雄"的双重角色,在文本创作时,作家们往往对于"胡子"进行了隐恶扬善或者放大善的审美观照,更突出他们身上的"英雄"角色与气概。

当然,东北流亡作家对胡子还是有客观评价的,他们也看到了胡子的负面因素。比如端木蕻良作品中对于胡子形象的塑造。这与他从小所受的教育有关。端木蕻良曾提到自己的母亲家曾遭受土匪的洗劫,为此由富裕的农家境况坠入困顿。端木蕻良的父亲借"帮助"母家为名,强行娶了他的母亲,造成了母亲终生的痛苦和不幸。母亲的精神痛苦一直给端木蕻良很深刻的印象。端木蕻良回忆说,对于应答土匪的技术,他们从小就受到教育:"我在很小的时候,母亲就告诉我,说:'要是碰见了胡子,他要问你认得他不认得,不管你认得不认得,你统统说不认得。要问你姓什么,你就看,站在旁边的哪个最穷,就说哪个的姓。'"[②]"东北地主家的炮台……还有一种叫作'老虎

---

① 逢增玉:《黑土地文化与东北作家群》,湖南教育出版社,1995,第102页。
② 端木蕻良:《科尔沁前史》,载《端木蕻良文集》(第1卷),北京出版社,1998年,第560页。

不出洞'的炮台，就是就着屋子的窗门修了炮台，以备土匪攻陷了院子之后，仍可据守屋子来顽抗。"①可是，当民族的危难压倒一切的时候，个人的怨恨和遭际只能退居到次要的位置。对于日本侵略者侵占他的家乡，端木蕻良是怀着强烈的民族仇恨的，他在南开读书时曾在学校组织过"抗日救国团"，并一度参加了孙殿英的抗日部队，驰骋在绥远的边塞风沙中。后来，他发现这也不是什么"正义之师"而选择离开。因而在《遥远的风沙》中，端木蕻良仍然以极大的热情赞扬了土匪身上所显示的正面历史意义和价值，肯定了他们在民族危难关头抗击日寇所发挥的积极作用。端木蕻良一方面揭示了在土匪身上存在的两面性和复杂性的特点，另一方面也赞颂了在异族铁蹄践踏的历史背景下土匪所表现出的爱国主义和英雄主义精神。《遥远的风沙》叙写一支抗日义勇军在一个叫煤黑子的土匪的带领下，去改编土匪的队伍。在途中，煤黑子浑身匪气，无恶不作，表现了土匪的许多恶劣品质。然而，就是这个为非作歹、残忍暴烈的煤黑子，当行进的队伍遭到敌人袭击的时候，却挺身而出，掩护队伍安全转移，最后壮烈牺牲在战场上。就在此刻，煤黑子完成了由土匪到抗日英雄的角色转换。善恶美丑的人性交织在土匪煤黑子身上，其中既包含土匪的恶劣本性，又有勇猛无畏、甘于牺牲的精神的闪现。煤黑子既有侠义英雄的一面，也有凶残无赖的一面。周立波在20世纪30年代高度赞美了煤黑子这个人物："最使人难忘的，是作者创造了一个在中国文学里不常出现的土匪的典型性格……到末尾，有着土匪性格，无恶不作的煤黑子焕发着殉难者的圣洁的光辉是怎样令人怀念哪！"②

---

① 端木蕻良：《科尔沁前史》，载《端木蕻良全集》（第1卷），北京出版社，1998年，第536页。

② 周立波：《一九三六年的回顾：小说创作——丰饶的一年间》，《光明》第2卷第2期。

第三节　野性之美：东北流亡文学中的女性形象

如果说，东北流亡作家笔下的胡子形象最能体现东北男人的雄强犷放的精神，那么作家们把这种精神气质也同样赋予他们笔下的东北女性，塑造了充溢着"雄强色调"与"野性的美"的大野之女。如舒群的小说《蒙古之夜》、白朗的小说《一个奇怪的吻》、萧军的小说《八月的乡村》《第三代》、端木蕻良的《浑河的急流》《大地的海》等作品中的女性形象。学者赵园认为："端木也善写女性。他笔下的林野的女儿，那些水水（《科尔沁旗草原》）、杏子（《大地的海》）、水芹子（《浑河的急流》），较之她们的父兄、丈夫、情人，毋宁说是更为迷人的。她们宛若未驯的野水，山林草泽的精灵，真率而又放浪，柔媚而又倔强，洋溢着原始的粗犷的野性的美。"①这样一个女性形象系列如此集中而普遍地存在于东北流亡作家笔下，是有着深厚的地域文化渊源的。

东北女子的骁勇强悍传统，古已有之。东北土著各族人民，"继承了游牧、狩猎、马上民族的精髓和内核……女子执鞭，也不亚于男子"②，所谓巾帼不让须眉。过着田猎渔牧生活的各民族妇女，在严酷的自然环境下磨砺得坚毅强悍，这种精神气质世世代代绵延在这片黑土地上。"后来移居东北的汉族妇女，一方面，各个民族之间的杂居与互染，特别是历史长河中民族的交流，使得田猎渔牧民族妇女的习俗风气迭代相传；另一方面，在严酷的自然环境中同男人一样的苦耕苦作和艰难求生，宗法礼教关系的相对薄弱和松弛，这一切使得东北

---

① 赵园：《端木蕻良笔下的大地与人》，载《论小说十家》，浙江文艺出版社，1987，第83页。

② 陈金川主编《地缘中国：区域文化精神与国民地域性格》，中国档案出版社，1998，第230页。

妇女，尤其是劳动妇女总体上具有了一种雄迈勇悍的气质。"①《科尔沁旗草原》中写到在丁家高祖丁老先生娶当地女人为妻时暗想："她怎么不会裹脚呢，她是小九尾狐狸变的，她怎梳方头呢，她的底襟没衩呀……"《第三代》中的大环子姑娘迈着大脚和男人一样挑水砍柴，劳作奔波。《浑河的急流》中，水芹子姑娘为了帮助父亲完成三十张狐皮的强行摊派，辛劳奔忙而不知疲倦。她做起活计毫不含糊，熟练麻利。她从小就熟习各种狩猎技术，和炸药时，她"细心地搅和着粉红色的红磷，放在阴干处保存着，又着手去预备硫黄"。而且，她主动要求晚上和父亲一同去狐狸出没的地方，如坟圈子、森林、山麓，"下压拍子，布炸药，张陷网……夜晚又新添了一件职务——还得看守压拍子，免得被他人起去"。《大地的海》中的杏子姑娘第一次出现是唱着充满野性美的无拘无束的歌的："湖的那边又随着温润的东风，传出女人的歌声……歌声同时混合着刚健和袅娜，并不介意老年人的反感，愉快而又哀凉地随着大气的游移，扩散在香气馥郁的有着栗子味的原野里。"②杏子用呼唤丈夫或儿子般的声音使上山砍柴的来头在暴风雨中迷路时走出黑暗，她不顾身边的闲言碎语来帮助这非亲非故的异性。

　　　渐渐地，林里传出一种呼唤声，一刻比一刻明晰。

　　　这热情而凄惶的草原地带的呼声是无字无腔的曼引着的"啊——噢！啊——噢"，可是随着风的迫荡又飘送得远了。

　　　来头想这一定是谁家的女人，在风雨里出来找她的丈夫……听着那企求而又急切的吆喝，来头觉得有家室的人是幸福的。那声音又叫近来，这是在山居的地方常常可以听见

----

　　① 逄增玉：《黑土地文化与东北作家群》，湖南教育出版社，1995，第102页。
　　② 端木蕻良：《大地的海》，载《端木蕻良文集》（第2卷），北京出版社，1999，第23—24页。

的女性的呼唤。在声音的波动里透出一种伟大的母性的仁爱来，使每个离家的汉子或者儿子，都可以在这无字的言语里读出是否是他最亲近的人的呼声。在这草原上居住的人民相信这些呼声是有力的，是有助的，可以指引他们以方向，使他们辨清道路，回到家里来的……所以，这种单纯而神秘的呼声，在这关东大地上，无论在光明的白天，或者深沉的夜晚，都是很容易地可以听到。[①]

杏子曾对来头说过："虎头……谁让他没骨气……我不能死，还没活过时候呢，终究有一天要好起来的，只要我们不死，我们什么事都可以做的。"

"袅娜而刚健"而又大胆泼辣的杏子，宛若森林中的一头麋鹿，山野间的一个精灵。这些女子身上迸发的坚毅与勇气，与东北荒野辽阔的生存环境不无关系。所以，东北流亡作家笔下的东北汉子的笑声是敞亮的，"像黄昏之前的大风"一样"无法控制"。松花江上的"喊渡声"是毫不遮掩的，马夫的骂声是野蛮直白的。东北女子是直率的，性子是火辣辣的。

丛老爹一家完不成上面摊派的狐皮任务，被逼得走投无路，水芹子和父母一道拿起了刀枪造反。她放下儿女私情，表现出超乎其年龄的深明大义和坚强。她决绝地送心爱的人上前线投入斗争，"我们的祖宗是有志气的，我所爱的人也一定得有志气"。水芹子的果敢来自她丛家的历史记忆中就有"不屈"两个字："我们的祖宗是有骨气的，清朝时我们祖宗不降……现在清朝（伪满洲国）不是又来了吗？我们还是不降……"《浑河的急流》把故事的发生地选在浑河左岸的白鹿林子，在充满原始色彩的自然环境与人物充满原始生命强力的精神面貌的交融中，绘出了一幅独特的抗日斗争的图画。水芹子对着浪

---

① 端木蕻良：《大地的海》，载《端木蕻良文集》（第2卷），北京出版社，1999，第62—63页。

涛滚滚的浑河发誓:"我们会用血把浑河的水澄清了的。"最终她怀揣着心上人金声的利刃,毫无惧色地说:"妈妈,给我枪!给我枪!"英勇中透射着民族的精魂。所以杨义先生将其与鲁迅先生盛赞的以死力谏丈夫血洒疆场的斯巴达女子并提,评价道:"这个妖媚而刚烈的猎户女儿是塞外未驯的野水,山林不屈的精灵,她无愧于自己的土地和山川。"①

《八月的乡村》中的李七嫂虽然守寡,但她没有像中原地区的妇女那样深受礼教的束缚,也没有想要当一个节妇烈女,而是敢于大胆地和唐老疙瘩自由恋爱。当李七嫂经历了自己的孩子、恋人都被日本鬼子杀害,自己又被强暴这一系列遭遇后,她英勇无畏,视死如归,拿起死去的恋人的枪,一心只想复仇,翻山越岭去寻找游击队,最后死在了抗日战场。《第三代》中的四姑娘说:"人穷就是犯罪,穷人要想自己是个人……那只有一条路——大家就得全像古时候那样反叛起来!"②翠屏嫂在丈夫被抓进监狱后,她为了躲避段警长的侮辱,毅然把孩子托养在邻居家,独自一人上羊角山当了女胡子,也表现出了一种雄强的性格。这些刚烈勇武、泼辣大胆的东北女性在其他地区是少见的,她们的身上浸染着东北的大野雄风的文化因子,同样体现出了阳刚之美。

我们在东北流亡文学作品中可以发现这样一系列倔强、野性而又迷人的东北女性形象:她们既有着女儿的柔情与娇媚,还带有男儿般的雄强气质,柔美与壮美在她们身上得到了完美的交融和体现,从而使她们成为具有独特审美价值的存在。正如逄增玉所指出的:"东北流亡作家笔下的东北女性形象,自然不乏功利化的'美化'成分。但是,在东北女性如此迷人的风姿中,同样浸透着东北地域文化的因子和内蕴,有着东北这片神奇的土地所赋予的气息与血脉。"③

---

① 杨义:《中国现代小说史》(第3卷),人民文学出版社,1991,第280页。
② 萧军:《第三代》,黑龙江人民出版社,1983,第217页。
③ 逄增玉:《黑土地文化与东北作家群》,湖南教育出版社,1995,第101页。

第四节　无法言说的痛：流亡者形象概说

九一八事变以后，东北处于日本殖民者的统治之下，白山黑水生灵涂炭，东北民众遭受异族的欺凌与蹂躏，越来越多的东北人被迫流亡至关内。身为流亡者的东北流亡作家在书写流亡者命运遭际的时候可谓字字血泪，皆意有所郁结，故述往事，思来者。正所谓"屈原放逐，乃赋《离骚》"。这些作品也都是"发愤之所为作也"。东北流亡作家笔下塑造了一系列流亡者形象，这其中包括东北流亡者（《画家》中的女画家、《没有祖国的孩子》中的"我"）、外国流亡者（《八月的乡村》中的安娜、《没有祖国的孩子》中的果里和《邻家》中的朝鲜老太）等等。无论是哪一类流亡者都有着无法言说的痛，这种痛不仅是肉体上的，更是精神上的。家园沦丧，被从故乡连根拔起的流亡者们居无定所，前途未卜，现实境遇又困难重重。有的流亡者知耻而后勇，重新投入新的战斗；有的流亡者愤懑难耐抑郁而死；有的流亡者则沉沦堕落。

舒群的小说中塑造了大量流亡者的形象，他们低声吟唱着流亡者的哀歌。周立波认为："舒群亲历了亡国的痛苦，目击了土地丧失人民流离的情景和敌国汉奸的残暴行动，以及许多亲友的战死，他的爱国的思想和情感，是在他的生活和斗争中滋长起来的，非常自然，而又带着强大的感召力。"[①]如《谎》中，为了逃命，女儿试图带着老母入关，南下北平避难，老母却不肯，她要等被日军逮捕的儿子回来。女儿却清楚，哥哥回来遥遥无期，因此，只好谎骗母亲说哥哥也会随后赶到北平，母亲这才同意随她南下。七七事变爆发，女儿只能再度南下上海，只好再次谎骗母亲，说这次是回家。车到济南，女儿还想

---

① 周立波：《一九三六年的回顾：小说创作——丰饶的一年间》，《光明》第2卷第2期。

撒谎说这是沈阳，不过，她发现自己越来越无法圆谎，很快就会被母亲发现。小说中的她在流亡的途中编织着一个又一个谎言，痛苦而矛盾地没有目标地行进。

令人动容的是舒群的《婴儿》，小说叙写一位流亡的孕妇在船上生下了一个男婴，不久便死去，然而，在她死后，"我们从婴儿的手腕上，发现了已经透入皮肉的几个字迹：东北好男儿，马革裹尸归。母绝笔"[1]。流亡逃难正是因为日寇的入侵，孕妇对于敌人的仇恨已经深入骨髓，因此，她这才拼尽全力，将遗愿刻在儿子的手腕上，希望儿子勿忘国耻，舍身报国，可谓家祭无忘告乃翁。

端木蕻良的《乡愁》（1937年）描写了流亡到北京的东北儿童星儿对故乡的怀念与渴望回归的思乡病，最终在精神痛苦与身体疾病的双重折磨下抑郁而死，真实地展现出流亡者在流亡过程中的命运遭际和难言的苦痛，控诉了日本侵略者给中国人造成的灾难，抒写了"任是有家归未得"的乱离之悲。

舒群的《蒙古之夜》中，"我"参加了抗日队伍，在战斗中，"那是数不清的刺刀，刀柄上铸着兵工厂的名号和'昭和'字样的年号；一把一把地连续着，冲着战争的烟幕，贪婪地吸取着阳光，吸取着血汁，在我们背后，追随着我们"。队伍被打散，"我"只得独自逃亡，躲避敌人的追踪。"我"并无特定目的地，只是拼命地四处奔走，后来被一个好心的蒙古姑娘暂时收留。

舒群的小说《一位工程师的第一次工程》中的"他"是刚刚从国外归来的土木工程系高才生，立志做一名优秀的工程师。可是，九一八事变爆发，改变了他的人生轨迹，他报国无门，在流亡的路上只能变卖自己钟爱的书本过活。最后，他摆起一个书摊，买卖旧书。这也算是他的"第一次工程"。[2]然而，这"第一次工程"极具讽刺意味。

---

① 舒群：《婴儿》，载《舒群文集》（第1卷），春风文艺出版社，1984，第375页。

② 舒群：《一位工程师的第一次工程》，载《舒群文集》（第1卷），春风文艺出版社，1984，第334页。

还有舒群的短篇小说《画家》中的流亡女画家，其遭际令人扼腕叹息。日本侵略中国东北大地，导致许多人背井离乡，踏上流亡之路。女画家"暂时离别了她的丈夫，独自走上了一条遥远的旅途"。"她的脸色潜伏着一种悲惨的表情，眼角留蓄着一粒明澈的泪珠。"她"仿佛在留恋着她的丈夫，又仿佛在留恋着已经失去的故乡"。作者穿插了一段景色描写：

> 海风从遥远的地方不住地冲上海岸，使人感受到了春天的温暖。风下的海面滚动着，一个浪头拥挤着另一个浪头，互撞而破碎，浮起一些白色的泡沫，渐渐地溶化了，淡了，没于再起的浪头之间，岸下不住地飞舞着的一片水花，一片水星，随伴风向分散着，或是灌养岸边的绿苔，或是沉落海面，遗下一些轻淡的泡沫，沿着水波，经不起浪头的冲击退却了，或是消逝了……

浪头互撞而浮起的白色泡沫"渐渐地溶化了，淡了，没于再起的浪头之间，岸下不住地飞舞着的一片水花，一片水星……经不起浪头的冲击退却了，或是消逝了"，这暗示着女主人公的理想和生命就像海上的浪花一样被无情地打碎，没有退路。果不其然，女画家上船之后，日本宪兵前来搜查，不仅踢了她那幅未完成的画，还要抢走那幅画，这时，她不惜冒着生命危险保全画作。结果"她的脸颊被打伤了，流了血"。她从地上拾起画，用手帕一边给自己拭着血迹，一边为它擦着尘土，当她发现画已破的时候，"像脸上的一个伤口破坏了贞操一样，而那贞操在处女眼中又是多么的珍贵而神圣啊"。为生活所迫，她把被褥卖了，衣服当了，最后，旅店主人把她最喜欢的几幅油画也当了抵债。她愤怒了，又无可奈何，丈夫已经被捕入狱。为了赎回油画，女画家决定把手头的倾注着她全部希望的"未完成的作品"抵押，要求店主为其保留十天，并许诺十天之内用重金赎回。于是她应聘去做人体模特儿。当她发现白俄老人把她的油画"已经卖掉了两张",同时又说"这位作者将是一个伟大的画家"时,她伤心欲绝。然而,在她所应聘的学校里,师生们都在赞赏低价买回的油画《反抗》如何伟大时,女画家登场了,她忍受着学生们的侮辱,"模特儿,我的小宝宝""无耻的东西""要她先脱下衣服,给我们看看"。上课了,"她赤裸裸走出布幔来",在教室里发现了她的那幅"未完成的作品",这时,她像遭了电击似的痛苦了起来,当她要用一年的工资来买这幅画时遭到拒绝,她绝望地叫了一声,昏倒了。王老师惋惜这幅伟大的作品未能被原作者完成,于是试着让几个学生完成它,都不能令他满意。此时,女画家再次苏醒,五分钟后,她完成了这幅画,"女画家的脸色苍白了,手与嘴唇抖动起来"。当师生们都在惊讶中赞赏她是伟大的画家时,他们却发现"在整个画面上,写满了与画的颜色不相调和的几个大字:最后的作品"。故事到此戛然而止。女画家在一次又一次的打击过后,尤其是在关内自己所挚爱的艺术天地中受辱后,彻底绝望,精神崩溃。舒群正是透过流亡者的现实遭际来反思人性,在主题开掘上超越了同时期抗战题材的作品。

舒群的中篇小说《老兵》(1936年)叙写了受人欺辱、浑浑噩噩混日子的老兵张海在民族危难之际,投身于抗日武装斗争的洪流中去。为了抗日,他杀死了自己无辜的妹妹。小说结尾耐人寻味,英勇抗敌而身负重伤、"缺臂少脚"的张海,"在雪地上以滚动代步行",沿街乞讨。

萧军的小说《樱花》叙写东北沦陷后,一位父亲,在妻子惨遭日寇奸污而死之后,不甘于做亡国奴,把自己的两个女儿送到关内,托付给在北平的弟弟照顾,自己则义无反顾地投入到抗日的洪流中最后被捕入狱。同样,在北平的弟弟也因为参加抗日斗争被捕入狱下落不明,大女儿为养活妹妹而被迫卖淫,家破人亡,生不如死。从作品的字里行间我们可以感受到作者的悲愤之情,这悲愤来自东北流亡者在东北沦陷区和关内所遭受的双重欺侮。这也是东北流亡作家所选取的独特视角。

　　同样，在东北流亡作家笔下也塑造了外国流亡者形象，尤以同样遭受日寇蹂躏的朝鲜流亡者居多。这些异域流亡者形象，构成了战时东北流亡文学创作的一道独特的景观。东北流亡作家旨在借这些"异域他者"的酒杯来浇自己胸中的块垒。舒群是在一个叫作"一面坡"的小镇长大的，这是哈尔滨到绥芬河线上的重点站，混居着各个国家、民族流离而来的人，异常热闹，有日本、白俄的娼妓，朝鲜的流民，苏联的工人、学生，等等。[1]因此，舒群对异国流亡者的生活非常熟悉。儿时的端木蕻良也曾目睹亡国遗民的惨痛。端木蕻良四五岁的时候，其父在县城聚兴成大院里安顿下全家。"这个大院，住户很杂。在东边住着一家朝鲜人，他们的生活很紧。"在端木蕻良的印象中，"这家朝鲜主妇，穿着一身白衣裙，脸上从无笑容。妈妈告诉我，他们亡国了，活不下去，才逃到这里来的。'亡国'这个词，还是第一次进入我的耳朵，眼前又有这么一家人的形象，使我觉得亡国真不是味，会带给人们这样的命运"[2]。日俄战争期间，自个儿父母的"跑鬼子"，邻居朝鲜人的离乡去国，给端木蕻良留下颇深印象。

　　蒋廷黻曾将朝鲜人的流离失所与犹太人的流亡相类比："在这个世界上，犹太人的漂流，可说是到处都有着他们的足迹吧！其实仔细想一想，朝鲜人的被驱逐，也是一桩多么可惊的……他们（朝鲜人）的敌人以二十年为限，行其大规模的移民政策，那将有七百万人口移到朝鲜，平均移植一个日本人，能驱逐五个朝鲜人……那么将不得不有三千五百万个朝鲜人被迫做流浪者了。"[3]而中国的东北则成为朝鲜人的主要流亡之所。

------

　　[1] 董兴泉：《舒群是怎样走上文学道路的》，载《舒群研究资料》，知识产权出版社，2010，第83页。

　　[2] 端木蕻良：《忆妈妈片段》，载《化为桃林》，上海古籍出版社，2000，第21页。

　　[3] 蒋廷黻：《朝鲜人》，《黄钟》1936年第7期，第38页。

周扬指出："失去了土地，没有祖国的人们，这种种的主题，在目前有着特别重要的意义。最近露面的新进作家舒群，就是以他健康而又朴素的风格，描写了很少被人注意的亡国孩子的故事，和正在被侵略中的为我们所遗忘了的蒙古同胞的生活和挣扎，他收到的成功的新鲜的效果，成为我们的一个重要的期待。"[1]

舒群的小说《没有祖国的孩子》和《邻家》等作品中，出现了朝鲜流亡者的形象。《没有祖国的孩子》是以第一人称"我"（中国少年果瓦列夫）来叙述故事的。失去祖国的朝鲜男孩果里，他的父亲带领工人反抗敌人，惨死在敌人的枪口下，十岁的果里和哥哥辞别了祖国和母亲流亡到了中国东北。朝鲜亡国后，他们就被打上了"亡国奴"的标签，这一身份使他们备受别人的嘲笑和歧视。果里经常受到苏联学生果里沙的嘲笑。在果里沙看来，朝鲜人都是懦弱无能的，正是因为他们不敢抵抗日本帝国主义的侵略，这才导致亡国的。果里也希望能跟我们一起上学，果里沙脸上立刻露出鄙夷之色。果里把我的名字叫出来。果里沙窘了。果里问道："是中国人，怎么行呢？我是朝鲜人，怎么就不行呢？"果里沙打了两声口哨，随即装作苏联女教师苏多瓦给我们讲书时的神情说："朝鲜？在世界上，已经没有了朝鲜这个国家。"这句话深深刺痛了果里，他的脸比击两掌都红，没说一句话，便不自然地走开了。[2] 果里在一次随队行进中，杀了一个日本兵，并且成功地偷逃出来，这一英勇举动赢得了果里沙的尊重，并和"我"、果里沙成为同学、朋友。在"九一八"后的第八十九天，学校里悬挂的旗子由中俄两国各占一半换作了伪满洲国的旗帜，随后苏联学生回到祖国，而"我"却成了和果里一样的"没有祖国的孩子"。我"扑到储藏室的玻璃上"，去看被"丢在墙角下的"祖国的旗帜，并发誓：要回到祖国去！结尾，"我"和果里踏上了逃亡之路。日本

---

① 周扬：《现阶段的文学》，《光明》1937年第1卷第2号。

② 舒群：《没有祖国的孩子》，载《舒群文集》（第1卷），春风文艺出版社，1984，第5页。

兵从船上要把"我"抓走时，果里勇敢地站出来，喊道："我是朝鲜人，他不是的！"果里这个敢于担当、英勇无畏的小英雄形象跃然纸上。

《邻家》中的二房东和她的女儿也是从日本殖民统治下逃到中国来的朝鲜人。"我"租了房东的房子后，发现这对母女只能依靠女儿卖淫为生，还常常被欺侮。对他们来说，更痛苦的在于亡国后的羞耻感。"我"的朋友均平看不起房东母女二人，认为她们是亡国奴，连中国街道的凳子都不配坐，只配坐石头。小说结尾，房东愤怒地告诉均平，现在也该他去坐石头了。因为，"那天，恰好是九一八事变的第二天"①。"我"和均平一样沦为了亡国奴。小说中写到房东朝鲜老太愿将房子出租给中国人，因为"朝鲜人有几个有钱的？哼，租给他们，他们常常欠房钱"。这与鲁迅所批判的关内的情景何其相似："近如东三省被占之后，听说北平富户，就不愿意关外的难民来租房子，因为怕他们付不出房租。在南方呢，恐怕义军的消息，未必能及鞭毙土匪，蒸骨验尸。阮玲玉自杀，姚锦屏化男的能够耸动大家的耳目罢？""一方面是庄严的工作，另一方面却是荒淫与无耻。"

舒群的小说《海的彼岸》中，"他"是朝鲜贵族的后代。朝鲜被日本占领后，他暗杀了一个日本的将军，流亡到中国，继续从事秘密抗日活动。他的母亲为了不拖累他，选择独自留在朝鲜，最后病逝。他是不甘于被奴役的命运、积极投入抗战的斗士。

萧军在《八月的乡村》中塑造了一位流亡在中国的女英雄——十八岁的朝鲜姑娘安娜。她的父亲是朝鲜革命党的首领，她不能回到自己的祖国参加抗日斗争，当时朝鲜的三千里江山已经沦为日本帝国主义的殖民地。但是她觉得无论自己身在何处，只要是参加反抗侵略和剥削的斗争，那就是为自己的祖国，为全人类做出贡献。安娜在抗日队伍当中做卫生员，在硝烟弥漫的战场，她穿梭于枪林弹雨中抢救伤

---

① 舒群：《邻家》，载《舒群文集》（第1卷），春风文艺出版社，1984，第110页。

员，在战斗结束后，她又要悉心照料那些受伤的同志。只要一安定下来，她就给队员们讲革命的道理。她是大家公认的女英雄。安娜与抗日队伍中的萧明是两个尚处在青春期的少男少女，两人之间产生好感也是人之常情。可是，国难当头的现实环境是不允许他们之间发展恋情的。安娜，那为革命奉献一切的意志似乎也为着萧明而动摇了。在队伍当中，两个人的事情被传得沸沸扬扬。陈柱司令明确了两人的想法，也阐述了爱情在抗战的队伍当中存在的危险性，要求两人做出决断。萧明却犹豫不决，他"像被世界抛弃了那样孤独、悲伤，一千遍地在院子里走着；一千遍掏出手枪，试验着将枪口抵紧太阳穴……也一千遍要想走进安娜的屋子里，痛快地流一阵诉说的眼泪"。安娜的反应，似乎比萧明要坚决许多，当着陈柱司令的面，安娜就宣布："从今天起，我宣布枪毙了我的恋爱……"①她毅然选择离开萧明，跟随队伍远赴他处继续斗争。她用朝鲜话为萧明唱了一支歌："我要恋爱！我也要祖国的自由！毁灭了吧，还是起来？毁灭了吧，还是起来？奴隶的恋爱毁灭了吧！奴隶没有恋爱；奴隶也没有自由！"她为着革命，舍弃了儿女私情。在她的身上体现的是革命者的坚定信念和顽强意志。

端木蕻良的小说《三月夜曲》中的波兰女子是一位波兰将军的女儿。遭遇了亡国之痛再加上父亲的去世，她只有孤苦地流亡于上海。曾经那样高贵的贵族少女，转瞬间就成了流亡者，她被无情地抛掷到完全陌生的世界里。波兰女子"忧郁而缠绵的北欧气质"和超凡脱俗的端庄古典，与她栖身的肮脏小阁楼形成了强烈的反差，而她对于音乐独到的见解和敏锐的感悟更表明了她的贵族出身。因此，她沦落风尘的命运遭际更让人感叹战争的残酷无情。同样，萧红的散文《索非亚的愁苦》叙写了一位有教养的俄国贵族在流亡生活中的悲苦，表现了强烈的思乡爱国之情以及欲归不能的痛苦。

---

① 萧军：《八月的乡村》，载《萧军全集》（第1卷），华夏出版社，2008，第6页。

东北流亡作家与其说是书写"异域他者",不如说是一种自我书写。九一八事变后,日本帝国主义的疯狂入侵,伪满洲国傀儡政权的可耻登场,国民党当局的节节退让,中华民族面临着亡国灭种的危险。饱尝国破家亡之痛,深受颠沛流离之苦的东北流亡作家将他们的所见所闻、所思所感诉诸笔端,国难乡愁一直是东北流亡作家创作的底色。1941年,羁旅香港的端木蕻良撰文纪念九一八事变十周年:"对于广大的关东原野,我心里怀着挚痛的热爱。我无时无刻不听见她呼唤我的名字,我无时无刻不听见她招呼我回来……这种声音是不可阻止的,这是不能选择,只能爱的。"

总体看来,东北流亡作家创造了东北民众群像,表现了东北人顽强抗争和不屈的灵魂。值得一提的是,东北流亡作家笔下的许多人物形象并没有出现自己的真实姓名,而是以一种绰号或者代号的形式出现,这种绰号或代号具有鲜明质朴的审美,是对人物特征的典型概括。如萧红笔下的二里半、罗圈腿、麻面婆等,白朗笔下的长腿三,端木蕻良笔下有红辣子、李炮、杨三枪、豆梗儿、来头,萧军笔下的唐老疙瘩、乐不够、百灵鸟、小红脸、汪大辫子、半截塔,骆宾基笔下的王四麻子、老穆头、孙大个子,罗烽笔下的孙黑手、恨天高,舒群笔下的杨二愣子等。这些人物的绰号或者代号在东北流亡作家的笔下可以随处拈来,它们不仅贴切,还带有东北地域的泥土味,这些绰号、代号朗朗上口,也增加了作品的感染性。

东北流亡作家笔下的抗日民众、胡子、东北女性和流亡者,大都受到浓郁的东北地域文化的浸染,在国难家仇的历史背景下,昭示着我们中华民族潜藏着不可战胜的精神能量。

第五章　满族风俗与东北流亡文学创作

东北是清王朝的发源地。满族民俗成为东北流亡文学创作中不可忽略的底色。满族民俗是东北民俗生活场域中重要的因素。满族风俗丰富了东北流亡文学的艺术思维，激发了东北流亡文学创作的艺术灵感。满族风俗影响了东北流亡文学的创作心理，东北流亡文学创作的文学作品打上了满族风俗的烙印。东北流亡文学的作品内容受到了满族习俗、礼仪的影响；满族风俗促进了东北流亡文学作品的民俗化进程。

第一节　满族风俗与东北民俗生活场域

满族风俗成为东北民俗生活场域的关键因素。东北流亡作家的创作源泉是社会生活。民俗文化是社会生活的根，文学寻根最后都归结到民俗生活相。东北流亡文学创作离不开东北民俗生活场域这个根。没有东北民俗生活场域，东北流亡文学的创作就成了无本之木、无源之水。满族风俗是东北民俗生活场域最重要的因素，因此，东北流亡文学的创作和满族风俗有千丝万缕的联系。

宋朝徐梦莘的《三朝北盟会编》，清代西清的《黑龙江外记》、杨宾的《柳边纪略》、方式济的《龙沙纪略》，萨满神话《尼珊萨满传》等都对萨满教有详细的记载。萨满教对东北有重要的影响。萨满教得名于通古斯语，因为通古斯语称巫师为萨满，所以东北地区的宗教称萨满教。萨满，通古斯–满语，意为"激动不安""狂怒之人"，是从事萨满宗教的巫师。据说，只有出生时胞衣不破、患病由萨满治好或有过癫病的人，才能做萨满的继承人。萨满有一套法衣和法器。萨满跳神或是治病，或是祈福，或是祭祖。萨满跳神时闭上眼睛击鼓请神，过后全身颤抖，表明神灵附体，法器发出响声，萨满开始念咒语，代神说话。萨满作法，降伏魔鬼神祟。萨满教最主要的特点是崇拜自然。萨满教崇拜的对象非常广泛，包括各种神灵、动植物、无生命的自然物和自然现象。"萨满们那灵佩斑驳、森严威武的神裙光彩，那激越昂奋、响彻数里的铃鼓声音，那粗犷豪放、勇如鹰虎的野性舞姿……一代又一代地铸造、陶冶、培育着北方诸民族的精神、性格和心理素质。"[1]在东北地区，除了满族，还有锡伯族、赫哲族、鄂伦春族、鄂温克族、蒙古族、土族、东乡族、保安族、达斡尔族、维吾尔族、撒拉族、乌孜别克族、塔塔尔族、裕固族，以及朝鲜族等民族也都在不同程度上存在着萨满教信仰活动。但是，相对地说，萨满教在满族、蒙古族、赫哲族、鄂伦春族、鄂温克族、达斡尔族，以及在部分锡伯族当中得到了较为完整的继承。可见，满族风俗是东北民俗生活场域最主要的成分。

萨满教已经成为东北人文化心理的一部分，甚至融入了东北人的潜意识中，萨满教同样对东北流亡文学产生了重要影响。端木蕻良在《〈大地的海〉后记》中就表述过："胡三仙姑的荒诞的传说常常在深夜的梦寐里闯进我幼小的心灵里。"逢增玉论证了萧军的《第三代》中描写的"三棵神松"的传说就是受萨满教的影响。其主要内容是：三个异姓兄弟有一个共同的妻子。最后，只有一个兄弟活下来，其他两个兄弟和妻子、孩子都被敌人杀死。幸存的兄弟报仇后把敌人的头颅放在两个兄弟的坟前用松明和松枝烧成灰，然后又在两个兄弟的坟

---

① 富育光：《萨满教与神话》，辽宁大学出版社，1990，第93页。

中间挖坑自焚。整个松林被烧毁，最后只剩下三棵松树。逄增玉认为三棵神松的传说实际反映了萨满教的血祭风俗，同萨满教中的树神崇拜观念及其文化精神同构契合。用松明点燃松枝火葬的行为，也反映了萨满教的火神崇拜。神松的传说说明东北流亡作家的创作渗透积淀了萨满文化元素。[①]萨满教成为东北民俗生活场域的重要因素，也是东北流亡文学创作离不开的基本文化母题。东北民俗生活场域是东北流亡文学创作的源泉，满族风俗成为东北民俗生活场域的关键因素，因此，满族风俗必然成为东北流亡文学创作的重要题材。满族文学作品中有很多内容都涉及了萨满教，如萨满教创世神话，萨满教最重要的崇拜对象火母神传说，萨满教中的女水神木克恩都力的传说，萨满教的祭神歌，等等。东北流亡文学的创作有很多内容涉及萨满教和满族风俗。在东北流亡文学的笔下，绝大部分小说都对萨满教有所描述。端木蕻良的《科尔沁旗草原》《大江》、萧红的《呼兰河传》、马加的《寒夜火种》、骆宾基的《混沌初开》等东北流亡作家的作品都对满族风俗有所描写。

满族风俗成为东北流亡文学创作的重要题材。东北流亡作家中的一些成员本身就是满族人，如端木蕻良、舒群、马加、李辉英等。在东北流亡文学的创作中总会出现与满族相关的风俗。这些满族风俗或者体现在服饰，或者体现在语言，或者体现在行动上。东北流亡文学笔下的人物有很多为满族人。端木蕻良的《科尔沁旗草原》中就表现了满族的风俗。

> 小雀鸟呵，落树梢，白莲花呀，水上漂，哼，哎哎哟，
> 大姑娘的方头多么高哟，呀呀 —— 一呼咳……[②]

① 逄增玉：《黑土地文化与东北作家群》，湖南教育出版社，1995，第158页。

② 端木蕻良：《科尔沁旗草原》，人民文学出版社，1981，第5页。

方头是典型的满族妇女发式。丁家的先祖正是娶了满族的女子为妻，而且这个满族女子充满了神话色彩。"她怎么不会裹脚呢，她是小九尾狐狸变的，她怎梳方头呢，她的底襟没衩呀……但是，对于关东的传说，种苞米的方法，那可就没有人能再赶上她了。"①北天王穿着"九龙镶金满绣全幅的道袍，箭袖轻轻拂起神秘的灵氛"②。北天王穿着典型的满族服饰，举行朝参仪式。正因为他的这个仪式，才被人控告神道设教，图谋不轨。从此，北天王的势力削弱，丁四太爷的势力越发强大。这种对满族风俗的描写在东北流亡文学的作品中有很多。满族的歌谣《乌拉街三种宝》描写了满族的风俗："乌拉街，三种宝，黄土打墙墙不倒，小伙子跳墙狗不咬，姑娘跑了娘不找。"③这些满族风俗在东北流亡文学的作品中都可以看到，从萧红的《生死场》中的金枝、《呼兰河传》中的王大姑娘、萧军的《八月的乡村》中的唐老疙瘩、《第三代》中的四姑娘等的恋爱婚姻方式都可以看到满族风俗自由恋爱的因素。这充分表明满族风俗对东北流亡文学影响之深。

满族民俗中的萨满教内容成为东北流亡文学作品中重要的精神民俗。精神民俗指物质文化与制度文化基础上形成的有关意识形态方面的民俗。萨满教是东北民俗生活场域中最基本的民间信仰。满族文学作品对萨满教有大量的描写。满族作家西清的《黑龙江外记》就详细地描写了萨满跳神的过程。东北流亡文学对萨满教也有大量的描写，如在萧红、端木蕻良、骆宾基、马加等的作品中都描写了萨满教。据端木蕻良回忆，他的母亲有五个兄弟，他的大舅身体不太好，因为有病一直没有好，后来就被判定是邪魔侵身，说是"大神捉了他做弟子"……到后来他拧不过，就只有答应下来，做了大神。显然，这是一个满族人变为民间宗教萨满教之神职人员"萨满"的过程，在旧时

---

① 端木蕻良：《科尔沁旗草原》，人民文学出版社，1981，第14页。

② 端木蕻良：《科尔沁旗草原》，人民文学出版社，1981，第17页。

③ 李春燕主编《东北文学综论》，吉林文史出版社，1997，第151页。

满族乡村并不罕见。他的大舅是跳大神的——萨满教的巫师，大舅妈的弟弟是他的帮手，即"二大神"。也正是这样的原因端木蕻良对跳大神十分注重，在其作品中也进行了浓墨重彩的描写。

> 三间破狼破虎的小马架里面，两道红烛高烧。四周围定了铁桶似的人，大神临风扫地般跳上跳下，震恐、不解、急切、紧张的情绪，通过了每个人的心灵。大家都注意看着大仙的一举一动，想在那里懂得了自己的命运，也懂得了丁四太爷的命运。[1]

小说用长达八页的篇幅描述了跳大神的过程，并对跳大神用具如腰铃、扎刀、当子鼓、火鞋都有所描述。

> 响腰铃震山价响。当子鼓，叮叮咚，叮叮咚，咚，咚。穿火鞋，捋红绦，吞整纸子香，一切都在人的惊奇的震慑的注意里滚过去。于是李寡妇，一个膀子挎了两把扎刀，左手中，另外的一把，没命地向下边的刀刃上钉，咔，咔，咔……又是腰里带的四个铁钩子，一个钩子上挂一桶水，全身像一窝风轮起来……当子鼓，爆豆价响，扇拂着一种惊心动魄的感情。炼丹的丹球，在每个人的眼前都浮动起来。神秘地，震恐地，希冀地，也看热闹地瞪起两颗眼睛，丹球慢慢地凝固了，凝固成红毡桌前的半斤对的牛油烛。[2]

跳大神的场面十分热烈，大神的穿着十分艳丽——"火鞋，红绦"，给人以视觉上的冲击，她的举动更是别具特色，利用刀、鼓、水桶、铁钩等相互敲击，制造出剧烈的声响，强烈的声响会给人带来

---

① 端木蕻良：《科尔沁旗草原》，人民文学出版社，1981，第27页。
② 端木蕻良：《科尔沁旗草原》，人民文学出版社，1981，第23页。

一种震慑力，大神在进行萨满跳大神活动时，也利用这个特点将人们的注意力集中到自己身上，同时，跳大神过程中的敲击声也带有一定的韵律性——"咔，咔，咔""叮叮咚，叮叮咚，咚，咚"，这种乐感在带给人震恐与神秘感的同时，也给人一种愉悦，吸引了不少"看热闹的"人。文中展示了大神将炼丹的丹球凝固的过程，这也是引人入胜的地方，参与活动的民众无一例外地"瞪起两颗眼睛"，虽然跳大神的宗教气息深厚，但仍不乏趣味，能够在一定程度上吸引人们的注意力，抓住民众的兴奋点，给人带来一定的愉悦感。

在整个跳大神的过程中，不单单由萨满一个人完成，也会有副手——扎拉子——帮忙完成，扎拉子的职责是专门回答大神提出的问题，反映百姓的愿望，将百姓的祈求传达给"神"（大神）。端木蕻良在《科尔沁旗草原》中对扎拉子进行了较为细致的描写。

> 扎拉子满脸冒着油汗，心里非常玄虚，左说右恳，大仙总是凶凶妖妖地乱砍乱跳。鼓，拼命地打，扎拉子把腰扎得更紧一点，沉住了一口气，又连忙哀告："大仙家，您在上细听回禀呵，你弟子为这事煞费苦心哪……你有什么只管吩咐你弟子呀，你弟子一定得为仙家跑在马前哪……"
>
> 敲着当子鼓的扎拉子，连忙擦了额角头沁出来的大汗，拿过来一只肥嫩的白煮鸡，放在老仙家的前边，又毕恭毕敬斟了一杯酒……①

萨满在整个跳大神的仪式中会被"神"的灵魂附体，因此，萨满在仪式进行中就成了"神"。扎拉子作为萨满的副手，对萨满是十分敬重的，从他的话语中不难发现，他极其敬畏萨满，称自己是"仙家"的"弟子"，唯萨满马首是瞻，并向萨满敬酒和敬献食物。这些

---

① 端木蕻良：《科尔沁旗草原》，人民文学出版社，1981，第24页。

都在一定程度上反映出在萨满教中人们对于萨满的敬畏、爱戴以及期盼萨满能够降福于人的美好愿望，侧面也反映出萨满在跳大神仪式中至高无上的地位，是人们心中"神"的象征。

文中对大神（萨满）的语言也进行了直接描写，生动形象地反映出大神的绝对权威和尊贵的地位。"胡说，呀呸，凭他个丁老四，我请他，他就敢不来！"语气中透出不可一世的霸气，接近命令的口吻要扎拉子把丁四太爷"请"来，并宽限了一天时间，果然，"第二天丁四太爷居然也被大家请到了，这真足以使大家惊喜若狂"①。丁四太爷是鸳鸯湖地域中的大地主，除了王爷和几个贵族之外，便都列入丁家的掌握了，可见其地位之显赫，即使这样有头有脸的人物当受到大神的"邀请"时，也必须及时出席。只有这样做，才能得到广大民众的认可，"使大家惊喜若狂"，可见，萨满教中萨满无论在宗教仪式中还是日常生活中都占有重要的地位，它是人们心中的"神"，人们意念中最高的信仰。对于"神"十分敬重，在经济不发达的时期，"神"便是自然或是祖先，人民对于"神"的敬畏，正是自然崇拜、祖先崇拜的反映，这也体现出原始先民人与自然、人与人和谐相处的原生态文化思想。曾有人这样评论："巴金所有作品都是从生活里来的，端木蕻良则是把生活写在作品里。"

第二节　满族风俗与东北流亡文学

在东北的民俗生活场域中，满族风俗文化对东北人的性格有重要影响，因此也对东北流亡文学有重要影响。满族文化传统上属于游牧、渔猎文化。满族民歌如《打猎歌》《大踏板》《射大雁》《拉大网》《挖参歌》等文学作品都体现了满族的游牧、渔猎文化特点。满

---

① 端木蕻良：《科尔沁旗草原》，人民文学出版社，1981，第26页。

族善于骑马、射箭，骑马、射箭甚至成为满族人的主要娱乐和体育活动之一。满族文化风俗使得满族民族性格总体特色是崇尚自然之真，淳朴豪放，雄健磊落，善恶分明，自然率真，犷野质朴，善于表现真情感。"满族等游牧民族多生活在中国东北，游牧生活要求他们必须有强健的体魄和近乎野蛮的性格。游牧民族能歌善舞，鲁莽冲动，又很讲义气，这些性格特点流传下来，影响着现代北方人尤其是东北人的性格。"①

　　同一东北民俗生活场域中的满族人和东北流亡文学具有相同的气质性格。东北以满族传统的游牧文化为东北文化底蕴。历史上东北主要的生产方式是雪原狩猎、深山采参、冰河捕鱼、跑马拓荒，恶劣的自然环境和艰苦的生产方式造就了独特的东北人。不固定的生产方式使得他们特立独行，自由奔放，少有束缚，生活充满了冒险。东北民俗生活场域决定了东北人率真、豪爽、粗犷、热情的性格。东北地区地处北温带，由于纬度较高，冬季漫长而寒冷，这种寒冷的气候会对人的性格产生影响。

　　孟德斯鸠认为："人们在寒冷的气候下，便有较充沛的精力。心脏的跳动和纤维末端的反应都较强，分泌比较均衡，血液更有力地走向心房；在相互的作用下，心脏有了更大的力量。心脏力量的加强自然会产生许多效果，例如，有较强的自信，也就是说有较大的勇气，对自己的优越性有较多的认识，对自己的安全较有信心，较为直爽，较少猜疑、策略和诡计。"②东北的严寒是其他地区少有的。"顺应节令，白壁山河除了苍松翠柏还在抖闪出遒劲的气魄外，其他一切万有都不得不向白雪俯首称臣。封了地了，这是说，整个大地全都结冻了，又坚又硬，休想掘下一铲，刨上一锄。'大雪'的节令一过，河河汊汊全都结了冰，那些坚冰，牢牢地封了河面，封了江面，也封了

---

① 罗建均编著《中国人个性品格地图》，中国时代经济出版社，2008，第12页。

② 王海亭：《中国人性格地图》，中国书店出版社，2007，第13页。

湖面，日日夜夜加厚了冰层，十天半月之后，重重的冰面上，可以撑得了两吨重的汽车。"①由于东北地区天气寒冷，人们在野外游牧打猎时，为了驱寒，养成了大碗喝酒、大块吃肉的习惯，他们没有时间慢慢地品味细细地咀嚼食品，这种生活方式养成了人们的粗犷豪爽的性格特点，所以东北人的性格大多是粗线条的。东北主要以游牧文化为主。在游牧打猎过程中，往往需要对瞬息万变、充满险情的情况做出迅速判断，没有时间也没有必要委婉含蓄地表达自己的想法，因此东北人渐渐养成了直来直去的率真的性格特点。在游牧狩猎的过程中，人们需要密切合作、互相帮助，如在猎熊、挖参时都是如此。这种习惯养成了东北人的讲义气、重友情，甚至可以为朋友两肋插刀的性格。过分的豪爽有时使东北人带有一种匪气。"习俗移志，安久移质。"

一方水土养一方人。满族文化和东北流亡文学同在一个民俗生活场域，以满族风俗为文化底蕴的东北地域文化在东北流亡文学的创作中打上了深深的烙印。由于满族和东北汉人同在一个民俗生活场域中，因此，满族和东北汉人有了大致相同的文化和性格特点。在东北人的性格中，总会有满族人性格的因素。因此，满族风俗对东北流亡文学也同样具有潜在的影响，满族风俗影响了东北流亡文学的审美心理、情感意志、价值判断。这种影响在东北流亡文学作品中表现得很明显。

正由于满族作家和东北流亡作家都在东北民俗生活场域中，满族作家和东北流亡作家描写的风俗是一致的。闯关东的人初到东北，发现了许多奇怪的民俗，于是总结出东北的二十怪。东北二十怪主要有：窗户纸糊在外，草坯房子篱笆寨，用土打墙墙不倒，烟囱安在山墙外，大姑娘叼烟袋，骡马驮子驮大载，小伙跳墙狗不咬，大缸小坛渍白菜，养活孩子吊起来，说话满嘴苴荬菜，媳妇穿错公公鞋，幔帐挂在炕沿外，欻"嘎拉哈"决胜败，反穿皮袄毛朝外，索伦杆子戳门

① 马蹄疾编《李辉英散文选集》，百花文艺出版社，1986，第47页。

外，马拉爬犁比车快，两口子睡觉头朝外，狐狸皮帽子头上戴，冬包豆包讲鬼怪，先摆四个压桌菜。很多满族作家描写了东北奇特的风俗。如康熙皇帝的《松花江放船歌》、揆叙的《凿冰词》、贵昌的《游猎》、升寅的《乌拉草》、西清的《窗纸》《火炕》《棒打獐子瓢舀鱼》《达呼尔敬烟》、多隆阿的《人参》、萨英额的《围兽》、顾春的《冰床·社课》都描写了东北特有的风俗。这些富有强烈地域色彩的风俗在东北流亡文学的作品中同样有大量的描写。东北民俗的二十怪，在东北流亡文学中多有介绍。"毛头纸刚涂上明油的风窗里，一片熙熙攘攘的灯光。"[1]因为东北旧俗把窗户纸糊在外，为了防雨，把纸涂上油。东北特有的土产乌拉草、人参、鹿茸成为东北流亡文学作品中必不可少的素材，甚至成为引起情节冲突的要素。骆宾基的《边陲线上》有很多情节冲突都是由乌拉鞋引起的。萧红的《夜风》中写道："大媳妇含着烟袋……三媳妇也含着烟袋……老太太也觉得困了似的，合起眼睛抽她的长烟袋。"李辉英的《过年》也写到了东北的独特民俗。

满族风俗和满族民族性格对东北流亡文学具有重要的影响。严家炎认为："地域对文学的影响，实际上通过区域文化这个中间环节而起作用。即使自然条件，后来也是越发与本区域的人文因素紧密联结，透过区域文化的中间环节才影响和制约着文学的。"[2]

第三节　满族文学与东北流亡文学创作的内在一致性

满族文学和东北流亡文学创作具有相同的文学风格，满族文学与东北流亡文学的创作具有内在一致性。这主要表现在三个方面。

---

① 端木蕻良：《科尔沁旗草原》，人民文学出版社，1981，第183页。
② 严家炎：《〈20世纪中国文学与区域文化丛书〉总序》，《创作与评论》1995年第1期。

一、满族文学和东北流亡文学都表现出雄强的一面

清代满族诗词创作的最大特色是开创了中国北方诗歌豪放的风格。为朝廷供事的满族作家徐元梦、揆叙等的诗歌清雅刚健，随军参战的满族作家禅岱、顾八代等的诗歌雄浑豪放。女真海陵王完颜亮的诗词文章特点是"大柄若在手，清风满天下"。文风雄健恢宏，被评为"出语倔强，咄咄逼人"（《词苑丛谈》卷三引《词统》），"金主诸词，独具雄鸷之概，非但其武功之足纪也"（《词征》卷六）。满族作家的作品，特别是清前期表现征战围猎的作品总体特征是慷慨磊落，纵横豪爽，情调恢宏雄肆。康熙的《萨尔浒》写道"铁背山前酣战罢，横行万里迅飞飙"①。从时人对满族作者作品的评价也能看出满族文学雄强的特点。如岳端被评为"寄情激昂、飙驰满发而不可遏抑者"，王源被评为"清音朗激"，林风岗被评为"负诗渊奇，吐言天拔"，博尔都被评为"近体清新，歌行雄放"，揆叙被评为"波澜不二"，保禄被评为"清新老健"，何溥被评为"笔兵墨阵，横扫千军"，总之，时人对满族作家的评价都是他们具有清雅雄健的特点。②

东北流亡文学同样充满了勇者的风范。少女时代的萧红就以勇者的姿态与封建势力抗争。她的血液里没有屈服的因素。许广平在《追忆萧红》中认为，萧红不仅在写文章上表现得"相当英武"，而且她还有"侠义行为"。许广平认为萧红是"北方来的不甘做奴隶者"。胡风评价萧红的文笔如"钢戟向晴空一挥似的笔触"③。东北女作家左蒂认为："白朗作风在朴实而雄健里又特具一种深刻和真实。"宁殿弼认为白朗的小说创作具有浓烈深沉、刚健昂扬激越的格调。舒群的诗集

① 张佳生：《清代满族诗词十论》，辽宁民族出版社，1992，第147页。
② 张佳生：《清代满族诗词十论》，辽宁民族出版社，1992，第170—171页。
③ 胡风：《〈生死场〉读后记》，载萧红《生死场》，黑龙江人民出版社，1980，第145页。

《在故乡》感情奔放，气魄雄伟："让敌人毁灭了我们，留下我们的尸体；让风吹去我们的血肉，留下我们的骷髅；啊，让骷髅——堆起我们国土的界石，给后来人留下了标志。"①这首诗情感好像火山爆发一样，给人一种冲击力。高兰的《我们的祭礼》也是雄浑有力的："我们献上——这个祭礼——抗战！这里有血有泪有火也有光，这里有生有死也有光荣的创伤，这里也有奴隶们反抗的呐喊，这里也有永恒不灭求生的烈焰……"②高兰的《是时候了，我的同胞！》写道："人在怒吼，马在嘶叫，苍天在旋转，大地在狂啸，子弹在枪膛上跳跃，大刀在手中咆哮！"③戴言评价穆木天的诗歌特点是音节铿锵、气势磅礴、感情澎湃。萧军的作品具有粗犷、豪放、爽快的风度和气势。戴言评价塞克剧本的语言特点是凝重、深厚、雄壮、激烈。

二、满族文学和东北流亡文学的创作都具有真实自然清新的特点

东北地域民俗决定了东北人的感情真实、自然、坦率、直露、无遮无拦、直抒胸臆。这种东北地域民俗影响了满族文学和东北流亡文学的创作，因此，满族文学和东北流亡文学的创作都具有纯情不羁、率性而行的特点。满族文学总体特点就是自然纯真、简洁流畅、清新刚健、雄浑疏放、天然去雕饰、少做作。满族崇尚自然导致满族文学有自然清新的特点。满族的神话充满了对自然的亲和，万物几乎都是神的化身。东北流亡文学的创作具有相同的特点。东北流亡文学的创作总体上清新自然、质朴刚性、真实俗白。端木蕻良在《大地的海》中这样描述东北人

---

① 杨骚：《感情的泛滥——〈在故乡〉读后感及其他》，1936年11月25日《光明》第1卷第10号。

② 穆木天：《诗歌朗诵和高兰先生的两首尝试》，汉口《大公报》副刊《战线》1937年10月23日第32号。

③ 任惜时、赵文增、臧恩钰主编《东北文学通览》，辽宁大学出版社，1994，第175页。

的情感："这里的感情是没有装饰的，如一个人在伤心，那么，在他的胸腔里，一定可以听见一寸一寸的磔裂声。如在哭泣，那滴落的泪珠，也会透出一种颤动的金属声，而且必然地整个灵魂都会激起一种沉郁的回响。"萧红作品的特色是崇尚自然、线条粗犷、幽默风趣。独特的地域文化使得东北流亡文学的作品具有刚劲、雄浑、粗犷、坦直、凝重的特质。可见，满族风俗和东北流亡文学的创作具有内在的一致性。

三、满族文学和东北流亡文学创作都表现了激越的情感

　　东北的大野气息与黑土激情贯穿了满族与东北流亡文学的创作。满族文学和东北流亡文学的创作在情感表现上都是外倾型的。恶劣奇寒的自然唤起了满族作家和东北流亡作家的战胜自然的激情。在"马背上的战争"中，满族战胜对手的雄强个性必然潜伏涌动着强烈的激情。东北流亡文学由于长久的东北文化浸润，再加上家园沦丧、流亡生涯，更产生了强烈的悲愤激情。刺骨的哀伤、无比的仇恨、强烈的愤慨都使东北流亡文学具有强烈的主观情感。面对国土的沦丧，他们只能歌哭呐喊。"九一八事变，日本帝国主义占领了我的故乡……我悲哀，我愤怒，终至，激起我反抗暴力的情绪！"[1]端木蕻良的短篇小说集《憎恨》对于情感的表达几乎达到了极致，他想用文字的流写下抗日兄弟热血的流。鲁迅为《八月的乡村》写序："作者的心血和失去的天空、土地，受难的人民，以至失去的茂草、高粱、蝈蝈、蚊子，搅成一团，鲜红地在读者眼前展开……"鲁迅的"鲜红"正是指东北流亡作家心中的血泪与愤怒的激情。白朗的《一个奇怪的吻》、舒群的《蒙古之夜》都融入了作者浓浓的情感。东北流亡作家敢于表现自己的主观情感，他们把对日本侵略者的憎恶表现到了极致，东北地域特有的血性雄强的性格使得他们难以沉默。

---

　　① 李辉英：《我创作上的一个历程》，《申报·自由谈》1934年12月10日。

第六章　民俗生活场域构建的东北流亡文学的情节冲突

　　民俗生活场域是具有特定民俗的社会空间。人们都生活在既定的民俗生活场域中，在特定的民俗生活场域中，民俗具有超稳定的时空传承性。民俗使得人们的生活变得程式化、模式化、固定化。民俗形成人们稳定的思维和行为方式，并且对全体成员具有普适的法约性。民俗决定了作品中人物的大众民间立场和人物行为的世俗价值取向。在东北独特的地域中，人们信守只有东北才有的特定习俗，违反了东北习俗，都会被视为异端，从而导致民俗行为、民俗心理的冲突。东北流亡作家在固有东北民俗心理的基础上，利用民俗构建情节冲突，推动情节发展，将人物形象塑造得更加丰满。民俗规范人类的言行，民俗成为规范人们行为、语言和心理的一种基本力量。因此，东北流亡作家的作品中的情节冲突往往是由民俗生活场域构建的。

　　东北流亡作家的作品中的人物往往都缺少文献资料一类的表层民俗文化，但都具有丰富的深层的民俗文化。人物蕴含的民俗文化存在机制成为人物存在的核心基础。作品中人物都自觉地运行于既定的民俗文化程式中。人物的思维方式完全是习俗化的行为方式。端木蕻良的《鹭鸶湖的忧郁》中，来宝和玛瑙看到月亮"狠式式的红"时不仅马上想到"主灾吗"，还想到"人家也说主兵呢"。可见，民俗成为作品中人物生存的精神细胞内核。

　　在东北流亡作家的创作中，人物的生活往往有一定的民俗化的程式。人们都是在特定的民俗程式中年复一年，日复一日地生活着。民俗规定了作品中的人物在每一年、每一天都应该做什么。在萧红的小说《呼兰河传》中，人们年复一年地都有跳大神、唱秧歌、放河灯，野台子戏、四月十八娘娘庙大会……这一系列的习俗成为人们的一种固定的生活程式，习俗决定人们的日常行动，从而构成了小说的主要情节。

某地"习俗"在相异的民俗场域必然引起人物的否定心理。作品的情节冲突由民俗纠葛引起。民俗纠葛就是由民俗世相、民俗观念引发的冲突。因为民俗观念储备于个人心理的较深层面，形成一种习惯的思维定式，一旦有别的民俗观念与之相背，势必引发民俗纠葛。

第一节　民俗决定人物命运

在东北民俗生活场域中，民俗成为人们生活的准则，各个阶层的人们都在自觉或不自觉地遵守着民俗。所谓"习俗移志，安久移质"。东北流亡作家笔下的人物形象在特定的民俗生活场域中，往往失去了自己的理性和独立判断事物的能力，个体的命运完全不自觉地遵循千百年传承的民俗。人们的生活已经被习俗固定化、模式化了，民俗可以决定人物的命运，谁若违反了民俗，就会有悲剧结局，谁若顺应了民俗，就能平安甚至发迹。

在东北流亡作家的作品中，有的人物巧妙地利用自己的民俗文化资本，改变自己的命运，发家发迹，从此家运兴旺，过上锦衣玉食的生活。《科尔沁旗草原》中的首富丁家正是利用民俗而发家的。当瘟疫肆虐，人们面临着生命的威胁，丁家先人通过民俗中的巫术手段，治疗灾民的病痛，被人们认为是真灵官派来救百姓的，成为人们的精神领袖，被人们称为"丁半仙"。人们都认为自己的命是丁半仙给的，都竭力用自己的劳力取得丁半仙生活的安适优越，丁半仙通过摇串铃等常人少有的民俗资本而发家。人们生病本来应该求助于医生，但东北特定场域的民俗使当时的百姓只能求助于巫医。丁半仙死前在有"藏龙卧虎格的风水"的地方为自己选了坟地，这奠定了一个东北大地主的成功的开头。人们在强大的民俗生活场域中，丧失了自主的判断能力，人们的思维都取决于特定的民俗生活场域。丁半仙顺应并利用民俗场域中的民俗，利用大众信奉民俗的心理，用民俗资本把自己笼罩上绚丽的魅影，使别人在不知不觉中认同了丁半仙的权威性。可见丁家正是利用民俗改变了自己的命运，丁家的发迹兴旺正是由民俗决定的。

小说人物可以利用民俗，战胜对手，统治百姓。《科尔沁旗草原》中鹭鸶湖畔的人们有一个风俗：相信仙姑能通神灵，所以都信奉仙姑的话。丁四太爷通过做道场，借仙姑的口愚弄百姓，让民众相信，丁家的作威作福是上天注定的，有神仙保佑的，让人们相信一切都是命运安排并心甘情愿地受人欺压。在北天王被控告神道设教，图谋不轨时，丁四太爷为了能称心如意地做大地主的盟首，与北天王对抗，丁四太爷请仙姑跳大神，通过四太爷传话给仙姑说："记住告诉她，说北天王是恶贯满盈，天罚的，你懂吗？咱们是仙财，多说点……前世的……听见了吗？"①意在通过仙姑的口赞颂丁四太爷："咱们府上是命，风水占的，前世的星宿，现世的阴骘，家仙的保佑，阴宅生阳，阳宅生阴，阴阳相生……"②他还通过巫婆的口说出丁四太爷是仙财，北天王恶贯满盈，是天罚的。在这里，萨满教跳神习俗成为推动小说情节发展的重要因素。利用人们对神灵的敬畏，借用萨满习俗，壮大自己，打击对手，笼络人心。巫婆说丁四太爷发的财都是借她的光。群众议论丁四太爷发了狐仙的财。从此，丁四太爷家更是财运亨通了，也可以有恃无恐地剥削穷人。再后来，人们也不明白，"为什么北天王的不能推行的残虐，还要在丁四太爷的宗族里有保护

---

① 端木蕻良：《科尔沁旗草原》，人民文学出版社，1981，第26页。
② 同上。

地进行着……这一切他已不能明白，他给挤在阒无人烟的一角，做成一个被遗忘的人了"①。人们在民俗生活场域中，没有自主的理性判断，他们的思维被民俗场域的习惯所支配，一切都按照民俗的潜规则展开行动。大山指责丁宁："你家是世袭的小汤锅，穷人在你们的地上，就像落在菜碗里的苍蝇！光你太爹那一辈你家就逼死了多少人，抢了北天王的财产，还造出了狐仙来搪塞，这是我爷爷躺到床排子上才告诉我爹的！"②东北民俗推动了情节的发展，民俗世相的延展就构成了情节，民俗也预设了情节如何进一步推进。

作品中的人物也往往从民俗学的视角看待自己的命运。在端木蕻良的小说《雕鹗堡》中，全村的人都认为主宰这小村子命运的，就是雕鹗。雕鹗就是这村子的性命。当早晨雕鹗飞出窝的时候，村里的人们就知道该起床干活了。当雕鹗回到巢里的时候，村里的人们就该吃晚饭睡觉了。因此，石龙捉雕鹗，村里人异常反对，认为这样会破坏了风水。石龙要捉雕鹗就像要把全村人的命运捉走一样。当石龙爬山捉雕鹗不慎跌入山涧摔死时，围观的村里人才喘出一口气来，好像恢复了往常的命运的统治，觉得心安而满意，村民并没有为石龙的丧命而惋惜，风水的习俗观念制约着每个人。在白朗的《老夫妻》中，民俗同样决定了张老财的命运。算命的、批八字的都说张老财能享一辈子清福。张老财完全按民俗的思维方式做事，他坚信他的寿眉能给他带来长寿。他非常爱惜他的寿眉，他深深相信相面先生的话，从生了这几根寿眉起，十年来，他总是小心翼翼地保护寿眉，甚至洗脸的时候都要绕过眉毛，不使眉毛遭到一点摧折，因此，他眉毛的周围，留着一圈晦暗的污迹，使得整个眉毛失去了光泽。他坚信长寿眉能给他带来长寿的命运，他认为有了寿眉就有了生命的保障。因此，他认为日本鬼子也不能损伤他一根毫毛。别人都撤离了村子，只有他一个人还在村子里住着，最后，他死在了日本侵略者的手里。深信长寿眉使

---

① 端木蕻良：《科尔沁旗草原》，人民文学出版社，1981，第18页。
② 端木蕻良：《科尔沁旗草原》，人民文学出版社，1981，第207页。

他长寿的民俗观念害了张老财的命。骆宾基的小说《生活的意义》中，孙寡妇在水池中洗衣服，手被水中东西咬了，就认为是被鬼咬了。因为大栓家媳妇活着时，孙寡妇向她借过半斤盐和两个鸡蛋没有还，等到她投水死了，她婆婆向孙寡妇讨，孙寡妇说还了。孙寡妇认为被咬是屈死鬼抓替身，从此一病不起。水池中的小鸭子也被咬破了腿，村里的人们开始进行各种猜测，当人们捞出了神秘的东西，发现是条三斤多重的鳜鱼时，卧床的孙寡妇已经死了。孙寡妇的生活的意义是由民俗观念决定的，小说标题的意图正在于此。

第二节　不同民俗引发的冲突与误会

在东北流亡作家的创作中，不同的民俗观念导致了相悖的民俗冲突。人到了异民俗生活场域就应该主动从俗。用心理学的术语说就是认同。"所谓认同，指人通过对外部对象的认知或觉察而自觉不自觉地力求与之等同，并因而把该对象的某些特点纳入自己的性格、思维方式与行为方式之中。"[1]如果不主动从俗或者违背民俗，而是用自己的旧有的民俗置换异民俗场域的习俗，就产生了两种民俗的冲突。

民俗决定了人物行为必然如此，所以人人都自觉或不自觉地遵守习俗。骆宾基在《混沌初开》中写道："生长在民国初年的妇女是这样的不幸，那年代她们就是连西欧或者俄罗斯城市妇女那种出头露面的场合都没有，即使是一个在吉林高等师范读书的女生回来度寒假，也是避讳着经过大街上的道路，而要走背人的胡同的。谁也不敢违背这城市里为山东移民带来的习俗，这是以后我入县立两级小学读书的时候，发生了两个新派的男女教师并着肩在城市散步，受了校长的警

---

① 冯川：《文学与心理学》，四川人民出版社，2003，第143页。

告而辞职的事情以后，才逐渐了解的。"①在《混沌初开》中，伯父让母亲按照旧俗以妾礼拜见父亲的原配妻子，母亲不从，由此母亲和伯父断绝了往来。"于是母亲和伯父间的坚固的墙壁就在这上面竖立起来。就是面对面，也仿佛彼此不存在。不管在哪里，那道望不见的墙壁始终隔离在他们之间。"②由于父亲主持侄儿的婚礼，伯父和儿子也断绝了关系。母亲违反旧俗引发了和伯父的矛盾冲突，由此引发了一系列的行为后果。《混沌初开》中还写到满族人信奉萨满教，母亲本来准备犒劳夜里忙场人的酒席，却不容分说地被当作"谢神酒"吃了个精光，因为满族人请萨满跳神要喝"还愿酒"，也叫"杀喜猪，吃谢神酒"，谁碰到谁吃，而且得当天吃光，图的是吉祥如意。母亲也只得"入乡随俗"。满族最初为游牧民族，其渔猎生活方式使家庭成员之间很少有封建礼俗，居住方式也较汉族少了许多拘束。满族人家公婆和儿子儿媳睡对面炕或中间有假墙或幔帐隔着的通炕，这迥异于汉族辈分森严、男女授受不亲的礼俗。《混沌初开》中姜步畏跟母亲在田家大院借宿时，田家大婶按照满族西间为尊、里间为贵的风俗，一定要母亲睡到里间，而母亲看不惯对面睡人的风习，所以执意睡在外间，她觉得"虽然两面炕上各有寝帐，但两边动则有声，起夜解手都觉着不方便"。姜家母子既看不上田家人的居住方式，更不喜欢田家女人有着一双男人似的大脚。

《科尔沁旗草原》中的百姓为了求得平安，避免胡子的骚扰，修鬼王庙，胡子犯忌讳，往往搬走匪窝。"幸而，这年来，这儿新修了一座鬼王庙，胡子犯忌讳都挪了窝了，挪到大菜园子那边闹去了，要不然早年这地方都是窝处，少爷有几个命，也拿不回去！"③否则，胡子就像牛毛似的起来了。《第三代》中的井泉龙触犯了民俗，竟把村西端一所神庙里面泥做的龙王爷的脑袋给拧了下来，并且一只手挽着

---

① 骆宾基：《混沌初开》，北京十月文艺出版社，1994，第183页—184页。
② 骆宾基：《混沌初开》，北京十月文艺出版社，1994，第231页。
③ 端木蕻良：《科尔沁旗草原》，人民文学出版社，1981，第193页。

龙王爷脑袋上的胡须，站在庙前的树台上，对龙王爷显出了极大的不恭，因此获罪被关进了监狱。

《呼兰河传》中的人们很有规律地按照民俗规定的程式生活着，一年之中，必定有跳大神、唱秧歌、放河灯、野台子戏、四月十八日娘娘庙大会，这些程式化的民俗生活规定着作品中人物的情节进展。用萧红的话说："呼兰河的人们照着几千年传下来的习惯而思索而生活。"《呼兰府志》载："（满洲婚礼）彩舆至门，迟久而纳之，谓之扳性（齐齐哈尔城谓之憋性），扳性者，谓屈抑其性，使就柔和也。"①"扳性"，又叫"别性""憋性"，指新娘乘坐花轿到夫家后，夫家将大门关闭，花轿在大门外停留片刻，这样做是因为满族女子多个性骄纵，因此要磨磨新娘的个性，使其在婚后能够温柔顺从。小团圆媳妇之所以被打致死，就是因为小团圆媳妇不符合民俗中对新媳妇的规定。小团圆媳妇的错误在于：不知道看婆家人的脸色，一点也不知道害羞，头一天来到婆家，就吃三碗饭，而且十四岁就长得那么高，两个眼睛骨碌骨碌地转，走道像飞似的，整天乐呵呵的，不符合当地新媳妇的习俗标准。就因为街坊邻居议论小团圆媳妇不像个媳妇，所以她的婆婆狠狠地打小团圆媳妇，而且打得特别狠，无论多远都可以听见叫声。为了不让小团圆媳妇走得飞快，她的婆婆用电烙铁烙她的脚心。她的婆婆狠狠打了她一个月，终于把小团圆媳妇打得病倒了，她的婆婆三番五次地请狐仙、跳大神、闹神闹鬼，按照民俗的治病方法，她最后被活活地烫死了，她终于为陋俗所害。小团圆媳妇的婆婆并不是有意迫害小团圆媳妇，她在生活上处处精打细算，自己治病都舍不得买红花，为了治好小团圆媳妇的病，竟不惜一次拿出五十吊钱。小团圆媳妇的悲剧正是由于习俗导致的冲突。《呼兰河传》中的人们的一切行动都受习俗的制约。

在东北流亡作家的作品中，更多的是无形心意民俗潜在地影响

① 陈见微选编《东北民俗资料荟萃》，吉林文史出版社，1992，第318页。

人物的思维和行为，从而引发了行为冲突。无形心意民俗生活相
"是人类精神生活中的民俗形态，展现在人类用习惯性的思维方式观
察处理问题，以及为满足精神要求的各种活动、情感所表现的广阔
领域。现实中，它是某一类人以独特的心态思考和参与生活的场
景，一种怪谲、魔幻的生活思索"①。《边陲线上》中的靠山在撤退时
还遗憾没找批八字的"字匠"推推"八门"。靠山觉得军事行动也应
该让算命先生算一算，也就是让无形心意民俗决定行动的取舍走
向。《边陲线上》中的王四麻子认为不用《推背图》，仅按着"天
干""地支"就可以推算出中国和日本打仗是否会赢。他认为甲午年
日本和咱们打仗，是日旺午时，日本能胜。今年岁在癸酉，正正日
落酉时，日本准败。若复杂点，就得用《推背图》推算了。据传
《推背图》也是可以预言未来的书，属于无形心意民俗的兆。可见，
作品中的人物并不按照社会生活的发展规律审时度势，而是按照民
俗思维定式判断事物，思考问题，民俗决定了人物的思维和行动，
因而引发了人物行为冲突。王四麻子对大家说："你们不知道，关里
军队，就要打出来。今年就是'日'落酉时的时候。我们很快就能
出头……"②王四麻子号召大家上山当胡子的一个原因就是今年是
"日"落酉时，日落意味着日本失败，所以日本必败，这是大家打日
本侵略者充满信心的最大动因。当抗日义勇军和日本侵略者交火失
败撤退后，王四麻子总结失败的原因，认为"今天大概是丙午
日……日军是从离火来……天意"③。可见王四麻子没有客观地认识
到敌我力量悬殊，敌人武器精良是义勇军失败的主要原因。他完全
从无形心意民俗的角度分析军事形势，认为敌人这次获胜是天意使
然。义勇军在同日本侵略者的浴血奋战中，并没有很快胜利，而是
异常艰难坎坷，王四麻子把抗日胜利的希望完全寄托于癸酉年末，

---

① 陈勤建：《文艺民俗学导论》，上海文艺出版社，1991，第256页。
② 骆宾基：《边陲线上》，吉林人民出版社，1984，第84页。
③ 骆宾基：《边陲线上》，吉林人民出版社，1984，第97页。

他要看日头到底落还是不落，也就是看日本到底能不能失败。当癸酉年要过完时，日本还没有战败，王四麻子彻底失去了抗日胜利的信心，他劝刘强不要抗日了，要带刘强回家，他的理由就是癸酉年将过完了，没有胜利的希望了，何况关里军队不想打日本兵。他的行为心理都是由无形心意民俗决定的。在马加的《寒夜火种》中，人们的一切行为都要听王七先生的推算。村子里人们的日常生活如合婚嫁娶、驱鬼捉妖、阴阳地理、圆光扶乩、命运休咎都是按照东北的习俗来运作。可见，作品人物的心理和行动是被民俗控制的。王七推算宣统是三年皇帝，"火牛铁马遍地走"，而且"宣统回朝，秃子开瓢"①。秃六吓得直摸自己的秃脑袋。对于这种说法村里人都深信不疑，民俗意识深深地钳制着人们的思维和行动。秃六认为奉天城扒了钟鼓二楼，风水便破了，日本兵才敢乘虚而入。王七推算村里百日之内，必有血腥之灾。因此，村子里的人都去祭庙。民俗决定了人物行为，构建了作品的情节冲突。陆有祥正是利用人们忙乱之际，报仇雪恨，杀了王村长。王七认为王村长的死是由于王村长没有亲手放路灯，招了报应，应了血腥之灾。

当人悲痛到极点时，人们也希望通过民俗行为减缓或去除悲痛。高兰的诗歌《哭亡女苏菲》中，他幻想通过民俗中的招魂使亡女回到自己的身旁："当深夜的野鸟一声哀啼，惊醒了我悲痛的记忆，夜来的风雨正洒洒凄凄！我悄然地披衣而起，提起那惨绿的灯笼，赴向风雨，向暗夜，向山峰，向那墨黑的层云下，呼唤着你的乳名，小鱼！小鱼！来呀！孩子！这里是你的家呀！你向这绿色的灯光走吧！不要怕！你的亲人正守候在风雨里！"②

由于东北独特的生活场域，东北人习惯于穿乌拉鞋，否则是抵抗不了严寒的。在东北人们离不开东北三宝：人参、貂皮、乌拉草。

---

① 马加：《马加文集》，春风文艺出版社，1991，第19页。
② 任惜时、赵文增、臧恩钰主编《东北文学通览》，辽宁大学出版社，1994，第177页。

《边陲线上》中的很多情节都是为了得到乌拉鞋而展开了情节冲突。老张因为抢双乌拉鞋，和几个弟兄被枪毙。"抢双乌拉也毙，我知道你刘子章……你们穿……我们就该死。"一个毛发蓬蓬的汉子在叫骂。[①] 人们的生活离不开乌拉鞋，乌拉鞋引发了情节冲突的展开，作品中的人物因为乌拉鞋而丧失了性命。这种情节冲突在温暖的南方是根本不可能发生的。

第三节 民俗导致爱情模式

东北流亡作家表现的东北民俗生活场域中的婚姻模式和中原地区的婚姻模式有鲜明的不同。东北民俗生活场域中的爱情模式少有封建礼教的束缚，保留了生命的原始冲动，具有生命的本真色彩，更符合人性的自由发展，甚至具有了原始的放浪的色彩，东北民俗生活场域中的爱情婚姻模式是比较自由开放的。东北一些土著民族的青年男女可以违抗父命，自由恋爱，野合生子。例如，辽代契丹族有男女相悦就可以自由野合的习俗。久而久之，东北地区的恋爱婚姻模式具有了一种特异的风姿。如《想情郎》《狩猎的哥哥回来了》《瞧情郎》《松花江相会情歌》等东北民歌反映了这种大胆、率真、自由的爱情表达方式。

东北流亡作家表现的婚姻模式大多没有父母之命，媒妁之言。像端木蕻良《红夜》中古老偏远的小村子，这里曾经流传着关于"石洞里的爱情"的故事，"石洞"是男子和女子私订终身之地，这个故事被这里世世代代的人们作为佳话流传着，这种朴实、坦率的爱情佳话实际上是村民们原始的爱情观，是最质朴的爱情，是对人类本真情欲的崇尚。萧红的《呼兰河传》中的冯磨倌和王大姑娘按照生命的本能

---

① 骆宾基：《边陲线上》，吉林人民出版社，1984，第118页。

自然地走到了一起，有了孩子大家才知道。他们并没有内疚感，不需要遮遮掩掩，一切都那么自然，他们的爱情没有束缚，充满了原始的生命本色，他们的结合是生命欲望的自由实现。老胡家的大孙媳妇就跟人家跑了。无论底层小老百姓还是绅士之流，都有趁着野台子戏的机会调情的。萧红的《生死场》中的金枝的爱情自由而放浪，具有一种原始的生命冲动。金枝在河湾和男朋友野合，导致了怀孕。金枝的爱情也没有父母之命、媒妁之言。王婆一生嫁了三次，不堪第一个丈夫的毒打逃走后嫁给第二个丈夫，这个丈夫死后又嫁给赵三，村里人并没有因为这个排斥她，王婆的深明大义让丈夫赵三也敬她三分。同样，萧军的《八月的乡村》中的李七嫂没有三从四德的束缚，尽管她是一个青年寡妇，她并没有像中原地区的年轻寡妇那样想当节妇烈女，求取贞节牌坊，也没有像祥林嫂那样担心嫁给两个男人，死后会被锯成两半。她热烈、率真地和唐老疙瘩相爱，享受着情爱的快乐，她的爱情同样没有包办的因素，完全是自由的相爱。萧军的《第三代》中，四姑娘本来嫁过人，丈夫死后，她和杨三偷情生下孩子，按照儒家标准，四姑娘的行为是大逆不道的，但四姑娘的行为没有受到谴责，相反，得到了父母和乡亲们的默许、理解。东北流亡作家表现的婚姻具有了更多生命本原色，少有外在的礼教束缚。而中原地区的恋爱婚姻模式必须有父母之命、媒妁之言。在中原地区，没有父母之命、媒妁之言的婚姻往往被看成是不道德的婚姻。《小二黑结婚》《刘巧儿》《小女婿》等作品就是为了改变落后的包办婚姻模式而创作的。1941年赵树理在太行山区左权县工作，住在县政府驻地那个村子的一个农民家里。房东一个亲属来县政府告状：有人把他侄儿打死了。侄儿叫岳冬玉，家里有一个九岁的童养媳，岳冬玉不同意家里的安排，为此常和父亲生气。岳冬玉开始和村里的漂亮姑娘智英祥自由恋爱，引起了村长的嫉妒，村长勾结两个亲属干部斗争岳冬玉，岳冬玉不服而被打死，被遗尸其家牛棚。赵树理亲自调查此事，岳冬玉的家人和社会上的人多数对此事不表示同情，认为岳冬玉不正派，教训

114

一下应该。赵树理创作《小二黑结婚》就是为了告诉大家，自由恋爱合法，要反对父母的包办婚姻。

婚俗成为东北流亡作家不可缺少的一部分。在东北民俗生活场域中，当个体没有按照既有的民俗场域安排好的爱情婚姻模式行动，而是有着自己独立的爱情追求，但个体的爱情又抗争不过民俗场域的习惯时，个体只能以牺牲自己的爱情甚至生命，来顺应场域中程式化了的既定的爱情婚姻，这种巨大的冲突在无声无息中展开，在无声无息中结束。这种爱情婚姻的悲剧往往在别人的不知情中展开并结束。

在东北流亡作家的笔下，往往有许多落后的婚俗，这些落后的婚俗导致了人物的悲剧。在萧红的《小城三月》中，婚俗导致了翠姨的悲剧。这种悲剧的实质是传统婚俗与现代文明的冲突。这种冲突不是由于和法律相违背，而由于和婚俗冲突导致了悲剧。民俗生活场域中的婚俗程式必须有"父母之命、媒妁之言"，只要置身于这个东北民俗生活场域中，人人都要遵守这个特定民俗圈的婚俗。翠姨温柔贤淑，但身为寡妇的女儿"只配"嫁给"门当户对"的瘦小且丑的乡下人，心里喜欢"我"的堂哥却不能够表达。翠姨的悲剧在于她想冲破旧有的婚俗，寻求自由恋爱的婚姻，但在强大的婚俗网面前，她显得那样软弱无力，在她的爱情觉醒后，她无路可走，只能静静地等死。

　　哥哥进去了，坐在翠姨的枕边，他要去摸一摸翠姨的前额，是否发热，他说："好了点吗?"

　　他刚一伸出手去，翠姨就突然地拉了他的手，而且大声地哭起来了，好像一颗心也哭出来了似的。哥哥没有准备，就很害怕，不知道说什么，做什么。他不知道现在该是保护翠姨的地位，还是保护自己的地位。同时听得见外边已经有人来了，就要开门进来了。一定是翠姨的祖父。

　　翠姨平静地向他笑着，说："你来得很好，一定是姐姐，你的母亲告诉你来的，我心里永远纪念着她。她爱我一场，可惜我不能去看她了，我不能报答她了……不过我总会记起在她家里的日子的……她待我也许没有什么，但是我觉得已经太好了……我永远不会忘记的……我现在也不知道为什么，心里只想死得快一点就好，多活一天也是多余的……人家也许以为我是任性……其实是不对的。不知为什么，那家对我也是很好的，我要是过去，他们对我也会是很好的，但是我不愿意。我小时候，就不好，我的脾气总是，不从心的事，我不愿意……这个脾气把我折磨到今天了……可是我怎能从心呢……真是笑话……谢谢姐姐她还惦着我……请你告诉她，我并不像她想得那么苦，我也很快乐……"翠姨苦笑了一笑，说："我心里很安静，而且我求的我都得到了……"

哥哥茫然得不知道说什么。这时，祖父进来了。看了翠姨的热度，又感谢了我的母亲，对我哥哥的降临，感到荣幸。他说请我母亲放心吧，翠姨的病马上就会好的，好了就嫁过去。

哥哥看了翠姨就退出去了，从此再没有看见她。

哥哥后来提起翠姨常常落泪，他不知翠姨为什么死，大家也都心中纳闷。

翠姨的话，流露着她内心深处对"爱"的渴望，她"满蕴着温柔，微带着忧伤"，另一方面又"满脸平静，一身无奈"。这段话中用了大量的省略号，传达出翠姨言未尽衷、欲说还休的看似平静实则痛苦的内心世界，这里蕴藉着翠姨在临死之前对洁美爱情的美好向往，显示了她心灵的纯美。萧红说："什么最痛苦，说不出的痛苦是痛苦。"谁都不能理解翠姨的死，连翠姨爱着的"堂哥"也浑然不觉。翠姨没有任何个体的抗争行为，连反对的声音都没有，只能任凭自己的生命被强大的场域婚俗所吞噬。李辉英的散文《我的嫂嫂》和《再记我的嫂嫂》中，为了使先天性痴呆的大哥变得聪明，利用结婚习俗给大哥冲喜，导致了嫂子的爱情悲剧，结婚不到三年的年仅二十七岁的嫂子积郁成疾，抑郁而死。萧红的《生死场》中的金枝在河湾和男朋友野合，导致怀孕，以后金枝遭受家庭暴力，女儿被粗暴地摔死。

在东北民俗生活场域中，产生民俗冲突的现象比其他地区要普遍，主要是由于异质民俗和东北民俗的冲突造成的。这里多种民族聚居，导致不同民俗的碰撞，产生冲突。别林斯基认为每一个民族的独特性就在于那特殊的，只属于它所有的思想方式和对事物的看法，就在于宗教、语言，尤其是民俗。在每一个民族的这个差别性之间，习俗恐怕起着最重要的作用，构成着他们最显著的特征。

恩格斯在《路德维希·费尔巴哈和德国古典哲学的终结》中指出，民俗构成一个民族的面貌，没有了它们，这民族就好比一个没有脸的人物，一种不可思议、不可实现的幻象。我们不可能想象一个民族没有那采取顶礼膜拜形式的宗教理解，不可能想象一个民族没有为一切阶层所共通的语言，尤其不可能想象一个民族没有一种特殊的，仅属于它所有的民俗。另外，外民族的入侵，用武力强制改变民俗，也能产生冲突。还有外地流动人员如移民、流人的介入，也导致了民俗的碰撞。

第七章　民俗的融入与东北流亡作家的抗战策略

　　在东北流亡作家的创作中有许多东北民俗融入其中。民俗文艺是指在民俗笼罩下与民俗紧密结合在一起的文艺样式。萧红的《呼兰河传》《生死场》《小城三月》，萧军的《第三代》，端木蕻良的《科尔沁旗草原》《鴜鹭湖的忧郁》，骆宾基的《混沌初开》《边陲线上》，白朗的《老夫妻》等许多作品都是和东北民俗紧密结合的文学样式，都属于民俗文艺。

　　很少有人从民俗学视角研究东北流亡作家的创作。东北流亡作家的很多作品是以描写独特的东北民俗抒发爱国情怀的。他们主要以描写东北民俗，尤其是东北的良俗而怀念故乡祖国，从而激发起人民的爱国之情，使人们奋起抗日，保家卫国。为什么在血雨腥风的年代，在流亡的年代，东北流亡作家反而"有闲心"描写大量的民俗？这是值得研究的问题。

　　在东北民俗生活场域中，东北流亡作家的创作和民俗是息息相关的。丹纳一再强调，"作品的产生取决于时代精神和周围的风俗"①。文艺往往是在一定的民俗生活场域中展开的，因此，文艺作品必然打上了民俗心理的烙印。东北民俗生活场域对东北流亡作家的创作产生了共时性的影响。东北流亡作家的创作是以特定的东北民俗生活场域

---

　　① 丹纳：《艺术哲学》，傅雷译，人民文学出版社，1963，第32页。

为背景的。在东北民俗生活场域中，东北流亡作家的创作涉及了大量的民俗生活相，东北民俗对东北流亡作家的创作也产生了重要影响。"观风俗，知薄厚。"①"要了解艺术家的趣味和才能，要了解他为什么在绘画或戏剧中选择某个部门，为什么特别喜爱某种典型某种色彩，表现某种感情，就应当到群众的思想感情和风俗习惯中探求。""要了解一件艺术品，一个艺术家，一群艺术家，必须正确地设想他们所属时代的精神和风俗的概况。这是艺术品最后的解释，也是决定一切的基本原因。"②

东北流亡作家的创作反映了东北人民独特的抗日斗争形式，这种独特的斗争形势和东北民俗是分不开的。东北流亡作家描写了大量的民俗世相。东北人的雄强、血性、粗犷的民俗美在抗日斗争中得到了充分的体现。民俗和抗日似乎风马牛不相及，实际上民俗和抗日是息息相关的，描写民俗世相也是一种抗战策略，这是学术界一直忽略的问题。

东北流亡作家主要有萧军、萧红、端木蕻良、舒群、白朗、罗烽、穆木天、李辉英、骆宾基等。东北流亡作家发表了大量抗日救国题材的作品，产生了极大的社会反响。东北流亡作家都以抗日救国为题材，描写了国土沦陷后东北人民的挣扎和反抗。他们以最切身的体会和最真实的感受，揭露了日本侵略者惨无人道的血腥罪行，歌颂了东北人民英勇卓绝的斗争。

除了直接描写抗日战场的作品外，东北流亡作家还投入了大量的笔墨描写东北民俗，他们的创作带有了民俗文艺的性质。描写民俗文艺作品之所以成为抗战策略主要有以下原因：民俗文艺的二重性；民俗文艺的地域性；民俗文艺的集体性。

---

① 班固：《汉书·艺文志》。

② 丹纳：《艺术哲学》，傅雷译，人民文学出版社，1963，第7页。

第一节　民俗文艺的二重性

民俗文艺能引起强烈的爱国思乡情，从而使人们更加痛恨侵略者。民俗是世态生活相，民俗文艺既具有民俗生活的性质又具有文艺创作的性质。民俗文艺作品所刻画的民俗态生活，集生活的真实和艺术的真实于一身。东北流亡作家反映民俗生活相，也是一种抗战的策略。描写几乎融入人们集体无意识中的民俗，能唤起深入骨髓的思乡情，引起深深的风土人情之恋，而且能唤起人们更广泛的思乡之情，有利于增强全国人民把日本侵略者赶出中国的决心。

东北流亡作家的作品带有浓厚的民俗气息。萧红描写的东北黏糕极其诱人：黄米黏糕，撒上大芸豆，一层黄，一层红，黄的金黄，红的通红。三个铜板一条，两个铜板一片地用刀切着卖。愿意加红糖的有红糖，愿意加白糖的有白糖，加了糖不另要钱。

端木蕻良这样描写他的家乡：

> 林荫处人家的大马哈鱼透出海盐的腥味，在草绳上成串地穿着……房檐底下挂着鲜红的大柿子椒，好事的姑娘们摘下的癞瓜，透出比金橡还畅快的亮黄，和红的都络配置在一起，随风流荡出一阵雄辩的明快和漂亮……林里从富于弹性的土壤里渗出酒糟香，因为没被收拾的酸果子落地了，而且蚂蚁也分泌着蚁蜜。[①]

萧红的呼兰河家乡是："蜻蜓是金的，蚂蚱是绿的，蜂子则嗡嗡地飞着，满身绒毛，落到一朵花上，胖圆圆的就和一个小毛球似的不

---

① 端木蕻良：《端木蕻良小说选》，湖南人民出版社，1981，第82页。

动了。"①骆宾基借小说人物之口不无自豪地说："你知道咱们屯子的深山里，是出人参的呀！不要说别的，河水都有人参汁，你要听我的话，管你喝十年咱们屯子的河水，不成仙也能长命百岁了。"②罗烽也时常梦回故里："这天夜里，我躺在床上无论如何也睡不着。而且我的怀乡病复萌——那一望无垠的雪平原；那冰雪交错的松花江；那山林中被雪埋没着的白桦，古松……这些在现在，正是构成我单相思的对象，一齐浮现在我的眼前。在一种甘甜的迷恋中，我的梦，它竟像一只自由的雀鸟飞回我的故乡去了……"③一切景语皆情语，这些富有地域色彩的描写怎能不唤起深深的恋土之情。流亡在外的东北流亡作家深深地怀念自己的家乡。因为，民俗是不分阶层的。无论哪个阶层的人都自觉不自觉地遵守民俗，人们的生活被民俗的经纬所编织，没有谁能超越民俗。

凡是民俗气息浓厚的作品，它的感人力量也必然深刻。文载道在《风土小记》中写道："今年的盛夏中，于病榻上看了一点记载风土节候之作，不禁深深地引起风土人情之恋，然一面亦有感于胜会之不再，与时序的代谢，诚有宁为太平犬，莫作乱离民之感。"④东北流亡作家在国破家亡的乱离中，又流亡他乡，无所归处，这时他们笔下记载风土民俗的文字，都能流露出刻骨的思乡之情，正是"人世几回伤往事，山形依旧枕寒流"。东北流亡作家笔下的种种风俗陈迹，都会令人感到沉痛悱恻，低回往复，不能自已。端木蕻良在写作时，对故乡寄托着无比的怀念和热恋。民俗成为民族认同的载体，社会团结的纽带。

民俗生活世相是文艺的根。描写民俗生活世相有利于彰显独特地域文学的民族性，东北流亡作家正是利用民俗文艺的二重性为沦陷的

---

① 李威主编《萧红经典》，京华出版社，2001，第143页。

② 骆宾基：《混沌初开》，北京十月文艺出版社，1994，第83页。

③ 罗烽：《梦和外套》，载《罗烽文集》（第1卷），春风文艺出版社，1983，第138页。

④ 文载道：《风土小记》，辽宁教育出版社，1998，第1页。

东北歌哭呐喊。"在日伪当局极力想泯灭东北人民民族意识的社会形势下，更需要用'乡土文艺'来直面东北社会。文学，只有在为民族利益呐喊中才有存在的价值。"①通过描写东北民俗生活相来探寻东北民族的历史民俗渊源，有力地揭露了日伪当局从文化根源上否定东北历来是中国领土的险恶用心。

第二节　民俗文艺的地域性

在横向的民俗空间对比中，东北流亡作家的创作具有鲜明的地域性。对东北地域民俗的描写只能让人想到沦陷的东北，而不是其他什么地方。东北流亡作家作为东北民族群体的成员，有其丰富而又特异的东北民俗生活，都有其独特的风俗习尚和东北民俗审美情趣，作为东北民俗生活场域的作家，他们的作品必然要反映具有地域特色的社会生活。孟德斯鸠认为地理环境，尤其是气候、土壤和居住地纬度的高低、地域的大小，对于一个民族的性格、气质、风俗、道德、精神面貌、法律性质和政治制度有着决定性的影响。马克思认为，在人和环境的辩证关系中，首先是环境创造人，然后才是人改造环境。清人沈德潜说："余尝观古人诗，得江山之助者，诗之品格每肖其所处之地。"②东北地域风俗的形成和发展，和东北的自然地理环境、气候的冷暖、经济发展的状况有密切关系，同时，和这一地区的民族民俗心理，历史的民俗文化传承也是分不开的，这样经久成俗，便构成了民俗的地域性特征。

东北流亡作家的创作中有大量东北地域民俗生活相的描写，这种对东北地域的描写本身就是东北流亡作家怀念故乡的一种表达方式。

---

① 张毓茂主编《东北现代文学史论》，沈阳出版社，1996，第9页。
② 转引自吴承学《江山之助——中国古代文学地域风格论初探》，《文学评论》1990年第2期，第52页。

萧红的《呼兰河传》、骆宾基的《混沌初开》、端木蕻良的《科尔沁旗草原》等都有大量的民俗描写。东北的地域习俗如大姑娘叼烟袋、窗户纸糊在外、养个孩子吊起来、冬天闲来讲鬼怪等都在东北流亡作家的创作中有所表现。东北三宝人参、鹿茸、乌拉草成为东北流亡作家离不开的描写对象。

《生死场》中写道：

> 冬天，女人们像松树子那样容易结聚，在王婆家里满炕坐着女人。五姑姑在编麻鞋，她为着笑，弄得一条针丢在席缝里，她寻找针的时候，做出可笑的姿势来，她像一个灵活的小鸽子站起来在炕上跳着走。她说："谁偷了我的针！"
>
> "不是呀！小姑爷偷了你的针！"
>
> 新娶来的菱芝嫂嫂，总是爱说这一类的话。五姑姑走过去要打她。
>
> "莫要打，打人将要找一个麻面的姑爷。"王婆在厨房里这样搭起声来。
>
> …………
>
> "都在这儿聚堆呢！小老婆们！"[1]

萧红写了一群猫冬的东北农妇村姑，从她们的闲谈嬉笑中透露出直率、野性、泼辣的性格特点。

《混沌初开》中的男主人公姜步畏看不惯女人抽烟，他认为无论满族姑娘健美还是娇柔，长得多标致，只要抽烟，就不要这样像男人抽烟的满族姑娘做媳妇。《混沌初开》中有一首珲春汉人爱唱的民歌：

---

① 亦祺选编《萧红小说》，浙江文艺出版社，2000，第49—50页。

正月里来,

打罢新春,

珲春街上闯外的人,

插海带呀,拧海参,

海南家中撇下一个女裙钗!

这民歌的背后,是浓浓的乡情,也正是这种乡情增强了移民的漂泊感。

东北流亡作家笔下群体的抗日方式和东北地域文化有密切联系。东北地域文化在历史上以渔猎文化为主,养成"俗本鸷劲、人多沉雄"的民俗和文化内核。东北地域文化的尚武民风和好勇斗狠决定了东北人民面对侵略者必然会不畏强暴,奋起抗争。东北独特的地域文化同样铸就了东北艺术家独特的艺术禀赋,东北文学艺术在总体上具有自然率真、雄浑劲健的特点。东北流亡作家的创作表现的是一种阳刚之美。东北流亡作家的作品中的人物往往高大、健壮、剽悍,这样的人物在萧军、端木蕻良、骆宾基的笔下很突出。《科尔沁旗草原》中的大山的行为狂放而少顾虑,暴烈而刚健,粗犷而有力。东北流亡作家创作的人物粗犷刚烈的性格和东北人长期和恶劣的自然环境抗争是密切联系的。只有在东北的地域才能产生这样的人物形象。

第三节　民俗文艺的集体性

东北流亡作家民俗文艺的集体性是长期东北民俗传承积淀的结果。民俗生活形态本身是社会群体在共同生活实践中,凭共同的心愿意识和行为方式的反复出现,集体认可累积而成,久而久之成为群体共同的生活模式。任何人都要生活在一种特定的民俗形态中,民俗生活是民众生活必不可少的一部分。民俗生活的形成,并不是哪个人的独创，也不是一朝一夕所能造就的，它的酝酿、萌生、发展，饱含着人们长期的认同、理解。

东北流亡作家民俗文艺的集体性在于表现的思想情感是集体审美意识的结晶。东北流亡作家对民俗世相的描写不是由个体作家的艺术提炼概括而成，而是通过某一群体的自觉或不自觉归纳积淀形成的。尽管每个东北流亡作家有个体差异，可心灵的感受、情感的激发却大抵相同。"民俗文艺自身的形成是一种集体审美意识的结晶。因为民俗的形成本身是一定地域群体意识行为的历史积淀，其中凝聚着群体共同的情感激发，而不是单个人物一时情绪的抒发，由此而成的情感的凝结物——歌谣、传说、故事、笑话等等，与其说是一种客观现实的写照，倒不如说它是一种情感的习俗化的抒发。"[1]东北民俗作为东北人共同酿就的精神取向，直接规范了东北流亡作家的文艺审美经验、审美判断、审美理想的内涵，并直接显示着文艺审美的民俗特征。因此在东北民俗生活场域中，东北流亡作家的民俗文艺具有了集体性。民俗文艺反映的常常不只是同一时期民众集体的共同心愿，还是多少代人共同反复认可的集体审美意识的实现。东北民俗生活场域中的群体按照东北特有的民俗思考着，行动着，生活着。东北人的生活甚至已经被民俗程式化了。人们的一切生活被民俗预先设定好了。萧红的《呼兰河传》中，每年都有跳大神、唱秧歌、放河灯、野台子戏、四月十八娘娘庙大会等，人们日复一日地重复着固定的民俗世相，作品的情节冲突往往由民俗世相引发并在民俗世相中展开。

野台子戏是在秋天唱的，有时是因为收成好，更多的是因为夏天求雨灵验了，要感谢龙王爷。从搭戏台开始到唱戏结束，得七八天。看野台子戏可不是普通的看戏，这简直就是东北人一年的盼头，有一首童谣，至今还被东北老年人用来哄孩子：

---

① 陈勤建：《文艺民俗学导论》，上海文艺出版社，1991，第183页。

拉大锯，扯大锯，姥爷门口唱大戏。接闺女，唤女婿，小外孙，也要去。姥姥不给饭儿——吃，抓个鸭子摸个蛋儿——吃，舅舅来家看见了，一巴掌打你外——头，舅母来家看见了，擦点儿粉儿，带点儿花儿，我们小妞给谁家……

这首童谣写出了东北人看野台子戏时，姑娘回娘家的情形。不仅姑娘外孙，三姨二姑也都聚到了一起。姑娘们都穿上新衣服，抹上胭脂粉，备不住就有被提亲的，戏台下的名堂可多了，看戏姑妄看之，品评一下谁穿戴得好看，讲讲新鲜事是真的，谁也不在乎看到了什么，只在乎来没来看。外乡人之间因了看戏认识了，还有可能父母之间做主结了亲家。出嫁多年的姐妹回到娘家，互送礼物，聚散依依，好不热闹。

四月十八娘娘庙大会，用萧红的话说，也是为着鬼的，不是为着人的。人们到老爷庙拜过后，再到娘娘庙拜，没有儿女的妇女到子孙娘娘那里用耳环或眼镜偷换一个泥娃娃，孩子们闹着大人买一个不倒翁。有一首歌谣这样唱："小大姐，去逛庙，扭扭搭搭走得俏，回来买个扳不倒。"东北的四月十八庙会一直延续至今。

在东北流亡作家的创作中，鲜活的人物形象在淳朴的民风民俗中得到了不露声色的充分体现。比如，上面谈到的野台子戏，萧红在《呼兰河传》中写到姐妹之间互送礼物时这样描述：

一家若有几个女儿，这几个女儿都出嫁了，亲姊妹，两三年不能相遇的也有。平常是一个住东，一个住西。不是隔水的就是离山，而且每人有一大群孩子，也各自有自己的家务，若想彼此过访，那是不可能的事情。

可当她们见了面之后，却不提别离了几年的事情，也没有亲热的表现，甚至异常冷落。

但是这只是外表，她们的心里，就早已沟通着了，甚至于在十天或半月之前，她们的心里就早已开始很远地牵动起来……

她们亲手做了礼物，或到本城或本乡出名的染坊精细地染好花布，提前装好在箱子底下，等寻个夜深人静的时候，轻轻地取出来，摆在姐妹面前，说一声："这麻花布被面，你带回去吧!"接受的或说一声："留着你自己用吧!"

当然送礼的就加以拒绝，一拒绝，也就收下了。这里没有更多的讨好言辞，花费了多少心血，如何精心准备等都从来不说，也无须说，但姐妹之间的那份情谊却深深地蕴含其中了。

东北流亡作家的创作所表现的集体审美意识张扬了中国的民族性，对日本侵略者妄图否定中华民族，消灭中华民族，是一个有力的回击。

东北流亡作家的创作的民俗文艺集体性还在于塑造了东北集体群象。东北流亡作家创作的一个突出特点是善于创作集体群像。东北流亡作家笔下的主要人物很少，有很多作品没有人物的主次之分，人物关系往往是彼此对等的。萧军的《第三代》中人物众多，关系对等，刘元、海交、翠屏、杨洛中、井泉龙、哑巴儿子、汪大辫子、林四姑娘、大环子、金英等人物众多，每个人物都有独立的片段描写，各个人物共同组成了东北凌河村的鲜活的群像。萧红的《生死场》《呼兰河传》塑造了小人物群像，这些小人物群像构成了东北独特的风俗画。端木蕻良的《科尔沁旗草原》同样塑造了血脉偾张的东北硬汉和率真侠义的东北女子形象。东北流亡作家善于以小人物群像的悲欢离合反映时代风云，塑造了一系列底层劳动者形象。

民俗文艺的集体性有利于东北全体民众的抗日运动，也有利于全中国的抗日活动。民俗文艺的集体性也有助于抗战。民俗文艺的群体塑像警示人们在东北沦陷区，受害的不是一个人、两个人，而是全体的东北人民。仅靠一个人或几个人的抗日显然是不能取得胜利的，只有唤起全民族的抗日，才能取得抗日的胜利。

另外，在敌占区的东北流亡作家，在白色恐怖下，其创作必须要采用一定策略，不能直抒胸臆。东北流亡作家在创作方法和艺术主张上，都采用现实主义的方法，主张真实地表现人生，反映东北生活的实貌。民俗文艺政治色彩不强，各阶层人都可以接受，因为民俗文艺是集体性的。

东北流亡作家描写东北民俗，是一种隐蔽的抗日策略，他们通过描写民俗含蓄曲折地表达了民族感情和乡土情怀，因为当时环境不允许直接发表抗日的作品。他们的抗日不是在战场上，而是在写字台上。他们以笔为刀枪，揭露了日本侵略者的罪行，写出了东北沦陷后的惨象。"抬起含泪的眼我向上望着，想起了故乡的蔚蓝的可爱的天！我的儿时的游侣，我的表哥们，我的亲生的哥哥，我的发锈的笔没有亵渎了你们吗？请原谅我文字的拙劣。但看着我的心！我的兄弟，我的曾相识的兄弟，一样的明月照着我们，而你们却拿着枪杆在高粱林里，我手握着的是单弱的笔杆，在低低的檐下。"这里，尽管端木蕻良很自谦，但我们仍然可以看出端木蕻良是在以笔为刀枪，他的《科尔沁旗草原》《鹭鹭湖的忧郁》《遥远的风沙》等一系列作品就是很好的明证。他的许多作品也是以民俗的视角曲折地反映抗日。

东北流亡作家的创作或者直接描写抗日，或者描写家乡的民俗，或者描写在民俗影响下的抗日。广大学者对东北的抗日救亡文学有一致的看法，但对于东北流亡作家描写民俗的作品研究还不够，对这些作品还有待进一步研究。

第八章　文化与民族多元融合中的
文学呈现

东北地域文化是一种在不断的交流、碰撞、融合中生成的文化。除了如前文所述本土文化包括游牧文化、渔猎文化、山林文化与绿林文化之外，还有关内汉民向东北迁徙所带来的移民文化，以及以俄苏文化为代表的外来文化。这种多元文化的碰撞与交流也必然会在东北流亡作家的文本中加以呈现。

第一节　移民文化

移民是指"具有一定数量、一定距离，在迁入地居住了一定时间的迁移人口"①。也就是说，移民是指迁离了原来的居住地而在迁入地定居或居住了较长时间的人口。所谓移民文化就是流动人口所负载的文化在移居地得以延续和发展。人口在空间的流动，实质上也就是他们所负载的文化的传播。所以说，移民在本质上也是一种文化的迁移。

东北地区地处东北亚，地理位置优越。早在公元前23世纪的尧舜时代，天下分为九州，"东北曰幽州，其山镇曰医巫闾"。据史书记载

---

① 葛剑雄主编《中国移民史》，福建人民出版社，1997。

和学者研究，东北的汉人最早是华夏族同夷、戎的融合而成，再就是关内汉人向关外的大迁徙，后者往往是更主要的。关内汉人迁居东北的方式主要有：一是被流放贬谪，《汉书·哀帝纪》记载，西汉建平元年（公元前6年），侍中骑都尉新成侯赵钦、成阳侯赵䜣"皆有罪，免为庶人，徙辽西"。此后一些中原王朝的上层官吏和知识分子陆续因获罪被发配流放到东北。二是为避战祸灾荒为求生存而迁居东北，如秦灭六国，陈涉起事致使天下大乱，大批中原汉人北去。三是在动乱战争中被以武力劫掠到东北的，如辽金时期关内汉民曾整座城整个州地几十万人"徙内地""实辽州"①。总体看来，在漫长的历史长河中，大批汉人不断迁徙而来并与东北的土著民族（赫哲族、鄂伦春族、达斡尔族、柯尔克孜族、朝鲜族、蒙古族以及后形成的满族）撞击、交流、渗透、融合，中原地区的文化也逐渐融入东北。

值得一提的是，明清时期特别是清中叶前后，关内人每年有数十万人，甚至上百万人进入东北。一部分是被流放到东北的犯人，另一部分即是闯关东的人。

清代的东北流人，在中国历史上达到了高峰。其特点：一是清廷制定有一套较完备的遣戍制度；二是流人数量众多；三是流人戍所广泛；四是流人遣戍原因多样。大多出身于知识分子的东北流人，与东北土著民族相比，有着浓厚的中原文化底蕴，他们世代居住中原和江南，在浓厚的汉文化氛围和土壤中成长。移民带来了宗法文化、农耕文化和儒家文化。他们以血缘、地缘为结构形态的家族，保持和维系着农耕文化、宗法文化、儒家文化构筑的社会稳定的秩序，中原文化的宗法制度下的长老、族长、家长统治具有相当的权威。这些宗法制度成为构建儒家文化中的三纲五常、三从四德等封建伦理道德规范的基本元素和框架。宗法文化和儒家文化也影响到人的生活行为模式和

---

① 逄增玉：《黑土地文化与东北作家群》，湖南教育出版社，1995，第22—23页。

道德精神。①闯关东的人以山东、河北人居多，他们虽来自社会底层，并不掌握中原的"精英文化"，但是，由于他们的故乡属于"文化昌盛之地""文明礼仪之乡"，因此，他们到达"不讲礼道"的东北后，心理上自然会有一种文化优越感。可是，闯关东的人大都是在家乡实在混不下去的人，他们不愿意在家等死，因此豁出命去闯关东。"闯"意味着抱着必死的决心改变现实生活，也意味着对未卜的命运进行一次最大的冒险。胆小的人是不敢闯关东的。他们战胜了闯关东路上的艰难险阻，到了关东后，挖参、采蜜、挖煤、淘金、伐木、拓荒、猎兽、放排等，做着非常艰苦和冒险的工作。大量移民的背后都有一部惊心动魄的血泪史。移民者旺盛强悍的生命意志和无所畏惧的冒险精神也很容易与东北本土文化精神（雄强犷悍、重义重诺）相契合。

自17世纪中叶至20世纪中叶，前后三百年，大约有两千多万中原人迁徙到东北，也就是历史上的"闯关东"。据历史记载，仅1920年至1930年间，流入东北的移民就达六百多万人。萧军、萧红、骆宾基、舒群、罗烽等东北流亡作家，他们的先辈曾是关内的移民。因而，移民者的经历、情感以及移民文化与本土文化的撞击、渗透、融合在他们的文本中也有多姿多彩的表现。

舒群祖居山东青州府首县一个农村，祖父于清末逃荒到沈阳，不久惨死。舒群父亲李福庭，带着全家常常颠沛流离于阿城、一面坡、哈尔滨之间。在阿城，舒群父母正式结了婚。1913年9月20日，舒群生于黑龙江省哈尔滨市。

据端木蕻良自己回忆，他的父亲是祖籍河北昌黎的移民者的后裔，虽然已经完全是东北大地上"土生土长"的"本土化"的地主和子民，但仍然喜欢到处跑，尤其是南方。②《科尔沁旗草原》主要描写

---

① 李长虹：《论移民文化与东北作家群的小说创作》，《齐鲁学刊》2008年第3期。

② 逄增玉：《黑土地文化与东北作家群》，湖南教育出版社，1995，第190页。

的就是父系家族的生活，书写自己独特鲜活的生命体验，描绘东北草原上一个地主家族从发迹暴富到走向衰败的历史。开篇就是一个创世般的远古传说。传说是这样开始的——"这是每个鸳鸯湖畔的子孙，都能背诵的一段记忆里的传说，这是记忆里的永远不能忘记的最惨痛的记忆。二百年前，山东水灾里逃难的一群，向那神秘的关东草原奔去。"①小说以丁家发迹之初的传说故事作为叙述起点，首先推出的是一幅饱含着生命苦难的荒原景象。大漠里，一群被洪水逼迫的逃荒者，在饥饿、疾病的步步威胁下被推向不可知的命运。端木蕻良细致地描写他们颓唐、恐惧、狼狈、无助甚至疯狂的生命状态，以及在生与死的挣扎中迸射出来的强烈的生存欲望和可怕的求生本能。生命的原初状态与人性的善恶就在一罐米中赤裸呈现。面对死亡，无所谓道德，也无关善恶，剩下的仅仅是原始的生命本能。

同样，在《幼年》中，骆宾基也生动地描绘了一幅山东移民闯关东的苦难历程：

渤海南岸的山东省的那一角，每年春天或是荒年的秋后，就有些揹着一卷薄薄的破烂行李的人，携着五六岁的孩子，眼睛沉郁地，一天赶八十里旱路而不觉疲乏，他们驱打着两腿酸疼的孩子，一百遍地说："再赶两步路就到宿店了！"一百遍地威吓："你不走，把你留在这块荒无人烟的山沟里——让狼吃了你。"这一伙人群里的褴褛不堪的妇女，就喊着说，要求坐在路边上歇一会儿，好探寻一条小河，喝口水。她们的头发蓬蓬乱乱，满脸尘沙，满脸现着太阳所晒的红铜色。她们疲倦不堪、口渴、脚疼，走两步就在五寸长的萝卜式脚上结结鞋带子，喝两口水，就洗起孩子的尿布来。靠近他们这一群，三步远就闻到一股浓烈的酸气了。每

---

① 端木蕻良：《科尔沁旗草原》，人民文学出版社，1981，第1页。

有一串长途货车路过，他们的眼睛就露出沉默的光辉，表示疲乏，表示羡慕，正如饥饿的流浪人望见玻璃橱里的面包和香肠似的。而他们的家长必定驱赶他们的妻子儿女，不只是巴望早日投奔到久居海北的亲戚家里，主要的还是盘缠不多，他们是计算着腰里所余的一点钱，阔气乡绅入城吃一顿午餐的数目——他们要维持全家两天，要付住宿店费，而他们自己又得吃玉蜀黍面饼，还有小孩子，每餐必定得给他买块咸菜，一个铜子做一枚银币用啊！

骆宾基生于吉林珲春一个茶商之家。父亲张成俭出身于山东省平度县张舍乡（今平度市张舍镇）廉家村的贫苦农家。光绪年间，二十岁的张成俭应招到"关外"修中东铁路，后来，在海参崴（今称符拉迪沃斯托克，下同）做生意。在他带有自序传色彩的长篇小说《混沌初开》中也提到"我"的父亲姜青山就是一个闯关东的山东农民。他早年在关外做小本生意，在旅顺口、海参崴开赌场和杂货店，讲得一口流利的俄国话，发了财，成了一个有出席法庭公审资格的二等商人，定居珲春后经营茶叶、人参，兼营汇兑，为县商会会办。由于俄国"富党"失败，卢布贬值，姜青山受了一个同乡结拜兄弟"于之超十一叔"的骗，收进大笔"羌贴"而破产，只得将店铺盘给一个白俄商人，全家移居到几间草房子里，靠雇用朝鲜垦户和当地旗户经营两宗"占荒地"维持生计。对于"十一叔"这种损人利己的不义行为，小说中的崔婆以"海南家"（山东）的价值伦理尺度加以批判："我看他回海南家怎么有脸见人。"作者还写到山东移民的风俗："母亲在过节前一两天，就准备着元宵节的贺礼了。这是汉人传下来的妇女间的交际日，为中国北方的妇女所珍贵的一个日子。生长在民国初年的妇女是这样的不幸，那年代她们就是连西欧或者俄罗斯城市妇女那种出头露面的场合都没有，即使是一个在吉林高等师范读书的女生回来度寒假，也是避讳着经过大街上的道路，而要走背人胡同的。谁也不敢违背这城市里的为山东移民带来的习俗，这是以后我入县立两级小学读书的时候，发生了两个新派的男女教师并着肩在城市散步，受了校长的警告而辞职的事情以后，才逐渐了解的。从这里就不难知道妇女们是怎样珍贵这个节日了，而且这个幸福的日子，也扩展到上流的满洲土著家庭中了。"[1]

骆宾基的《乡亲——康天刚》中，孙把头告诉刚从海南来的康天刚说："你尽管坐下喝，关东山是不讲礼道的，也不要让。"[2]孙把头认为关东地区缺少儒家礼义道德的束缚，是个蛮荒之地。

第二节　外来文化

从东北的地理位置看，北有俄罗斯，东有朝鲜，西有蒙古，南临长城边关。沙皇俄国迫使清政府签订不平等条约，从中国东北得到了大片领土，而且得以在东北境内建军港、修铁路、办工厂、建教堂。十月革命后又有"白俄"大量流亡东北，因此，俄苏文化从生活中的饮食、服饰到建筑艺术、文学艺术对于东北的影响都显而易见。俄国的"列巴"至今还是东北人尤其是哈尔滨人的日常食品。在艺术上，哈尔滨至今仍有以索菲亚大教堂为代表的大量俄国风格的建筑。随着清朝政府封禁制度的废除，加之自1860年至1869年，朝鲜北部连年遭灾，朝鲜饥民大批越过鸭绿江、图们江或绕道西伯利亚，迁入我国南满、东满和北满地区定居。日俄战争后，日俄缔结密约，俄国承认日本在朝鲜与南满的特殊侵略权益。1931年九一八事变后，日本以军事侵略的手段霸占了东北，为了加强殖民统治和进一步扩大侵略，日本统治集团提出"满洲移民论"，在东北留下了大量的"日化"痕迹。在组织日本人不断地移民至中国东北地区的同时，还强制朝鲜人

---

① 骆宾基：《混沌初开》，北京十月文艺出版社，1994，第183—184页。

② 骆宾基：《乡亲——康天刚》，载王培元编选《东北作家群小说选》，人民文学出版社，1992，第357页。

移居中国东北。因此，在东北流亡作家的作品中经常会出现俄国人、日本人和朝鲜人的形象。当然，以俄苏文学为主的外国文学作品对于东北流亡作家的创作也产生了深远的影响。

端木蕻良出生前十来年，东北领土上爆发了日俄战争，他的老家惨遭池鱼之殃，举家迁移"跑鬼子"躲避战祸。这次战祸是端木父母身受的，却执拗地留存在幼小端木的记忆里，埋下民族忧愤的种子。端木后来这样记述："是日本人和俄国人的战争，可是中国的统治者却允许以满洲辽河以东做日俄两国打仗的地方。而且中国统治者还宣言中立，眼巴巴看着这两家在自个儿家的祖宗牌位前打了起来，足足打了一整年。"①郁闷愤激之情溢于言表，可见其所受刺激的强烈、痛切。

骆宾基的《幼年》中所描写的珲春小城，是中俄朝三国交界地，这里有俄国人开的商店——刘不林斯基，经销"列巴"等西式点心；有日本人开的商店——藤井居，那里有各种小巧的日用品、工艺品、儿童玩具、糖果；还有旗人、朝鲜人经常光顾的回民开的饭馆、牛肉馆。珲春百姓家里有俄国式的"别列器"——冬季用来烧煤取暖的炉子。在从关东山到珲春的近百里路上，用来运输的既有满汉人喜爱的马或马车，也有朝鲜人使用的朝鲜牛车。傍年备节时来自乡下的满族土著居民和访山客带着琳琅满目的山珍野味，到集市上交换过年各种用品的场面令人目不暇接。手持短鞭的朝鲜农民和提着斧子的俄罗斯苦力，用他们特有的语言与满汉主妇商谈劳务，更增添了多民族生存交往的细节画面。虽然语言不通、习俗各异，但彼此之间好像有盘曲连环的纽带连接在一起。当然，这也体现在服饰中。娘家是正红旗的皇族的韩四婶，她整天腰上扎着蓝布围裙，脚穿两只男人鞋；没落的旗人古班叔叔穿着俄国式的短外套，火狐绒的皮领，鹿皮马裤，高筒的羊毛毡靴，拿着打马棒；"我"和孩子们穿的是俄国式的小马靴；

---

① 端木蕻良：《科尔沁前史》，《端木蕻良文集》（第1卷），北京出版社，1998，第568页。

朝鲜地户每个人都是白的薄棉袄；朝鲜孩子则穿着有两条长结带的无领棉袄、肥裆的灯笼裤和全部树胶制的朝鲜鞋，还戴着一顶中国苦力的狗皮大帽；俄国妇女穿着圆口的没领子的花布衣裙，这种衣裙在中国没有一个适当的名称，总之衣裙是连在一起的，就是"布拉吉"；俄国汉子穿着黄呢军服，军服上还有两排烙着花纹的美丽铜扣，穿着又破又旧的高勒靴子；俄国商人穿着那潇洒的尼古拉制的军装大衣，胸前两排铜扣，后背开襟，腰以下很宽阔；繁闹的门市货床上陈列着机织袜子、日本胶底黑布鞋……在居住的房屋形式上，也可以看到各个民族的特点。朝鲜族的房顶形态特征是大屋顶，缓慢、稳重、优美的曲线正是朝鲜族大屋顶的外形。蘑菇形的草屋，是朝鲜人的居宅。而其房屋内部结构中的显著特点，就是以火炕取暖，火炕很矮，但炕的面积很大、很宽。炕的面积一般占屋内总面积的三分之二。而没落的旗人古班住的是"窝棚"，东北地区特有的最简易的居所。用木头支起一个三角形或者随地势成形，用柴草等杂物遮盖其上、圈围其周、铺陈其下，以避风雨、抗地寒蜗居度日。因其形状特像东北特产食品——"窝头"，故约定俗成地称作"窝棚"。

舒群的短篇小说《我的女教师》写了苏联女教师对我的关心，朝鲜少年果里与中国少年"我"（果瓦列夫）的友谊：

> 她拉着我的手，身后跟着果里，我们走在蚂蜒河边的小路，谁也没说一句话。路静，人也静，耳旁只有流过沙石的河流声，飞过天空的雁群声，走过落叶的脚步声。这脚步声，就是一个声。谁也分不出来，哪个是谁的声。谁也分不出来，哪是女教师的，哪是果里的，哪是我的。谁也分不出来，哪是苏联人的，哪是朝鲜人的，哪是中国人的。……她的眼睛，真像海一样的深，一样的蓝，一样的水水灵灵。她的头发，真像金丝一样，一样粗，一样柔，一样黄，一样的光光亮亮。她的手，真像太阳一样，一样热而有力，柔而有

情，一样伟大而不骄，有己而不私……

《乡亲——康天刚》中，孙把头娶的是白俄妇女玛达嫂，并育有一女，他酒葫芦里装的是海参崴的"窝特卡"。《第三代》中林荣已经是"俄化"的中国人，他不仅娶了俄国姑娘佛民娜，还经常拉着俄国手风琴，唱起忧郁的哥萨克歌曲。

骆宾基笔下的满族旗人形象也是各不相同的。《幼年》中的韩四婶是梅姐的母亲，娘家是正红旗的皇族。丈夫是随旗的汉人，整天两手捧着烟壶，拖着鞋，坐在屋檐底下晒太阳，有时还向妻子讨钱，妻子提醒他说："终年整月，向家领讨账的，金山银山也叫你吃光了、喝光了。这不是前清咱们皇家一年有二百八十八两皇银发给咱们的时候了，什么还有你吃不完，玩不完的？"由此可见旗人生活在当时的没落景象。而同样是旗人，古班大叔就没有把日子过倒。古班一出场就是"穿着俄国式的短外套，火狐绒的皮领，鹿皮马裤，高筒的羊毛毡靴，手里照例拿着一根打马棒"；他打口哨尖锐的声音还可以响遍院落；他粗豪而愉快，冬天给姜家送粗谷、土产和野物，却不佩服姜青山在使他破产的换谱兄弟面前的懦弱；打围也是他的钟爱，他和"我"父亲说："冬天咱们哥儿俩弄个好雪车，套上俄罗斯马去打围，九哥！你就知道城市是多么乏味了！"就连"古班说话的声音，像是吵架，像深山里那些血气旺的人，仿佛他那强壮的身体，不容他的声音低，那声音的健康，正是钢铁给锤子敲打得一样的壮实"。古班就是原始雄强生命力的象征，"永远在草原气息里过活"。古班和姜青山全家一起去看戏。"他那天晚上一出戏院门口，就高声喘了口气，仿佛在戏院里边装满了一肚子的闷气，肚子就会膨胀得圆圆的，手指一触，就会爆开。那时他说：'真叫人喘不出气来，说话还不行。我不知道你们城里人怎么会在这种地方觉着快活！'"他拒绝姜青山夫妇的挽留，说："咱是没有福气住城市，第一天就闷，混进苍蝇群里似的，满街净是嗡嗡声；第二天就烦，你们城里的椅子都不结实，得提心吊胆地往下坐；第三天就头痛，我还是赶早回窝棚去吧！……你们也该带他下屯去过暑哇！整年圈在城里，一棵蒿草也给圈得妖贵了，受不得风，受不得雨，怨不得老鹰不在城里的树上修窝呢！我想在城里树上的老鹰，就是抱出小鹰来也不会往高里飞了……"因此，"我"常常将古班和冬季的暖锅联系到一起："日后只要一见着冒着火星的热火锅，就想起古班的壮健胸脯，古班的蓬硬的胡须，古班的高昂的话声；日后只要一见古班，就想起冬季火锅的餐桌，小的切肉刀，野鸡和黄瓜丁炒的小菜，狍子肉，以及海参、海带和冬天的大蟹、窗外的雪、屋里别列器的温暖。"刚健质朴、重情重义的古班大叔给"我"留下了深刻印象。

当然，多民族杂居共处，他们之间发生矛盾也在所难免。如满族土著与山东汉族移民之间的矛盾也反映在孩子身上。《幼年》中写道："在学校里，移民子弟和当地学生是分成两派的，然而各不相犯。在校外这种敌视的界限就明显了，他们喊我们'山东棒子''暴发户'；我们叫他们'大麻哈''破落户'，因为他们大多数是出身于八旗的皇族，他们高贵的家庭从清末宣统逊位才开始衰败下来。满汉间的相互敌视的风气有着极远的源泉，在大清一统的那些年代，任何一旗皇族子弟，都可以随便侮辱'民人'的学生，辛亥革命，'民人'子弟才得到报复的机会，就由这延续下来，直到现在还是相互侮蔑的。"但是，当山东移民者的后代与朝鲜学生发生冲突打斗的时候，满族学生总是立刻加入其中，帮助汉族子弟攻击朝鲜学生，事后又分道扬镳，各走各路。

当然，汉族与朝鲜族民众之间的冲突，究其实质是中日之间的民族冲突。朝鲜沦为日本的殖民地属国后，一方面遭受日本的残酷压榨，一方面作为日本的"子民"受其保护。如小说《幼年》中所写每每中国地方警察缉捕朝鲜烟土贩，日本警方即出面干涉。按领事裁判权，凡朝鲜侨民犯人都需转解日本领事馆，而一经转解，便予释放。中国地方警察则庇护使日本领事馆头痛的朝鲜独立党分子，以示报复。那一地区中日两方的警察的武力摩擦时有发生，当地日本人所办中学里的朝鲜学生与一般中国学校的学生之间的仇视、殴斗也几乎一触即发。作品中像朴斗寅那样特殊的朝鲜侨民的存在，与日本势力的渗透密切相关。此人很早以庆源府"大日本外务特派员"的合法身份为掩护，大摇大摆地来往于图们江两岸私贩烟土。县里设置日本领事馆后他成为朝鲜"通事"，一面调解中朝居民间的诉讼纠纷，另一面仍在暗中贩卖烟土。这个时而身着朝鲜人白袍，时而打扮成中国绅士模样的神秘人物，几乎成了当地所有汉满大户人家的座上客。他通过向不断涌入的朝鲜流民放高利贷，通过将他们分别荐给当地中国地主当佃户，榨取他们的血汗，致使中国地主秋后难以收足佃户们应缴纳的租粮。

东北流亡作家笔下的朝鲜人形象中，有与东北人同仇敌忾反抗日本帝国主义侵略的革命者，如《八月的乡村》中的朝鲜姑娘安娜，《大地的海》中的老金。也有流亡到东北的朝鲜普通人，如《幼年》中的朝鲜歌伎。舒群的小说《没有祖国的孩子》，塑造了三个少年：一个是早已经失去了祖国的朝鲜少年果里；一个是曾经有过祖国，但很快也失去了土地的中国少年果瓦列夫（起了俄国名字）；另一个是苏联少年果里沙。朝鲜的三千里江山早已沦为日本帝国主义的殖民地，为了生存，为了寻找"自由的地方"，十岁的果里和哥哥一起逃难到中国的东北，成了异域孤儿。苏联少年果里沙嘲讽果里："朝鲜人都像老鼠一样，如果不是，在世界上，怎么没有了朝鲜的国家？"中国少年果瓦列夫对果里给予莫大的同情，最后两人一起逃出魔窟。当然也有沦为日本人的帮凶的朝鲜人，如《幼年》中的朴斗寅。

东北流亡作家笔下的日本人形象大多是面目可憎的。如萧军《第三代》中的日本浪人，罗烽《考索夫的发》中的日本侵略者佐佐木、山崎。东北流亡作家如萧军、萧红、端木蕻良、罗烽、舒群、骆宾基等都对日本的侵略暴行进行了控诉和批判。外国入侵成为东北流亡作家创作的主要题材。从某种意义上说，东北流亡作家的创作就是一种反抗文学。在端木蕻良的《科尔沁旗草原》中，描述了沙俄对东北的侵略。蔡天心的《东北之谷》在描写义勇军与日本侵略者搏斗的过程中，加入了对历史上侵略战争的反思，描绘了历史上日俄"烧房子，杀人，奸淫妇女"的场面，并通过朱龙之口发出民族反抗的强音："怎么辈辈受洋鬼子的气呢？大鼻子，日本人，中国人就算不行了吗？"

《幼年》中写到主人公"我"同小伙伴们去杂居着朝鲜人、满族人、耍手艺的、跑山客的院落里去看"老毛子"（旧时东北人对俄国人的蔑称）的场景，正是白俄刚逃到中国的写照："我眼前清楚地现出一个有山羊眼睛的俄国孩子来，他正对着门口望。他的头发是金黄色的，脸蛋原是白净的，现在看出是几天没洗脸了，手里擎着中国的麦面馒首，只吃了一半，显然现在是忘记它了。他周围的男人、女人的眼睛全是琥珀或是蓝色的。有的铺着毛毯，有的开启皮箱子，向外抛弃各式各样衣物。浓重的牛乳和牛肉的混合腥气，从他们身上和那些衣物间散发出来。靠近面对门口望着那个黄发孩子的，是个身量极高大的汉子，黄呢军服，又破又旧的马靴，后脑挂着军帽，帽舌向空掀着。他跪着一只腿，仰着脸，口对瓶嘴喝什么。"

东北流亡作家笔下的俄国人不仅数量多，而且形象各异，给人留下深刻印象。东北流亡作家的作品中几乎都出现过俄国人的形象或者出现过俄国作家作品的名字。逄增玉认为："描绘众多的'俄苏'人形象及揭示他们与东北人的关系，还远远不够的，重要的是揭示其性格与性格中体现、透射出的文化内涵。骆宾基作品中的俄国人，大都高大健壮，身上散发出一种多吃牛肉牛乳所带来的气味，并且好饮。《混沌》中写的那个白俄苦力，清醒的时候替人家劈柴，挣点钱就买酒喝，整天一身酒气，动辄烂醉如泥，虽是借此排解人生苦闷，但也典型地透露出俄国人的某种民族性。"[1]

东北地域文化也有来自基督教文化的侵入与影响。在东北流亡作家的作品中，这种影响多是以负面影响出现的。

---

① 逄增玉：《黑土地文化与东北作家群》，湖南教育出版社，1995，第163页。

萧军笔下的凌河村村民对于外来的新鲜事物和传教士一致采取抵制的态度：

留声机对于凌河村的人们是一种神秘的存在，他们管它叫"洋戏匣子"，发出来的声音叫唱"洋戏"，更是孩子们，他们偶尔听到了，简直是发惶地叫了。因为平时大人们对于这"洋戏匣子"是流传着各样传说的。他们说这是洋人们把中国孩子的灵魂勾去了，把那些小灵魂教好了，就装进那个匣子里。那个黑色圆盘就是画着各种符咒，那个尖尖的针就是"定魂针"，只要那棵针在盘子上一转，那些小灵魂就像孙猴子听唐僧的"紧箍咒"一般，就要不能忍受地唱起来了。因为大人们说小孩子是不能够听这东西的，因为那匣子里面的小灵魂们一听到外面有小孩子的声音，他们也就把他们的灵魂勾去了，像淹死鬼、吊死鬼……那般拿"替身"……

对于另外一种传说就是，在松树咀子那地方一些生有大胡子的黑衣、黑帽的天主教堂的洋鬼子就全是为了偷盗中国人的灵魂而来的，他们每年要把中国人的灵魂装成几口袋带回国去贩卖，唯一的证据就是自从他们那尖顶的带着一对金色十字的怪模怪样的钟楼一出现，这一带就从来没有太平过，不是天灾就是刀兵，但大多数人却把这些"教民"从自己的群中开除了，称这些是"失了灵魂的人"。

每年死亡的人也增加了，所以"义和团"才去攻打他们，烧掉他们那怪房子……更是那隔几天就要大敲一回的铜钟，人们称那叫作"勾魂钟"。这钟声听完了，不知不觉地自己的灵魂就要被那些洋鬼子"勾"去了。[1]

---

① 萧军：《第三代》，黑龙江人民出版社，1983，第662—663页。

总之，东北流亡作家笔下塑造了没落的满洲土著，闯关东而来的山东移民，跨过图们江的朝鲜移民，苏联教师、贫民，流亡的白俄贵族、白俄苦力、传教士等，他们的共处与交融构成了独特的文化与人生景观。

　　外国文学作品对东北流亡作家产生了重要影响。其中，俄苏文学作品对东北流亡作家的创作影响是最大的。英美文学、法国文学、日本文学对东北流亡作家也有一定的影响。

　　文学批评家刘西渭（李健吾）较早地探讨了萧军的《八月的乡村》和苏联的文学作品《毁灭》有着渊源关系。他直接点出萧军的《八月的乡村》的构思和故事多少"参照法捷耶夫的主旨和结构"，受到《毁灭》的影响，并且正是通过与《毁灭》的对读，李健吾指出，萧军刻画人物喜欢用惊叹号传达"他的热情，却也显出他的浮躁"，而在艺术上"缺乏一种心理的存在，风景仅仅做到一种衬托"，存在"心理的粗疏""情感比理智旺"等具体的欠缺与问题。但是，他更清楚"我们无从责备我们一般（特别是青年）作家"，认为"时代和政治不容我们具有艺术家的公平"。就创作风格比较，法捷耶夫"艺术达到现实主义的峰顶，是乐观的，一种英雄的浪漫的精神"，而萧军"微笑的鲜嫩和他的心情的严肃，加上题旨的庄严……一种浪漫的现实主义，最后把微笑和生机撒在荆棘的原野。萧军先生的希望含有绝望的成分"①。由此我们不难看出，萧军小说的模仿和受到苏俄文学影响的成败得失。邢富君甚至认为《毁灭》和《八月的乡村》是世界革命文学的姐妹篇。

　　端木蕻良的前期创作主要受托尔斯泰的影响。在《科尔沁前史》中，端木曾把自己的母亲和托尔斯泰的母亲相比较，认为自己从母亲那里获得的和托尔斯泰是相似的。端木蕻良和托尔斯泰在出身、经历等方面有许多相似之处，他们的母亲都被父亲抛下过，他们都出身贵

---

　　① 李健吾：《八月的乡村》，载郭宏安编《李健吾批评文集》，珠海出版社，1998，第89页。

族家庭，都参过军，他们的作品都想献给自己的母亲。《科尔沁旗草原》的主人公丁宁就有一些托尔斯泰式的理想。毋庸置疑，端木蕻良的《科尔沁旗草原》受托尔斯泰的影响最明显。端木蕻良在谈到自己要为母亲写一部书时，谈了托尔斯泰为自己的母亲和使女而写作的情形。在散文《我的创作经验》中有这样一段话：

> 托尔斯泰在回忆他的工作的泉源的时候，他描写了他的带着爱力的母亲和他的为着爱别人而生活的使女。他说，他的来到这个世界，是好像专门为了这两个女人而受苦而工作一样……
>
> 他的父亲单身跑到莫斯科去过荒唐的日子，把他母亲一个人抛在那里，过着沉重的管理家务的日子。他的母亲一点也不想到别的，心里只是担心他在莫斯科的烦劳，竭力要强把家务弄得很好，免得他在外面牵心。母亲的贴身丫头，在伯爵家里做了五十多年的管家，临死只有余钱几个卢布。她一生没有和人吵过嘴，没有享受过一份多余的食粮，最后平平静静地死了。
>
> 托尔斯泰是生活在他们当中的，托尔斯泰看见了他父亲的那份严肃的伯爵派头，就是站在他的临死的夫人的床前，也还是庄严得那么够味。托尔斯泰看见从头到尾都是贵族出身的祖母的哀伤，虽然是真的哀伤，也带着加重她感情的表演。他不满意这生活里的戏剧意味，他在母亲和母亲的使女身上看见了真正的人类，他走向了他们。而且为他们这一群献出了自己的一生，并成为他们中间的一个。

端木蕻良非常喜爱巴尔扎克与托尔斯泰。他说："我是十分讴歌托尔斯泰和巴尔扎克的宏阔的，我以为想叙述我们这个时代，宽度非尽量展开，不可一般小家气的人物总是躺在蜗牛壳里把自己的视线永远滑动在十五度角以内。""老鹰兜圈子永远是近乎三百六十度的螺旋线,而目的又只在一个,巴尔扎克那大胖子,用涩哑的叫卖行的掌柜的粗阔的喉咙喊出的吼声,我是十分喜欢的。"①李兴武认为端木蕻良的《遥远的风沙》和《大江》等也受到了苏联文学《毁灭》《铁流》等的影响。

东北地域文化与生活内容本身的奇特性也赋予了作品东北风格:以大地主家族为代表的"阶级"压迫往往带有野蛮性与残酷性,而农民的反抗则具有与大地山泽相应的原始性的强悍性与酷烈,带有家族和血亲复仇的色彩。因此,东北流亡作家的这种叙事和描写,曾被认为与苏联作家肖洛霍夫的《静静的顿河》所描写的俄罗斯的大平野和强悍的哥萨克,有相似之处。同时,也由于受到俄罗斯和苏联文学、特别是托尔斯泰作品和思想的影响,在部分东北流亡作家描写的那些充满野蛮和疯狂性"原罪"的地主家族中,不时出现民粹主义的、忏悔贵族式的叛逆者和赎罪者的形象。

骆宾基于1954年,在契诃夫逝世五十周年之际,发表了纪念文章《略谈契诃夫》,这是骆宾基唯一一篇论外国作家的文章。他这样评论道:"他对腐朽的在帝制沙皇统治下的社会生活所做的揭发和批判,摇撼着那种社会生活的心理基础,起了推动社会改革的作用。他的精致的巧妙的艺术作品,因而取得了永久的价值。直到今天,契诃夫还像活在我们的身边,我们时常还可以接触到他那颗纯朴的心。由于他是那么巧妙地在嘲弄着为我们所嘲弄的人物,蔑视为我们所蔑视的东西,因之,我们感到呼吸相通般的亲切。"②

1981年,骆宾基在回复日本东京大学一个研究中国现代文学的学生宫尾正树的信中说:

当时在北平图书馆读的列夫·托尔斯泰的短篇小说《雪

---

① 端术蕻良:《文学的宽度、深度与强度》,《七月》,1937年第5期。
② 骆宾基:《略谈契诃夫》,载《初春集》,江西人民出版社,1982。

花围》《父子骠骑兵》，中篇自传体小说《现身说法》等书，还是商务出版林琴南的文言译作，还有狄更斯的《大卫·科波菲尔》，以后在我的长篇小说《姜步畏家史》第一部《幼年》就可以看出来它们对我的文学创作的影响。莫泊桑的《项链》《两渔夫》《羊脂球》等与鲁迅先生译的柴霍夫的《坏孩子及其他》以及后来汝龙译的《万卡》《草原》等名作，都是我最喜欢的作品。抗战初期喜欢一再阅读的是周扬译的《安娜·卡列尼娜》，以后出版的郭沫若、高地译的《战争与和平》，还有雨果的半部《悲惨世界》（未译完之故）。抗战后期是罗曼·罗兰的《约翰·克利斯朵夫》，这是一方面，同时也不止三五次地一再阅读的本国文学名著有《红楼梦》《聊斋志异》《浮生六记》等。①

萧红除了受到美国的辛克莱、杰克·伦敦、史沫特莱，英国的夏芒、约翰、曼斯菲尔德，德国的雷马克、丽洛琳克的影响外，更多地受到法国的罗曼·罗兰、巴尔扎克，俄国的屠格涅夫、契诃夫、班台莱耶夫的影响。萧红十分喜爱俄国的进步文学和苏联文学。萧红曾经在号称"东方莫斯科"的哈尔滨求学和生活，主动和被动地接受了渗透于生活中的苏俄文化。在萧红的笔下，俄国的饮食文化和方式已深深地嵌入和渗透到东北人的饮食结构、饮食习惯中，她的散文经常在无意的、零星的、穿插式的描述中，表现和透露出这一方面的内容。从弥漫苏俄情调的"欧罗巴"旅馆，到"黑列巴"和牛奶，俄国文化就这样深深地卷入到她的生活当中。在具体的描写和人物遭际中，作者流露出一种浓重的、俄国式的忧郁。可以看出，苏俄文化对萧红的影响，不仅仅表现在生活中的渗透，而且表现在艺术思维、气质、构思和风格情调的追求中。

---

① 骆宾基：《骆宾基复宫尾正树先生的信》，《江城》1981年第6期。

也有些文章谈到苏俄文学对萧红的影响。比如肖洛霍夫的《被开垦的处女地》里所写的农民对于牛、对于马的情感，把它们送到集体农场去以前的留恋、惜别，和萧红的《生死场》中所写的农民们的对于家畜（羊、牛、马）的感情一样，真实、深厚而又质朴。二里半家的羊丢了，他像疯了似的找，她的傻老婆麻面婆也拼命地找；当王婆家的老马要进屠场被杀时，她如同自己受刑般难过，两只袖子完全湿透，好像给亲人送葬一样，生离死别。在农民的心里，牲畜不只是他们赖以谋生的工具，也是他们生活中的伙伴，他们像对待自己的孩子一样照顾它们，和它们有着深厚的感情。这是跟土地、跟生存联系在一起的发自肺腑的本能的爱。同样，白朗的短篇小说《生与死》中，描写了一个普通妇女参加革命的过程，这与高尔基的《母亲》中"母亲"的经历如出一辙。

东北流亡作家的作品很多最后完成和出版是在20世纪30年代的中后期，客观上30年代初是他们创作的进行时。在当时的文坛环境中，作品就是模仿苏俄文学作品都是难能可贵的。他们在文坛刮起了一股具有苏俄现实主义史诗风格的"东北风"小说流，地域性的东北抗战文学有了世界文学的意义。他们对于30年代左翼文艺苏俄文学思潮的接受，不自觉的实践性呼应，远远地超越了抗战文学的范畴，为现代中国30年代文学创作的实绩添上了厚重的一笔。

还有就是日本文学对东北流亡作家的影响。萧红因与萧军在感情上出现裂痕，曾于1936年只身东渡日本以求解脱和慰藉。在日本期间，萧红一方面认为日本的社会和国民有着病态并予以否定，一方面又学日语，力争读懂和了解日本文学，并对日本文学表现出尊重和亲和，这些内容都在她与萧军的通信中有所表现。

总之，异质文化的交流和多民族的交融使东北地域文化具有独特的民族风情，同时，也使得东北流亡作家的创作呈现出别样的景观。

第九章　东北流亡文学语言的"东北风"

"语言是文化整体中的一部分，但是它并不是一个工具的体系，而是一套发音的风俗及精神文化的一部分。"[①]语言不能离开文化而存在。东北流亡作家语言风格的形成和所运用的文本策略也受到东北地域文化的影响。这主要体现在：其一，语调的悠长，口语化的短句与欧化的长句相杂糅；其二，东北方言的融入、外来语（主要指外国语言）的植入以及因职业不同所形成的行业语的使用；其三，部分地域性用语加注释的文本策略。

第一节　东北流亡文学的语言表达方式

东北独特的自然环境和与此相关的生产生活方式的需要，以及东北人粗犷豪放的性格特点使得高声喊话成为一种日常的语言表达方式，长时间地凝聚积淀下来，便形成语调悠长的特色。为了突出东北人说话悠长的调子，东北流亡作家大多通过运用省略号或者破折号来表示此处语调拉长。

东北平原广袤，山多林密，人们在这样的环境中劳作时常高声呼喊，如伐木者在伐木时常常高声长腔地呼叫着"顺——山——倒"或

---

① ［英］马凌诺斯基：《文化论》，费孝通译，华夏出版社，2002，第7页。

"迎——山——倒"之类的号子,就像鲁迅所提到的"杭育派"。在挖参人放山过程中,也有喊山接山的规矩。不管谁先发现棒槌(人参),都得仔细看好,别喊"炸山"(错了),看准才能大声喊"棒槌"。领棍(也叫把头,拉帮放山的组织者和指挥者)一听到有人"喊山",必须接山,即问:"什么货?"发现人参的这个人看准后说:"五批叶(或六批品)。"领棍一听,马上又喊:"快当!快当!"

端木蕻良描写了在广袤的草原上寻找人的传统呼喊方法,这体现了游牧民族在生活中的交流方式。

"远远一匹骏马,一个带大耳风的人,把手遮在嘴上,声音惨烈而凄紧,大声地喊:'大——山,大——山。'那人看见没人回答,便低了头,一带马缰,马就向下坡飞跑而去。岗上一点尘土都没有,只是一片铅色的天穹,忧郁地展开熹微的鱼白光。'大——山,大——山,大——山,大山,大山。'急切的声音,依着风,依然喊。大山听出是八舅的声音。'呵,八舅——'他疯狂地叫出。""啪,啪,啪,向半空打三枪。'八舅呵,八舅!'他一纵身,就跑下漫岗子去,又打三枪。啪!啪!啪!对面回了三下枪。嗒,嗒,嗒……对面的人循着枪声跑来了。嗒,嗒……马蹄声在耳边响了。'八舅,八舅!''大山,你爹死了。你爹临死有话,问你这个娘。'"①

当上山砍柴的来头在暴风雨中迷路时,是杏子的呼唤把他解救出来。

> 渐渐地,林里传出一种呼唤声,一刻比一刻明晰。
> 这热情而凄惶的草原地带的呼声是无字无腔的曼引着的"啊——噢!啊——噢",可是随着风的迫荡又飘送得远了。
> 来头想这一定是谁家的女人,在风雨里出来找她的丈夫……听着那企求而又急切的吆喝,来头觉得有家室的人是

---

① 端木蕻良:《端木蕻良文集》(第1卷),北京出版社,1998,第87—88页。

幸福的。那声音又叫近来，这是在山居的地方常常可以听见的女性的呼唤。在声音的波动里透出一种伟大的母性的仁爱来，使每个离家的汉子或者儿子，都可以在这无字的言语里读出是否是他最亲近的人的呼声。在这草原上居住的人民相信这些呼声是有力的，是有助的，可以指引他们以方向，使他们辨清道路，回到家里来的……所以，这种单纯而神秘的呼声，在这关东大地上，无论在光明的白天，或者深沉的夜晚，都是很容易地可以听到。①

在《浑河的急流》中，端木蕻良也写到了猎人妻子以"这草原地带的风情柔媚的呼人方法"对女儿的呼唤："水芹子呀，回家啵……吃饭咧来……嗳……"

试看端木蕻良在《大地的海》中对"松神"的描写：艾老爹、来头被日本人夺去了土地、村庄后，父子二人逃进了深山，是那棵"神松"的啸声唤起了他们走向抗日道路的冲动，来头从这松涛声中听到万马奔腾的召唤他的声音。"雪狂舞着，松针被雪无礼地压制着，带上了沉重的冷酷的外套，被夺去了自由。但松针却猛烈地摇着，连自己的脚跟也从地基里被悲惨地拔出来，大声呼叫。松树拼命地摇落铺天盖地的雪的罗网，然后又喊出反抗的号啸来，处处透出搏斗的蛊惑。"

在《遥远的风沙》中端木蕻良营造了一个风沙如刀、荒凉无比的自然环境，其中对风的描写如"沙沙沙……黑砾每个颗粒互相摩擦着，攻打着，沙沙沙……残酷地呼啸着"，这里的风多了东北所特有的狂暴、野性的味道。

萧军的《鳏夫》中写到金合为死去了丈夫的于五嫂劈柴：

---

① 端木蕻良：《大地的海》，载《端木蕻良文集》（第2卷），北京出版社，1999，第62—63页。

"割一点点野蒿也成吧?"金合的血流微微安静一些。

"野蒿……附近也没有了……荆柴还是这样嫩哪!"

"太嫩的荆柴……不易晒干……又不耐烧……"

"一天了,只割了这一些,多了又担不动……"

萧军的《第三代》中有这样的描写:

> ……城里的大街上点的灯……全不用人点……一到天黑……它自己就会亮……也不用添油……你说神不神?那些个灯……全像茄子似的倒挂着……火车也不用马拉……它就会跑……要站住就站住……也不用人吆喝……

东北流亡作家的作品中句式短促、言简意赅这一特点也是比较明显的。东北人的情感表达是直接的,不拖泥带水。还有就是残酷的现实环境使得东北流亡作家的情感奔突更加强烈。比如萧军的作品中就经常使用惊叹号来表达抑制不住的感情激流。

端木蕻良曾这样深情地写道:"这里的感情是没有装饰的,如一个人在伤心,那么,在他的胸膛里,一定可以听见心的一寸一寸的碟裂声,如在哭泣。那滴落的水珠,也会透出一种颤动的金属声的,而且必然地整个灵魂都会激起一种沉郁的回响。"[1]

> 刺榆沟,旱沟,白沙包,跑风坡,一慢坡,偏脸汀,一棵树,土台子,芒牛哨,黑嘴子,红土子,石虎子,大洼,大鱼泡,莲花泡,一百一棵树,光顶山老鞑子沟,李大鞋林子,满井,泉头,二十八宿,半截尾巴,光甸,小壕……这一大串风干鱼片似的铿锵的命名。(《大地的海》)

---

[1] 端木蕻良:《大地的海》,载《端木蕻良文集》(第2卷),北京出版社,1999,第4页。

端木蕻良笔下的这一个个村庄的名字，铿锵有力，带有浓郁的东北地域色彩。

当然，我们也不难发现东北流亡作家的作品中口语化的短句与欧化的长句相杂糅的现象。萧红凭着丰富的想象和敏锐的感觉形成了一种自然、生动、优美而特别的语言风格。胡风在1935年出版的《生死场》后记中就曾指出该作品"语法句法太特别了，有的是由于作者所要表现的新鲜的意境，有的是由于被采用的方言，但多数却只是因为对于修辞的锤炼不够"。但句法的特别、方言的采用和修辞的不够，正是萧红有意而为之的，也体现了东北语言的特点。同样，在东北流亡作家端木蕻良和萧军的作品中亦有体现。他们由于从小生活在这样的语言环境中，他们的思维语言机制不能不深受东北语言的影响，而在文学学习和创作中他们又刻意追求欧化语言。这样，在他们的作品中，一方面有欧化的语言、句法，一方面又有由方言和东北语言表达方式所构成的"东北汉语"，这二者的杂糅就造成了所谓的"奇怪"和"语病"。如萧军《第三代》中就常采用欧化的叙述语言和方言化的人物语言，欧化语言中又常常嵌以方言式句子（其中使用频率最高的方言词是副词"全"字），如"……城里的大街上点的灯……全不用人点……一到天黑……它自己就会亮……也不用添油……你说神不神？那些个灯……全像茄子似的倒挂着"。端木蕻良的《科尔沁旗草原》中就经常用"顶""净"等副词。顶，表示程度最高。例如："她们也洗得顶欢。""顶好的事，让他一弄便砸锅了。""我顶喜欢大块吃肉。""顶看得起他吴祖的天机是顶超绝的。""过门之后，顶得脸。"净，表示只、老是的意思。例如："咱们净吃外国人的亏。""姐姐别净说那话。""奶奶净拿我们开心。""别净指着我的肥猪过年。"

端木蕻良的那些欧化的长句子中，也时常出现方言词语及句式。可以说，这样的语言表达方式使端木蕻良的作品产生了独特的魅力。

在荒芜辽阔的农村里，地方性的宗教，是有着极浓厚的游戏性和蛊惑性的。这种魅惑跌落在他们精神的压抑的角落里和肉体的拘谨的官能上，使他们得到了某种错综的满足，而病患的痼疾，也常常挨摸了这种变态的神秘的潜意识的官能的解放，接引了新的泉源，而好转起来。[1]

再如，写大神跳神："腰里带的四个铁钩子，一个钩子上挂一桶水，全身像一窝风轮起来。……大仙总是凶凶妖妖地乱砍乱跳。"写丁大爷对佃户的不满："吕存义那鬼东西，偏一点眼色也没有，夹七夹八地磨豆腐。""跟我贱式式的多难堪，你越是这样的，我越不给你顺荏儿。"写佃户的失望："满腔的希望，便都簌簌地落了叶了……像挨了一击一样，全身缩了半截。"

写景："大地静悄悄的一声不响，只有几只老鸹悄悄地飞来，偷吃遗在地上的种粮，大地像放大镜下的戏盘似的，雕刻着盘旋的垄沟，算盘子似的在马蹄底下旋……"当用这些东北语言与话语方式叙事状物时，想必作者也会从中得到乡情的慰藉，从而向读者传达出怀乡爱国之情。

端木蕻良在谈到自己的创作经验时，曾说过："对于造字上，我避免用没有变化的句子，对句，或者老大一串拖长的句子……对于字，我注意多音节和少音节的混合运用。有时故意用一两句不顺的句子，杂在全文里。"的确，在端木蕻良的小说中，不同来源、不同色调的语言与话语方式巧妙地熔为一炉，变化多端，随物赋形。他充分调动语言的叙事功能，使之展现出雄健与冷艳、粗犷与细腻、温婉与率直、绵密与简洁、歌颂与讥讽等多种风采，形成一种参差美与动态美。

---

① 端木蕻良：《大江》，载《端木蕻良文集》（第2卷），北京出版社，1999，第363页。

第二节　东北流亡文学的语汇特征

方言是语言的支派和变体，它可以分为地域方言和社会方言。地域方言是语言在不同地域的变体。社会方言是语言的社会变体。因职业不同造成的社会方言最典型的是行业语。① 而东北方言体系开放、简洁、生动、形象、粗犷豪放而又幽默风趣，是鲜活的、有泥土气息和生命热度的语言。东北流亡作家的作品充分汲取了东北方言的营养，演绎着独特的地域文化风情。

一、多民族杂居与交融使得东北方言具有包容性与混杂性的特点

东北土著民族如满族、蒙古族、达斡尔族、鄂伦春族等使用的语言，大致都属于阿尔泰–通古斯语系。后来，随着汉族人口的增加并逐渐成为东北的主要民族，汉语也成为东北最主要的语言。而东北的许多土著民族在与汉民族的交流中逐渐被同化，但自己的语言遗存掺杂进汉语言中，丰富着东北方言。

如《科尔沁旗草原》中一些方言词就是来自满语。

1. 大哥给你们买饽饽吃。

饽饽，是对多种面食的统称，来源于满语，用黏米做成，既便于携带，又耐饿。满族饽饽有很多种，春天有豆面饽饽（用黄米面加豆面蒸制而成，其色金黄），夏天有苏叶饽饽（用紫苏叶包裹蒸制，有苏子的特殊香味），秋冬则有黏糕饽饽。此外，还有一种子孙饽饽，是洞房花烛之时新婚夫妇食用的小点心，蕴含子孙满堂的美好祝福。

---

① 游汝杰：《汉语方言学教程》，上海教育出版社，2004，第2页。

2. 暗暗地把眼皮一抹搭。

抹搭：指不用正眼看，含有不理解、蔑视的意思。此语源于满语。眨了眨眼叫"抹搭抹搭眼"。

3. 张大白话拍着巴掌发叽歪。

叽歪是恼火、生气、发急的意思，形容气得直发抖的样子。后来东北民间用来形容人说话起急、气急败坏的样子。

骆宾基《幼年》中一些词也来自满语，他饶有情趣地写到冬天孩子到冰河上打滑味溜的场面：

在东北，结冰的季节河是孩子的天然溜冰场。到冰河上打滑味溜是东北农村孩子冬天的主要娱乐活动。男孩子向往有双木制的冰刀或冰板，女孩子一般都让家人给做一个爬犁，学名叫冰车。冰河上的英雄一般都以滑得快又花样多而论。半天下来，棉裤上就全是湿乎乎脏兮兮的了，即使被大人指责甚至打骂，内心也掩不住兴高采烈的情绪，有时甚至划破了脸或摔掉了牙也在所不惜。有的想玩出点花样，就地取材，因势利导，把湿树枝铺在冰上，再压一块石头，然后坐在上面，顺坡滑下去，开始还舒服着呢，没多远就已经人、石、树枝分离，叽里咕噜地仰八叉了。

红旗河一带的孩子们，在这个时间就偷偷躲开大人的眼睛，纷纷跑到这个天然的溜冰场，伸开双臂，蹬开两脚，做出各种漂亮的滑味溜姿势。冰河在他们的脚下闪着两道黄色的金光，顺着河面来往飞闪，围巾都在他们的背后飘抖着。

仿佛有帆的船，有种行驶在顺风的急流里那种飘然的韵致。[1]

---

[1] 骆宾基：《幼年》，文化艺术出版社，1982，第144—145页。

滑咪溜指滑冰，源于满语。

爬犁又称"雪橇"，是一种在东北的林海雪原中广泛使用的交通工具，有牛爬犁、马爬犁等，其中闻名全国的是"狗爬犁"，也就是人们所熟知的"狗拉雪橇"。这种狗爬犁是赫哲人的一种主要交通工具。狗被赫哲人称为"金不换"，它不仅是赫哲人狩猎的助手，也是运输中拉雪橇的能手，因此赫哲人素有养狗之俗。赫哲人用狗来拉雪橇，一个雪橇至少要有两条狗，最多的可达十几条狗。

《幼年》中提到的萨其马，也写为"沙其马""赛利马"，是满族的一种食物。清代关外三陵祭祀的祭品之一，原意是"狗奶子蘸糖"。将面条炸熟后，用糖混合成小块。萨其马具有色泽米黄、口感酥松绵软、香甜可口、桂花蜂蜜香味浓郁的特色。

"嘎拉哈"一词是锡伯族"嘎尔出哈"的汉译音，汉语学名为"骸骨"，多取之于獐、狍、鹿、羊等动物。据文献记载：早在北魏时期鲜卑人（锡伯族的先人）以狩猎游牧捕鱼为主，每当捕到獐、狍、鹿、羊等，就把"嘎拉哈"取出保存。因其小巧玲珑，具有明显形状，又便于携带，所以渐渐将其用于民间游戏、军事战术模拟演习或作为殉葬品。当时，拓跋鲜卑已统治中国黄河以北，每当军事、生产空隙，特别是从春节腊月三十至二月初一期间，伴随唱秧歌，村内和村落之间就会举行"嘎拉哈"邀请赛。后来蒙古族、满族、达斡尔族、鄂伦春族、朝鲜族、回族、汉族等都把"嘎拉哈"作为民间儿童和妇女游戏的玩具。

"哈士蟆"是一个满语音译词，又写作"哈什蚂""哈什蟆"，这是产于满族聚集的东北各省主要是吉林省的一种蛙类，雌性的体内有脂肪状物质，叫"哈士蟆油"，清代以其作为贡品，可见在过去，这是一种贵族主要是皇家才能享用的一种食品和营养品。

小说中人们习以为常的地理名词有很多是来自东北少数民族的语言，例如：

珲春——来源于满语"沃沮"，意思为边远之城。

牡丹江——来源于满语"穆丹乌拉",意思为弯曲的江。

卡伦湖——来源于锡伯语,"卡伦"为"边防哨卡"之意。

呼兰河——"呼兰"来源于满语,为"烟囱"之意。

吉林——为满语"吉林乌拉"的简称,"吉林"在满语中意为"沿","乌拉"意为"江",因吉林在松花江畔,故而得名。

图们——为满语"图们塞勤"的简称,"图们"意为"万","塞勤"意为"河"。

齐齐哈尔——来源于达斡尔语,意为"边疆"。

如前文所述,移民文化也带给东北地域文化以新的质素。其中,东北方言中有许多来自关内各地的方言。例如:《科尔沁旗草原》中的"开瓢"一词,是北京方言,指人和动物的头部受到重创。"客"在东北方言中读为"qiě",是山东方言,意为"客人"。如,"来客了,快上炕暖和暖和,唠会儿嗑儿"。在东北地区,现在还有很多人习惯称关内为"关里家"。如过礼这一东北婚俗,是婚嫁的一个重要程序,相门户后,双方确定婚期。男方要到女方家里过礼,按条件送不同的钱物过礼后表示婚姻关系已经确立下来。这些词语见证了东北地域多民族交融的历史过程。

东北方言中存在着大量具有浓厚地域色彩的俗语、俚语、谚语等。如《科尔沁旗草原》中引用的俗语、俚语、歇后语和谚语等:

1. 说不定会弄得树没扳倒,倒砍了自己的手。

2. 别猫哭耗子的假慈悲。

3. 吃不了,兜着走。

4. 古语说得好,一错百错。

5. 胳臂拧不过大腿去。

6. 这才叫大沙包里赶脚,一辈子不用想见着天。

7. 好汉不吃窝边草,来有路,去有迹。

8. 八竿子打不着的外甥,三年不作揖的姥姥。

9. 耗子拉木锨,大头在后头。

10. 夫妻无隔宿之仇。

11. 人怕见面，树怕剥皮。

12. 麻秆打狼两头害怕。

13. 王八咬手指头，他还是一口不松。

14. 人无外财不富，马无夜草不肥。

15. 石碑底下的王八，一辈子不用想翻身。

16. 放长线钓大鱼。

17. 别净三九天的柿子，净拣着软的拿。

18. 王八吃秤砣铁心了。

19. 比干炒肉，自煎自的心。

20. 月牙歪，粮食涨，月牙西，粮食贱如泥。

21. 裁缝不偷布，一天三尺裤。

22. 小乱住城，大乱住乡。

23. 宰相肚子能行船。

24. 马尾穿豆腐，还提起来了。

25. 老天爷饿不死瞎家雀（读qiǎo）①。

再如，舒群的短篇小说《老兵》中的对话：

"你的夜戏不是《虹霓关》吗?"

"又是'压轴子'的戏吗?"

"是呀，是呀!"

"喂……玉莲在一面坡够'打腰'啦!"

"玉莲一天比一天会说话了。"

"得啦，你不要米汤我了!"②

---

① 刘冬梅：《北方方言视角下的端木蕻良小说创作——以〈科尔沁旗草原〉为例》，《满族研究》2004年第4期，第113页。

② 舒群：《老兵》，载《舒群文集》（第3卷），春风文艺出版社，1984，第176页。

其中"不要米汤"在北方俗语中是"奉承"的意思,"压轴子"北方俗语是每场最重要最精彩的一出,"打腰"北方俗语是"久负盛名"的意思。

东北流亡文学作品中的方言使东北人感到亲切,使外地人感到新鲜。比如:后晌(下午),明儿个(明天),夜个(昨天),一半天(一大段时间),见天价(整天地),见天(每一天,天天),上秋(到了秋天),眼时下(现在,眼下),脚底板(脚掌),手指盖(手指甲),下牙巴子(下巴),大拇哥(大拇指),板儿牙(门牙),嗓子眼儿(喉咙),胯骨轴子(胯骨),嘴丫子(嘴角),身子骨(身体),这地场(这地方),棒槌(人参),缺心眼(人不聪明),说小话(向人求情),抽冷子(突然袭击,冷不防),栽个子(摔倒,栽跟头),黑灯瞎火(天很黑,看不见),狗色(读为shǎi,指软弱无能的样子),卖呆儿(指看热闹,无目的地看),没劲(没意思),下水(动物的五脏六腑),叫号(公开挑战),砸锅(失败),不让分儿(互不相让),倒血霉(倒大霉,非常倒霉),咧咧(胡乱讲话)。

"猫冬"指躲在家里过冬,泛指躲在家里不出门。"猫"是"躲藏"的意思。

"这天可真煞实",指天冷得厉害。

"日子一天比一天超用了"指日子好过了。

"整天光两个没娘的孩子也把他累毁了。""累毁了"即累坏了。

"这孩子像她母亲一样勤谨。""勤谨"即勤快。

用牛皮或猪皮缝制的用草做垫的鞋叫"乌拉"。

猪还没长肥叫"瘦喀喇"。

"挓挲开了"形容这个人做事不稳重。

"滴拉当啷"形容一个人穿戴不利落。

"个月七成"形容时间不算长也不算短。

"扒了一碗饭"是"急忙吃了一碗饭"的意思。

"多多编几双吧！小丈夫才会稀罕哩。""稀罕"即喜欢。

"哪承想，我一走，妈就大发了。""大发了"的意思是"病重了"。

"哎呀，大兄弟，你可从哪儿来，听说我大爷牢狱了，我见天价瞎忙，也没过去烧过纸。""牢狱了"是"死了"。

"三奶哩哩啦啦地说了一大片。""哩哩啦啦"形容说话啰唆。

"你的道眼多，趁你在家，赶快帮我把这件事办完了。""道眼多"是"主意多"的意思。

"一个疤瘌节子也没有"形容木制的东西平滑。

有些方言词语是与东北的寒冷有关，像捂耳（罩在耳朵上的防冻棉套）、手闷子（棉手套）、爬犁等。上述句子中的煞实、地场、超用、勤谨、棒槌、乌拉、手闷子、瘦喀郎、挓挲、稀罕、大发、爬犁等各词语的最后一个字都读轻声，否则就不是东北人所理解的意思了。

郑振铎早在1933年12月18日读毕《科尔沁旗草原》之后，抑制不住内心喜悦而给端木蕻良写了封信，信中称赞说："这样的大著作，实在是使我喜而不寐的！对话方面，尤为自然而漂亮，人物的描写也极深刻。近来提倡'大众语'，这部小说里的人物所说的话，才是真正的大众语呢！"对大众语运用的成功，得益于端木蕻良从现实生活的语言中学习。

端木蕻良说："语言应该在生活里向下摘。就如要吃新美的葡萄，要亲手来向架上去摘一样，玻璃做的葡萄一颗比一颗圆润，但是不可以吃的。"这正是他的切身体验。其实，端木蕻良在家乡生活的时间并不算很长，他的小说中那些活生生的语言，固然得益于少年时代的语言积累，更来自他后来出于自觉的文体意识对生活源泉的努力汲取。他的母亲善讲故事，也喜欢民间说唱艺术，她的语言丰富，就常常被他奉为创作的"顾问"。

《科尔沁旗草原》第十五章中有一段是湘灵为丁宁唱《子弟书》的描写："呀——这一种凄凉迥不同——重叠叠，山经秋雨十分翠，碧澄澄，水共长天一色青。集煎煎，云外归鸦投远岫，乱纷纷，亭前落叶舞西风。寂寞寞，往来哪有双飞蝶，静悄悄，上下不闻百啭莺。一阵阵，天际惊寒穿旅雁，几处处，空庭应候少秋虫。细条条，数棵衰柳无情绿，丛簇簇，一片枫林作惹红……"①

湘灵唱的另一段是："这时候，她头边斜倚着鲛绡枕，身上横搭着旧斗篷。柔气儿一阵儿娇吁一阵儿嗽，细声儿一会儿哎哟一会儿哼。绣鞋面儿一面儿掩藏一面儿露，香手儿一只儿舒放一只儿横，小枕儿一边儿垫起一边儿靠，书本儿一卷儿抛西一卷儿东……"②

由韩小窗创作的子弟书《黛玉悲秋》的这两段唱词，反映出东北方言的两个特点：ABB式形容词和儿化韵。

上文中出现的重叠叠、碧澄澄、集煎煎、乱纷纷、寂寞寞、静悄悄、一阵阵、几处处、细条条、丛簇簇都属于ABB式的形容词。这类形容词是现代汉语中富有特色和典型的一类词，吕叔湘先生称其为"形容词的生动形式"。《科尔沁旗草原》中这类形容词有：碧油油、黑油油、暖馥馥、直溜溜、白酥酥、黑溜溜、长拖拖、顶呱呱、麻酥酥、热烘烘、空落落、火烘烘、凉丝丝、蓝蔚蔚等。

子弟书又称"子弟段""八旗子弟书""清音子弟书"，是指由清代八旗子弟首创并演唱，以七言为体、上下对句的满族民间说唱形式。自清中叶逐渐在北京、盛京、天津三地流传盛行，一般是以唱为主，个别篇章有极少量说白，演唱内容多以改编的明清传奇、小说戏曲故事和反映旗人的日常生活为主。子弟书虽然为八旗子弟首创并演唱，但在最初形成过程中借鉴吸收了鼓词、戏曲、唐诗宋词等汉族艺术形式的优长之处，体现了满汉文化的有机融合。

"儿化"是东北方言中的一种语言现象，词语后缀"儿"字，组成卷舌韵母。

上文湘灵唱的第二段子弟书的明显特点是儿化较多。当然，《科尔沁旗草原》中这样的例子还有很多。例如：传个信儿、有个谱儿、

① 端木蕻良：《科尔沁旗草原》，人民文学出版社，1981，第324页。
② 端木蕻良：《科尔沁旗草原》，人民文学出版社，1981，第324页。

有几分着恼的样儿、不对劲儿、一股脑儿等。这些儿化词表现出了口语化、俏皮、乡土气息浓厚的语言特征。

《科尔沁旗草原》中还有几段关于民间歌谣的记录。有些歌谣是"从哀凉里发掘出生活上的痛苦",又用歌声驱散苦闷,如第二章几个孩子唱的歌谣。

端木蕻良的小说语言之所以既新鲜自然,又富于韵味,是因为他对生活语言予以筛选、提炼,又吸收中国古典语言的精练、典雅与外国语言富于变化的复杂句式,追求话语形式的多样性与变化性。

二、土匪的黑话和挖参、狩猎等行业用语

东北流亡作家的语言特色还体现在土匪的黑话和挖参、狩猎等行业语的使用。有些行业用语已经融入东北人民的日常用语中,比如土匪总头目叫"大当家的"或"大掌柜的"。《八月的乡村》中的农村妇女田八嫂在田间干农活的间隙,远远地望见有一支队伍进入了自己的村庄,并且当她瞧见队伍当中有女"战士"的时候,她不无羡慕与感叹:"这年头,你寻思女人就总得守在家里养孩子呀?男人们能干啥,女人们就能干啥!过去那些'绺子'里不也常常看到女人的吗?还有'女当家'的!""绺子"指大股的土匪,"女当家"指女土匪首领。

"黑话"在东北流亡作家的小说创作中凝聚着"侠"与"义"的精神。当然,行业语也具有一定的封闭性,主要表现在如果没有从事过某一职业,或者加入过某一种团体或组织,就听不懂,这种新的语言并不是被大众普遍接受,只是流行在特定组织中。

在东北流亡作家的笔下,尤其是在萧军、端木蕻良、骆宾基的笔下,都有对于胡子语言的描写。胡子的隐语是一种特殊的社会方言,是各种行帮、组织或集团因内部交际需要而约定和使用的带有保密性质的语言变体。隐语的突出特点是封闭性和隐秘性。隐语的含义是

"遁辞以隐意，谲譬以指事"（《文心雕龙·谐隐》）。胡子的暗语为胡子专用，离开胡子的群体就不成立。胡子的暗语大多是口语，多用于口头传递信息的。如《科尔沁旗草原》中的土匪黑话主要有：有事（犯案）、雏（不是老手）、插边（合了伙）等。《第三代》中也有许多胡子的隐语，马鞑子（胡子）、躺桥（睡觉）等。《八月的乡村》中绺子（土匪帮伙）、挂个"注"（入伙）、炮头（胡子队中的前锋）、秧子房（看管肉票者）。骆宾基的《边陲线上》中抗日救国军发令撤退时，就用"滑"字，这是土匪的暗语，即"撤退"的意思。《呼兰河边》中的"洋跳子"是绿林暗语"日本兵"的意思。萧军的《鲽夫》中"贴了金"是胡子隐语"受枪"的代名词。端木蕻良的《遥远的风沙》中也有许多胡子的隐语，如老棒（海洛因棒的吸食者）、靠（有根）、察棚了（阴天了）、料水（放哨）、插了他（枪毙他）、借一条道走（放过去）、崽子（子弹）、听个响（子弹由枪中放出）、嚓（谈判决裂）、宝盖子（马鞍子）、滑（退走）、撇着（一个人在后面死守）、落草（逃入山林当强盗）等。这些隐语是东北胡子特有的语言。

　　"放山"指上山挖参。传说关东山处处是宝，所以称放山为"挖宝"。远在辽金时代就有在万里关东千里林海中放山的职业，到清朝鼎盛一时。特定的地域环境产生了特殊的劳动习俗和职业用语，这些不成文的生产习俗和行业语在挖参人中世代相传。放山从时间上可分为长年放山和季节放山两种。从人数上可分为"拉帮"放山和"单棍撮"两种。"拉帮"指集体出来放山的，"单棍撮"指单个人出来挖参的。"领棍"，也叫"把头"，是拉帮放山的组织者和指挥者。"边棍"是领棍的助手和参谋，协助领棍处理好日常各项事物。"腰棍"是一般放山成员的统称。"端锅"是"后勤部长"，负责看住处打柴、烧火做饭、上山采菜等日常事物。通常由初次进山和年龄幼小的"初把"担任。《乡亲——康天刚》中闯关东来的康天刚最初就是担当"端锅"。每年七月下半月到八月间是放山的黄金季节，山里人称之为"红榔头市"。因为这个季节正是人参成熟季节，鲜红的参籽不管离多

162

远都能发现，再加上有棒槌鸟引路（棒槌鸟吃参籽，参籽在鸟腹中发酵，人参靠棒槌鸟传播种子，有棒槌鸟的地方，准有人参）。领棍率人拉背进山后，一路走一路观察，老百姓说"观景"，放山的称之为"看兆头"，也就是看哪里能有人参。"拿火"是回住处休息的专用语。"接山"是发现人参问答的专用名词。"麻达山"指迷路。"站杆树"指已死的干巴树。"炸山"指喊错了。

还有，端木蕻良的小说《浑河的急流》中出现的诸如拐拉棒子、手闷子、勾死鬼、背夹子、压拍子、烙肚子等，大都与山林狩猎的生活相关，是山林狩猎生活的行业语言。

东北流亡作家的作品中的这些土匪黑话和挖参、狩猎等行业用语，确实丰富了人们对于东北地域文化的认知。

三、来自周边国家的外来语对东北方言的影响

东北地区有着绵长的边境线，与蒙古、俄罗斯、日本、朝鲜等周边国家有着悠久的交往历史。同样，东北方言也吸收了周边国家语言中的部分词语，这些外来语有的已经作为东北方言系统的重要补充成分。

端木蕻良的《浑河的急流》中使用的俄语词语、蒙语、日语和大量的东北方言，亦具有同样的性质和功效。

把式——也作"把势"，指专门精通某种技术的人。源于蒙古语。

老疙瘩——"疙瘩（方言中念 gada）"是"排行最小的"的意思。源于蒙古语。如《八月的乡村》中的唐老疙瘩。还有一说，疙瘩指地方，比如把"上哪儿去"叫"上哪疙瘩去"。

拐拉棒子——一种蒙古人猎狐的方法，在马驰的当儿，将手中的一个微弯的带疙瘩榔头的木棒顺手投去，百发百中。源于蒙古语。

巴芹克——一种俄式皮靴。源于俄语。

别列器——一种俄式炉台。源于俄语。

芭篱子——监狱。源于俄语。

拔嚼子——走。源于俄语。

博役——勤杂工。源于日语。

喂大罗——小水桶。源于俄语。

黑列巴——面包。源于俄语。

素波——菜汤。源于俄语。

马神——机器。源于俄语。

骚鞑子——小兵。源于俄语。

布拉吉——连衣裙。源于俄语。

马葫芦——下水道。源于日语。

相比较而言，在东北方言中，外来词的数量相当可观，这也充分说明了东北方言系统是一个体系开放的、动态的系统。

地域文化的浸染中，局部地区的人们所使用的语言逐渐扩散，因此语言里最鲜活的成分蕴含在方言当中，方言是地域文化的承载。

文化是历史形成的。在东北过去的历史上，伐木狩猎、采参挖矿、大野耕牧的辛苦劳作，地广人稀的自然环境和严酷的气候，使得在这片土地上生活的人们为休养生息、调节身心，以便长期与自然环境搏战，获取更多的生存资源，而水到渠成地发展出东北的民间俗文化。这俗文化包含东北原住民族天苍野阔、不受中原礼教束缚的"自然"文化因素和关内下层汉族移民带来的民间文化，是两者的融合共生。由此，在礼教纲常松弛或稀薄的"化外之地"、蛮荒之地产生的具有土性与野性的俗文化，就自然而然地带有幽默、戏谑、调侃的喜剧特征。这种俗文化的价值是通过包含了大量性内容的戏谑和发泄（比如东北被称作"死不了"的二人转）体现的。

中原各省移民迁徙而至，这些汉族流民的移入，大大促进了民族交融。这种交融，使东北的各少数民族逐步放弃了自己的语言而改说汉语。至今保存在东北方言词汇系统里的民族语言，是东北方言中不可缺少的一个组成部分，这些词语见证了东北地区各少数民族的风土人情，见证了民族交融的历史过程。

语言生成着、缔造着文学作品的风格和内容。在文学作品中，"那些经常出现、作为一个整体对作品的构造有贡献的语言现象"，以及"一个作品所有语言形式整体性的综合概念就是风格"①在东北流亡作家的作品中，各民族的一些日常生活用语和方言"共时"出现，它们不仅具有声音形式的、业已本土化、普泛化的符号能指，而且具有普泛化本土化的所指意义，抽象化的符号与其相对应的实在皆已纳入东北人习焉不察的语言机制、生活内容和习俗之中。

第三节　东北流亡文学的文本策略

东北流亡作家的作品中出现的掺杂着民族语言和方言的语言现象，导致了东北流亡作家创作的一个"文本特征"，即大量的外来语、方言和对这些语言的注释文字并存。几乎每一本东北流亡作家的作品，都存在着这样的现象。

这样的文本特征，显然既与东北地域语言紧密相关，也与作为流亡作家的写作、表达策略相关。其中比较典型的是端木蕻良、萧军、舒群、罗烽和骆宾基。如端木蕻良《浑河的急流》：

"他也会摔'拐拉棒子'（一种蒙古人猎狐的方法，在马驰的当儿，将手中的一个微弯的带疙瘩榔头的木棒顺手投去，百发百中)!"

女儿又接着说："哼……"

在萧军的《八月的乡村》中，陈柱司令演讲时有这样的话：

---

① 沃尔夫冈·凯塞尔：《语言的艺术作品》，上海译文出版社，1984，第121页。

我们有的从农民里来，有的从军队里来，更有的是从别的绺子上来的……我们这样辛辛苦苦，忍饥挨饿，集合到一起，浴着血来和我们的敌人斗争。为什么呢？这是得已吗？这是偶然吗？全不是的，这是我们的敌人将我们逼成这样！

作品在描写老百姓看行军队伍时有这样的对话：

"那个大个子，腰里插手枪，像个'当家的'！样子很像嘛！""我看他好像个'炮头'，要不然就是'秧子房'上掌柜的。"

"九一八"以后的东北，已成为关内人政治和文学关注的中心，表现东北生活并具有东北特色的作品能够迅即为关内的读者所接受从而获得成功，萧军、萧红的作品就是最好的说明。对于从文化边缘地带流亡到文化中心地带的东北流亡作家而言，乡情凝聚、流亡作家的情绪化和意识形态化的功利使命感，以及使自己能够为关内文坛所接受和瞩目的"成功意识"，促使他们大量创作以东北为表现对象的作品。

在这样的作品中，由于表现对象本身具有的语言特点，由于在这样的语境中成长的东北流亡作家形成的语言机制和习惯，也由于东北流亡作家为满足读者的阅读期待而有意追求东北特色，他们便大量地使用地域性的、掺有多民族语言遗存和方言的东北语言。这样的语言也的确可以表现东北自然、历史和人生的独特性，体现出浓郁的"东北风"。

端木蕻良的《科尔沁旗草原》初版刚一问世，巴人就予以这样的评价："我们在作者的笔下，是听到了东北同胞的唱片里奏出来的声音。我们的作者正是制造语言的唱片的能手，使没有到过东北的我们，也宛如听到了他们的嬉笑、怒骂、诅咒、叹息——各种各样的语音，使我们感到有点疏远，但又觉得非常亲切。巫婆的哭唱，爷们的唠叨，媳妇们的调笑与控诉，家奴们的恭维与装腔，农民的商量与扯淡，甚至如孔二老婆的放泼，天狗的谑浪——这一切，真如绘音绘声。没有一个老作家新作家，能像我们的作家那样操纵自如地安排这语言艺术了——是多么泼辣，而且有生气呵。我想，由于它，中国的新文学，将如元曲之于中国过去文学，确定了方言给予文学的新生命。"①新文学的语言革新与元曲确有相似之处，但要更为复杂，它不仅要使俗白的民间语进入典雅的象牙之塔，而且要在本土话语中嫁接上异域新技，创造出雅俗互济、中外交融的现代文学语体，以表现中国的历史进程。端木蕻良，这位来自东北黑土地的行吟诗人，他所追求的就是"三分风土能入木，七种人情语不休"。他以一曲悠扬而顿挫、沉郁而激昂、雄浑而婉曲的动人歌吟，汇入了20世纪中国文学的宏伟乐章。

然而，这样的语言对于生存在这一语境中的东北人而言自然不会有难解之处，但对于这一语境之外的关内读者而言，却可能会产生阅读困难，而东北流亡作家又明确地知道他们为谁写作，这样，就产生了一种文本中的悖论：为了满足关内读者的阅读期待（满足了这样的阅读期待也就使流亡作家的意识形态使命和成功渴望得以完成和实现），需要加强东北特色，而加强东北特色的策略和方式之一是大量地域性语言的运用，地域性语言的大量使用和出现也的确强化着东北特色；但是，这种为关内读者而写作、满足了他们阅读期待的具有东北特色的文本和地域性语言，又实际上使他们读不懂，造成了阅读障碍。因此，为了克服这一悖论，解决这一两难问题，以便使包含着流亡作家意识形态使命和个体功利要求在内的文本意图真正得以实现，东北流亡作家便采用了在大量地域性用语后面加注解的写作策略，从而构成了东北流亡作家创作中一个十分明显的文本特点。这样的文本

---

① 巴人：《直立起来的〈科尔沁旗草原〉》，载《文学集林》1939年第2辑，第104页。

特点，凝聚、积淀着东北地域文化和流亡文学独特性的丰富信息。

值得一提的是，东北沦陷后，日本侵略者加紧封锁，并实行"文化专制"的愚民政策。日寇扶持清朝废帝溥仪建立一个傀儡政权——伪满洲国，开始走"旧式"路线，不仅要求家家挂黄旗，穿满服，而且连语言表达也有硬性要求，即用文言代替白话，这无疑是一种历史的倒退，是对中国人民话语权的剥夺。这也体现在东北流亡作家的作品中，白朗只好暂时摒弃通俗易懂的"白话"文，而采取晦涩难懂的"文言"体来写信。

　　义母老大人膝前福安，敬禀者：

　　　晬违慈颜，倏经数载，渴想之殷，无时或释。敬维，大
　　人福体康泰，凡百如意，为颂为慰。

　　　但不知原弟身体已否康复？业务繁忙否？念甚。女家老
　　幼均安，生意亦颇兴隆，此地市面平静，故生活相当舒适。
　　千祈大人勿以为念。

　　　大人春秋已高，诸希珍摄。专此敬请金安。

　　　　　　　　　　　　　　义女×× 叩禀×月×日①

但是，白朗随后感叹道："那些欲诉无从的话语，仿佛一条大鱼的脊背梗在我的咽喉，那刺痛，使我怎能忍受呢？终于，在一个飘雪的薄暮中，我写下了这样的信……"②信中作者终于拥有了呼喊"妈妈"和"弟弟"的自由，不再使用"义母大人"和"原弟"的旧式称呼，可以畅所欲言地抒发女儿对亲人的思念，告诉母亲"你的女儿已经跳出了苦闷的陷阱，让无限的欢欣和兴奋拥抱着了"。虽然是一封

---

① 白朗：《一封不敢投递的信》，载《白朗文集》（第3—4卷），春风文艺出版社，1986，第62页。

② 白朗：《一封不敢投递的信》，载《白朗文集》（第3—4卷），春风文艺出版社，1986，第64页。

"不敢投递的信"，却是作者内心深处最真实的情感表达。

　　总之，一方水土一方乡音。东北的地域文化，就像黑龙江、大辽河一样，有主流，有支脉，它们融合在一起，奔腾流淌。在这种特有的地域文化的浸染中，内含着东北地域文化的东北风影响着东北流亡作家的语言运用，给他们的创作增添了野性、明丽与新鲜。

第十章　东北流亡文学的美学特征

辽阔、荒寒、贫穷的白山黑水孕育了雄强犷悍的东北民众。东北地域远离儒家文化中心，民风古朴，民众性格粗犷豪放，好勇尚武。很多东北民众过去都是穷得活不下去的下层人民，他们冒着生命危险闯关东，还有一些获罪被遣置的流人。东北民众大多没有世代传承的雄厚的家业，他们反抗斗争没有什么后顾之忧，因此，在反抗日本侵略的时候，东北民众显得异常勇敢，充满了英雄豪气。东北独特的地域文化同样使得东北流亡作家充满了英雄豪气。东北流亡作家的英雄豪气体现在作品中，作品就具有了阳刚之美。

东北流亡作家在白山黑水中孕育而生，东北流亡作家的创作呈现出一种壮美的特色。在东北流亡作家的笔下，没有江南的山清水秀、鸟语花香、安详静美，无论是自然描写还是人物形象都体现出了壮美的特点。东北独特的地域文化使得东北流亡作家的创作具有了阳刚美。"独特的人文、历史、地理环境，使东北具有不同于关内的特殊地域文化风貌，这不仅在于寂寥荒漠的土地、苍莽雄浑的原始森林、蜿蜒起伏的山川和飞雪飘飘的漫长寒冬，更在于粗犷、剽悍、刚直、豪爽、沉实的人民。这些因素必然给生于斯、长于斯的东北流亡作家的艺术气息以潜在影响，他们的作品洋溢着这块寂寥广漠的土地的浓郁气息，你从中感到的正是那种雄劲、粗犷的阳刚之美。"① 东北流亡

---

① 王培元编选《东北作家群小说选》，人民文学出版社，1992，第11页。

作家通过对东北的深情书写，揭示了东北流亡文学作品的审美流脉。东北流亡作家的创作从总体上看具有粗犷、古拙、淳朴的特点，又富有神秘因素，充满原始旺盛的生命力。东北流亡作家塑造的艺术形象成为富有活力的生命代码，散发着独特的艺术光彩，具有粗犷宏大的风格。同样，东北流亡作家的创作艺术手法在总体上也呈现一种疏阔勾勒的粗线条的笔法。

第一节　悲怆雄健与阳刚之美

东北荒漠奇寒的自然环境磨炼了东北人的意志，铸就了雄强的东北人。东北地域苍莽广袤，大漠荒野，奇寒恶劣的自然气候，艰苦繁重的生产方式、生活方式，使得东北人很少有或者根本就没有闲情逸致在花前月下、和风细雨的温柔乡中抒发细腻情感。东北人必须付出超强的体力，必须具有坚强的意志、强大的精神力量才能和恶劣的自然相抗衡。东北民俗生活场域对东北人的文化精神、心理人格都产生了重要的影响。按照马克思的观点，主体生产对象，对象也生产主体。东北人与东北恶劣的自然环境构成一种对象化关系，壮阔的山川大野必定使得东北人变得雄强犷悍。恶劣的自然环境塑造了强悍的主体，东北人成为恶劣自然环境的对象化存在，人与自然形成一种同构的关系。在东北独特的民俗生活场域中，恶劣的自然环境和游牧的生活方式需要人有强壮的体魄，否则人是难以生存下去的。在白山黑水中孕育成长的东北流亡作家具有了独特的审美价值取向。在东北流亡作家的作品中，无论是自然景观还是人物形象都在形式上占有巨大的空间。自然景观宽阔无垠，人物形象高大伟岸。

在自然景观上，白山黑水成为东北鲜明的地域标志。东北流亡作家描写的大山大水展现了东北独特的地域风貌。萧军在《〈绿叶的故事〉序》中这样描写东北的自然景观：

我是在北满洲生长大的，我爱那白得没有限际的雪原，我爱那高得没有限度的蓝天，我爱那墨似的松柏林、那插天的银子铸成似的桦树和白杨标直的躯干，我爱那涛沫似的牛羊群，更爱那些剽悍爽直的人民。[1]

端木蕻良深情地写道："我的生命，是降落在伟大的关东草原上。那万里的广漠，无比的荒凉……在儿时，常常在深夜的梦寐里闯进我幼小的灵魂。"[2]

端木蕻良的《科尔沁旗草原》中的丁宁说："我觉得只有山水可以使人健康，当人和大山大水相遇的时候，人的宇宙，才能伟大。"[3]"他觉得只有这样的无涯的原野才能形容出自然的伟大来，只有这样的旷荡的科尔沁旗草原，才能激发起人类的广大胸怀，使人在这广原之上的时候，有一种向上的感觉，使人感受，使人向往。"[4]端木蕻良的《科尔沁旗草原》中的自然景物也是宏伟壮阔的：

那夜，白草随着北风转黄。风筝弦一样粗的叶子、小猪倌一样高的叶子，剪刀剪的一样整整铺出去一万里。一万里的一条驼绒地毯，没有剪短一根毛丝，也没有落上一颗土星，一马平川铺向天边去。是谁在地平线上切了一刀，划然的，上边青蓝，下边浅绿。

这种壮阔的景观在东北流亡作家的作品中是常见的。骆宾基的

---

① 萧军：《绿叶的故事》，文化生活出版社，1936，第1页。

② 转引自谢淑玲《东北作家群的审美追求》，辽宁民族出版社，2007，第66页。

③ 端木蕻良：《科尔沁旗草原》，人民文学出版社，1981，第134页。

④ 端木蕻良：《科尔沁旗草原》，人民文学出版社，1981，第131页。

《边陲线上》中的景物描写中，有无边的山岭，绵延着，向远处去。阴凉的草丛，形成了广漠的海。在东北这块"淌着黑色血液的泥土"上，有一眼望不到边的辽阔草原，有浩瀚无垠的大漠林莽。

试看在骆宾基《乡亲——康天刚》中，康天刚第一次从海南来到关东的情景：

> 路上，康天刚越发觉得这地界着实和海南不同。远远近近，全是重叠的高峰峻岭；而且岭峰还遗留着冬季的白雪，快到三月了，还看不见一点绿色。所有岭峰全长着森林，峡地和宽谷又一色是草原，这都是他第一次见到的，那么广阔无际，那么丰富、稠密，一片一片，无尽无止地展开去，地面不露一块土。[①]

东北地域铸造了东北流亡作家的雄强气质。许多学者都论述了东北流亡作家的壮美的美学特征。人物塑造的雄强有力是东北流亡作家大体一致的审美风格。王统照、巴人认为端木蕻良的作品具有雄浑、"直立"的审美风范。周立波认为罗烽、舒群的作品中的人物具有雄强的性格。骆宾基在《萧红小传》中认为萧红表现出了"关外妇女那种常见的雄浑气质"。这种雄浑气质直接影响了她的创作，正如鲁迅评价的，她的创作有"越轨的笔致，力透纸背"。

在人物形象上，东北流亡作家塑造的民众充满了英雄豪气。东北流亡作家生长于白山黑水中，他们真实地反映东北地区的民众，导致他们的创作也充满了英雄豪气。东北流亡作家塑造的人物没有显示出无力和渺小，人的感性没有受到阻碍，人与其内容是同一的，人把握了客体。东北流亡作家的这种鲜明特异的风姿是国内其他地区少有的。

---

① 王培元编选《东北作家群小说选》，人民文学出版社，1992，第357页。

东北流亡作家的作品中的人物都具有强悍、雄强的特征，充满了野性美。受生活场域的影响，为了适应恶劣的自然环境，只有强壮的人才能在这片蛮荒的土地上生存，这决定了东北流亡作家创作人物的审美标准不是文弱的求取功名的书生，因此，东北流亡作家的作品中男主人公往往身材高大，坚强有力。《边陲线上》中的老张有着肌肉强健的臂膀，阔大的胸部。罗烽《旗手》中的周长江是个壮汉，就是性情过于倔强了，人们比喻他是一只顽强的熊，因为一只熊被猎人用尖刀划破肚皮，而至肠子流露时，它还要自己撕扯肠子，抛到一边去，继续跟猎人决斗。端木蕻良常常回忆起家乡那万里的广漠，无比的荒凉，那红胡子粗犷的大脸，哥萨克式的顽健的雇农，蒙古狗深夜惨阴的吠号，这些都给人一种雄浑的美。《科尔沁旗草原》中的大山是强悍形象的典型代表。"父亲，这时，是一只伏在草莽里的受伤的猛虎，用着自己灼热的舌头，舐着过去的疮口。"[1]端木蕻良在《科尔沁旗草原》后记中写道："我每一接触到东北的农民，我便感悟到人类最强烈的求生意志。我每看到那戴着貉皮的大风帽的车老板子，两眼喷射出马贼的光焰，在三尺厚的大雪地里，赶起车，呔喝呔喝地走，我觉得自己立刻健康了，我觉出人类无边的宏大，我觉出人类不可形容的美丽。"

东北作家的作品中的男主人公形象不仅高大、粗壮、剽悍，充满了阳刚之气和一种力的美，行动起来也如同大野雄风，充满了动感和力量。具有强壮力量的人在东北流亡作家的作品中形成了一系列的人物画廊：《八月的乡村》中的铁鹰队长，《第三代》中的井泉龙，《科尔沁旗草原》中的大山、老北风，《大地的海》中的来头，《大江》中的铁岭，《浑河的急流》中的金声，《登基前后》中的陆有祥，《边陲线上》中的靠山，等等，这一系列的雄强人物不是偶然产生的，都和东北地域文化具有一种同构关系。《科尔沁旗草原》中大山的肖像

---

[1] 端木蕻良：《科尔沁旗草原》，人民文学出版社，1981，第144页。

是："一副凹凸的胸像，立刻雕出来。古铜色的皮肤，一副鹰隼般黑绒镶的大眼，画眉炭子画的眉毛，铁颈，栗子肉。"①他大块吃肉，大碗喝酒，他是一个栗色的强大的人，给人一种强固的吸力与慑服，俨然是力量的化身。大山发火时，一字眉，着了火的茸草似的纠在一起。萧军的作品《鳏夫》中于五充满了阳刚气："广阔的生满着绒毛的胸膛，直直的鼻子……骨节总是发着咯——咯的细响，在说明他的青春和力量！……特别是他的颊骨，完全是蒙古人的，伸展，突出……厚厚的嘴唇埋在短短的胡须的丛林中。"②这种强壮的形象在东北流亡作家的作品中是常见的。人物的强壮还体现在意志的坚强。东北流亡作家创作的很多男主人公都有坚强的意志。刘强觉得"他的骨节里，尤其是脊骨像注入了钢汁，越发硬朗了。他又觉得自己的意识里，已被他新遇到的人灌进了结实的物质。他和他们会见的山洞，他认为是熔铁炉，而他是被炼锻成一块钢了"③。

东北流亡作家笔下的女性形象也显得刚毅不屈，也具有雄强的色调和野性之美。东北的妇女并不像中原妇女那样大门不出，二门不迈，她们和男人一样抛头露面，吃苦耐劳，忍饥耐寒，为生活劳作奔波。白朗的《一个奇怪的吻》、舒群的《蒙古之夜》、萧军的《八月的乡村》《第三代》、端木蕻良的《浑河的急流》《大地的海》等作品中的女性都刚烈果断，勇武不屈，表现了一种雄强的美。《八月的乡村》中的李七嫂虽然守寡，但她没有像中原地区的妇女那样深受礼教的束缚，也没有想要当一个节妇烈女，而是敢于大胆地和唐老疙瘩自由恋爱。当李七嫂的孩子、恋人都被日本侵略者杀害后，李七嫂英勇无畏，拿起死去的恋人的枪，一心只想复仇，翻山越岭去寻找游击队，最后死在了抗日的战场。《第三代》中的翠屏嫂在丈夫被抓进监

---

① 端木蕻良：《科尔沁旗草原》，人民文学出版社，1981，第87页。

② 萧军：《鳏夫》，载王培元编选《东北作家群小说选》，人民文学出版社，1992，第104页。

③ 骆宾基：《边陲线上》，吉林人民出版社，1984，第157页。

狱后，她为了躲避段警长的侮辱，毅然把孩子托养在邻居家，独自一人上羊角山当了女胡子，也表现出了一种雄强的性格。《浑河的急流》中的丛老爹一家完不成上面摊派的五百张五色狐皮的任务，被逼得走投无路，丛老爹的妻子和女儿水芹子都拿起了刀枪造反。白朗的《轮下》中，陆雄嫂在抗敌斗争中，搂着自己的孩子小柱横卧在囚车前面，她勇敢坚强，视死如归。《大地的海》中的杏子姑娘第一次出现是唱着充满野性美的无拘无束的歌的："湖的那边又随着温润的东风，传出女人的歌声……歌声同时混合着刚健和袅娜，并不介意老年人的反感，愉快而又哀凉地随着大气的游移，扩散在香气馥郁的有着栗子味的原野里。"①这些刚烈勇武、泼辣大胆的东北妇女在其他地区是少见的，她们的身上浸染着东北的大野雄风的文化因子，同样体现出了阳刚之美。

第二节　疏阔勾勒的艺术笔法

东北流亡作家的创作总体上呈现一种疏阔勾勒的粗线条的笔法。东北流亡作家的创作中"文"的成分比较少。形成这种特点的原因主要是东北独特的地域文化决定了东北流亡作家粗线条的写作风格。粗犷的民风使得东北流亡作家相对地缺少细腻的心理描写。"东北自然环境的巨大、严酷，使人们难以像'江南可采莲，莲叶何田田'那样艺术化、审美化、细腻化地去对待和把握事物，难以养成细腻精致的心理和文化结构，而是带来和造成了心理感觉、文化风习中的粗疏、粗放与鄙陋。征服自然、从自然获食的生产生活方式——最基本的物质文化既然是粗放鄙陋的，那么在此基础上建构起来的精神文化，亦

---

① 端木蕻良：《大地的海》，载《端木蕻良文集》（第2卷），北京出版社，1999，第23—24页。

必然带有相应特征。"①

东北流亡作家的创作在总体上有着共同的特点。第一，文笔粗犷豪放，很少有细腻的心理描写，缺少细腻缜密的审美风格。第二，激烈的抗日斗争使作家没有时间精心地构思、巧妙地设计，他们在流亡的过程中急于写出自己的所见所闻，揭露日本侵略者的残暴罪行，歌颂东北人民英勇卓绝的反抗和斗争，唤醒人民的抗日热潮。刀光剑影、血雨腥风使得东北流亡作家的创作如同变换急速的图画，较少细腻的心理刻画，而多行动描写，用外在的行动揭示内心世界。他们急于发出抗战先声，还没有时间沉淀自己的生活，整理自己的思路。东北流亡作家在流亡中，急于发出自己的声音，因此，东北流亡作家的创作大部分是一种粗线条的创作。

东北流亡作家的作品更像速写或者像写意泼墨画。萧军、萧红、端木蕻良、白朗、李辉英等的作品都有这个特点。白朗说："我写了半辈子东西，全是'急就章'。"②茅盾评价李辉英的《万宝山》时说，作者缺乏深入的思考与观察。萧军也说《八月的乡村》是一枚"还嫌太愣的青杏"。对于萧红的《生死场》，鲁迅认为："却看见了五年以前，以及更早的哈尔滨。这自然还不过是略图，叙事和写景，胜于人物的描写，然而北方人民的对于生的坚强，对于死的挣扎，却往往已经力透纸背。"③鲁迅所说的"略图"正是指文笔粗犷的写意特点。胡风也指出萧红的《生死场》"对于题材的组织力不够，全篇显得是一些散漫的素描，感觉不到向着中心的发展，不能使读者得到应该能够得到的紧张的迫力"。胡风认为萧红在《生死场》中的那些缺点不但没有扬弃，反而在《呼兰河传》中发展到了极致。骆宾基的《边陲线上》出版以后，也有论者指出其"因为太着重了场面，有时未免显得

① 逄增玉：《黑土地文化与东北作家群》，湖南教育出版社，1995，第236页。
② 白莹：《白朗小传》，《辽宁师范学院学报》1983年第4期。
③ 鲁迅：《萧红作〈生死场〉序》。

冗烦。在结构上，还不免有点零乱"。舒群的小说《没有祖国的孩子》发表以后，亦同样被评论者认为"这篇短篇差不多是用电影上的Montage（蒙太奇）手法，把若干的'片段'，依照着主人公故事的发展线索，剪接成功的"[①]。

我们应该看到，东北流亡作家笔下往往是风云突变、急剧变化的生活场景。如果不用这种经典性的、强调时空构造中的焦点原则的批评话语来要求作品，那么东北流亡作家的这种写意法也是一种"特色"，这使作品的内容有了更大的张力和包容性。

东北流亡作家的疏阔勾勒的粗线条的笔法还表现在创作上的善于用最鲜明的特征概括人物形象，甚至人物特征就成为人物的名字，笔法简练粗犷。端木蕻良的《遥远的风沙》中有个"双尾蝎"，就是根据人物的特点而起名。"他把马一拨，盒子炮从腋底下伸出，往两边一抹，效果是和手提机关枪一样，然后单跨镫，向马肚子底下隐去……他逃走了！——而且能双手同时'上'两连子弹在两个枪膛里。将枪一同贴在肋下胯上的一段腰部，用虎口将子弹一逼，第二膛枪又充实了——这一门最毒，所以叫'双尾蝎'。"[②]萧军《第三代》中的"半截塔"概括了他的魁梧剽悍，还有"朱三麻子""汪大辫子""乐不够""胡椒粒"都概括了他们的特点。《八月的乡村》中的"铁鹰队长"这个绰号象征了人物的猛鸷和敏捷。还有"小红脸""刘大个子""百灵鸟""唐老疙瘩""郑七点"（因为脸上有麻子），他们的特点正如他们的名字。这正是写意手法的具体运用。

东北流亡作家的创作相对于其他地区的作家创作而言，他们不注重细腻的人物心理描写，东北流亡作家往往以行为、动作揭示人物心理，通过外在揭示人物内心世界，也就是中国传统的创作方法——以形写神。东北流亡作家创作了一幅幅写意风俗画。萧红的创作像一幅风俗画，她的创作很少细腻的人物心理描写和对话描写。在《生死

---

① 梅雨：《创作月评·没有祖国的孩子》，《文学》第6卷第5期。

② 端木蕻良：《端木蕻良小说选》，湖南人民出版社，1982，第66页。

场》的"奇异的感觉碎片中，融进了她的生命最耀眼的光泽"。

第三节　散文式叙述笔法

　　东北流亡作家在小说创作上呈现一种散文式叙述笔法。散文式叙述笔法是一种自由灵活的叙述笔法。故事情节左右并联式、前后穿插式展开，小说情节被淡化，被插补，被转折，被截取，因此，小说叙述具有跳跃的特点。东北流亡作家的散文式叙述笔法不像传统的小说那样具有序幕、开端、发展、高潮、结局、尾声这些完整的情节要素，有时不像传统的小说那样有线索贯穿整个作品。东北流亡作家的小说情节有时打乱了时间的界限，小说的情节不是按照过去、现在、将来的时间顺序展开，而是突出富有地域特点的情节片段，或者是富有地域特点的场面的凸显，这种特点在萧红、萧军、舒群、端木蕻良的创作中都有所表现，尤其是萧红的小说创作表现得最明显。

　　端木蕻良的《大江》在中部不断补叙铁岭的"过去"，不时用蒙太奇手法定格他的"现在"。他身在长江边上战斗，心却常常回到家乡大森林，回味那无拘无束的打猎生活。

　　试看萧红《小城三月》的结尾：

　　　　等我到春假回来，母亲还当我说："要是翠姨一定不愿意出嫁，那也是可以的，假如他们当我说。"
　　　　…………
　　　　翠姨坟头的草籽已经发芽了，一掀一掀地和土粘成了一片，坟头显出淡淡的青色，常常会有白色的山羊跑过。
　　　　这时城里的街巷，又装满了春天。
　　　　暖和的太阳，又转回来了。
　　　　街上有提着筐子卖蒲公英的了，也有卖小根蒜的了。更有些孩子他们按着时节去折了那刚发芽的柳条，正好可以拧成哨子，就含在嘴里满街地吹。声音有高有低，因为那哨子有粗有细。

大街小巷，到处呜呜呜，呜呜呜。好像春天是从他们的手里招待回来了似的。

但是这为期甚短，一转眼，吹哨子的不见了。

接着杨花飞起来了，榆钱飘满了一地。

在我的家乡那里，春天是快的，五天不出屋，树发芽了，再过五天不看树，树长叶了，再过五天，这树就像绿得使人不认识它了。使人想，这棵树，就是前天的那棵树吗？自己回答自己：当然是的。春天就像跑的那么快。好像人能够看见似的。春天从老远的地方跑来了，跑到这个地方只向人的耳朵吹一句小小的声音"我来了呵"，而后很快地就跑过去了。

春，好像它不知多么忙迫，好像无论什么地方都在招呼它，假若它晚到一刻，阳光会变色的，大地会干成石头，尤其是树木，那真是好像再多一刻工夫也不能忍耐。假若春天稍稍在什么地方流连了一下，就会误了不少的生命。

春天为什么它不早一点来，来到我们这城里多住一些日子，而后再慢慢地到另外的一个城里去，在另外一个城里也多住一些日子。

但那是不能的了，春天的命运就是这么短。

年轻的姑娘们，她们三两成双，坐着马车，去选择衣料去了，因为就要换春装了。她们热心地弄着剪刀，打着衣样，想装成自己心中想得出的那么好。她们白天黑夜地忙着，不久春装换起来了，只是不见载着翠姨的马车来。

这一段饱含着作者凄美情感内蕴的描写，使读者对翠姨爱情和身心的早逝产生难以平复的遗憾，取得了较强的审美效应。

另外，东北流亡作家的小说创作叙述视角具有多元化特点，其小说创作并不固定在单一的叙述视角，而是有多个叙述视角，叙述视角的转变比较自由灵活。

在萧红的《呼兰河传》中，并没有一个主要人物统领全篇，很少对单个人物进行深入细致的刻画，情节的要素并不完整。小说没有追随故事线索展开叙事，而是注重展现一个个情节片段，突出描写了东北的习俗场景，概括了呼兰河小城的地域特点、生活习俗，包括祭祀习俗、婚俗、饮食习惯等。萧红的《呼兰河传》则是关于"呼兰河"的"传"，即"呼兰河"才是小说的主人公。早在1976年，美国学者葛浩文在他的有开拓性价值的著作《萧红评传》中就精辟地指出："我们仔细分析的结果，这小说是整个呼兰县城的写照，呼兰县城才是全书的主角。"①杨义也指出，《呼兰河传》"是作家为自己生于斯、长于斯的呼兰河畔的乡镇作传的"，它不是为某个人作传，"而是为整个小城的人性风俗作传"②。

小说《呼兰河传》突出了跳大神、唱秧歌、放河灯、野台子戏等风俗。萧红的创作笔法显然和传统小说创作不同，萧红的创作没有把笔墨更多地用于深入细致的人物刻画，而是注重描绘东北的风俗场景，更有利于表现东北的地域特色。正如鲁迅在萧红的《生死场》的序中所写的："这自然还不过是略图，叙事和写景，胜于人物的描写，然而北方人民的对于生的坚强，对于死的挣扎，却往往已经力透纸背。"③萧红的创作正如茅盾评价的那样："也许有人会觉得《呼兰河传》不是一部小说。他们也许会这样说：没有贯串全书的线索，故事和人物都是零零碎碎，都是片段的，不是整个的有机体……要点不在

---

① ［美］葛浩文：《萧红评传》，北方文艺出版社，1985，第144页。

② 杨义：《中国现代小说史》（中卷），人民出版社，1998，第578页。

③ 王建中、白长青和董兴泉编《东北现代文学研究论文集》，辽宁大学出版社，1986，第33页。

《呼兰河传》不像是一部严格意义的小说，而在于它这'不像'之外，还有些别的东西——一些比'像'一部小说更为'诱人'的东西。它是一篇叙事诗，一幅多彩的风土画，一串凄婉的歌谣。"①美国作家史蒂文森曾说："写小说有三种方法：第一，或者你先把情节定了，再去找人物。第二，或者你先有了人物，然后去找于这人物的性格开展上必要的事件和局面来。第三，或者你先有了一定的氛围气，然后再去找出可以表现或实现这氛围气的行为和人物来。"②其实，第三种方法是最难也是最考验作家功力的。萧红正是基于一种现代文化氛围的审美感受，她要找到一个凝聚其"氛围气"的审美焦点，将那些"最美丽的杂乱无章"都编织在一个完整的艺术框架中。

东北流亡作家创作的散文式的叙述笔法是区别于其他地区作家创作的一个鲜明的特色。东北地域独具的文化、风土涵养了生于斯长于斯的作家们的艺术才能，他们在抗日救亡这一总主题下，在悲壮、豪放的总体风格中，把国难乡愁揭示得淋漓尽致，并各自进行着独具个性的艺术探索。萧军的粗犷、雄健与质朴，萧红的才情兼具和明丽与沉郁的融合，端木蕻良的奔放、剽悍而又忧郁、孤独，骆宾基的刚劲、强悍与苦涩、忧郁，舒群的清秀、圆润与朴素，罗烽的峭厉、沉冷与隽永，白朗的清婉与浓重的抒情色彩，无不显示了东北流亡作家的创作个性与风格。

---

① 茅盾：上海《文汇报》副刊《图书》1946年10月版，第17页。
② 郁达夫：《小说论》，载陈平原《中国小说叙事模式的转变》，上海人民出版社，1988，第6页。

第十一章　历史动荡中的滑稽

　　在抗日流亡的动荡生活中，东北流亡作家常把深刻的思想内容与强烈的诙谐效果融合在一起，以轻松的艺术形式表现了沉重深刻的社会内容，从而使作品具有了寓庄于谐的喜剧艺术特征。普希金认为高尚的喜剧往往是接近于悲剧的。卓别林表述过："我从伟大的人类悲剧出发，创造了自己的喜剧体系。"东北流亡文学产生喜剧效果的主要原因在于：用丑摧残美，或者丑总是以美的面目出现，极大地偏离了正常的道德尺度，虽极大地偏离了正常的道德尺度，却总要冒充正常。

　　在抗日战争这一特定的时代语境中，东北流亡作家第一次把在这片广袤的沉默的黑土地上形成的特有审美体验带入了中国的现代文学当中。罗烽的小说《出差》中有这样一段话："人生不过是一座广大的滑稽舞台罢了，谁不是喜剧中一个丑角呢？"

第一节　荒诞人生境遇中的悲喜剧

　　喜剧总是和荒诞的因素有关。基尔希曼认为，喜剧的基础始终是某些荒诞的行为。荒谬性在情节上具有明显的悖理逻辑。荒谬否定了理性，否定了客观规律。法国的加缪在《西西弗的神话》中指出："一旦世界失去幻想和光明，人就会觉得自己是陌路人。他就成为无所依托的流放者，因为他被剥夺了对失去的家乡的记忆，而且丧失了对未来世界的希望。这种人与他的生活之间的分离，演员与舞台之间的分离，真正构成荒谬感。"①

　　由于日本的大肆侵略，一切正常的生活秩序被颠倒了，社会畸形而扭曲，东北流亡作家生于斯长于斯的关东大地成为无理性的、不正常、异化的世界。于是，在东北这片土地上出现了许多荒诞的事情，从而导致东北流亡作家的创作中出现了许多荒诞的情节。端木蕻良的《科尔沁旗草原》的百姓因为天旱而求雨，由于人多势众，求雨的场面很壮观。"人们的头，都戴上绿莹莹的柳条圈，手里打着'风调雨顺''五风十雨''油然作云''沛然下雨'的小旗。小旗飞舞着，朱色的小龙好看地盘在各式各样的字上。"百姓头一天上龙潭，第二天游街。求雨的习俗是中国东北最地道的本土民俗化的东西。百姓求雨，向老丁家借云龙显圣的相片。可笑的是，中国特有的请神供奉的照片竟是日本照相馆拍的，云龙显圣的相片背面写的是"山本写真馆"。人们最信奉的中国民俗神像却是外国照的相片，这是一个很荒诞的情节，这是喜剧中的悖理。端木蕻良的《鹭鸶湖的忧郁》中十六岁的守豆秸的玛瑙反而帮偷豆秸的女孩偷豆秸，看青人反倒帮助"偷青贼"。两个矛盾对立的双方竟然统一起来。玛瑙第一次被偷青贼惊醒，发现偷青贼竟然是玛瑙贫病交加的父亲。父亲偷自己儿子的守护地，这个情节本身就是荒诞的。玛瑙第二次被偷青贼惊醒，发现偷青的竟然是一个稚小的女孩。小女孩的母亲和另一个看青人来宝说好了，以小女孩的身体作为报酬，换回一点豆秸。玛瑙被小女孩的命运打动了，竟然帮起小姑娘偷豆秸。端木的《火腿》叙写了战时一个专制火腿的小人物——魏小川，他视火腿为自己生命的一部分，但是，为了寻找职业，他不得不把仅有的他视为命根子的几个火腿作为礼物送人，但令他没有料到的是他的糊涂的太太竟在途中施行了"调包计"，致使他前功尽弃。作家在看似平淡的描写中，不露声色地揭露了国统区官场的黑暗。端木蕻良的《义卖》中的小流氓唐三

---

① [法] 加缪：《西西弗的神话》，杜小真译，生活·读书·新知三联书店，1987，第6页。

靠偷窃为生，当他偷得一支名贵的派克笔后，正逢热闹的"义卖"开始，他拿着偷来的东西堂皇地演说起来："我参加义卖，我们要救国。"当他得知他将无所得地失去这支偷来的派克笔时"全身都凉了"，他却仍然糊糊涂涂地获得了爱国小英雄的美名。作家在这滑稽荒诞的情节中，隐晦曲折地讥讽了所谓义卖的真实本质。

罗烽的《左医生之死》中，年仅二十六岁的左医生是谨小慎微的人，是"世界上最聪明的全人之一"，是一个安分守己的典型，他从来没有想错和做错一件事。按照正常的逻辑推理，医生是济世活人的人，靠活别人而活自己的人，仅仅懂得这一简单的人生哲学，便可以安然生存了，因此，左医生是一个为自己的生命上了保险的人。左医生的三叔是刑事科司法股股长，无论如何叔叔手里的屠刀绝不能放在侄儿的脖颈上的，他的三叔似乎为他的生命又上了一层保险。左医生似乎应该是最长寿的人和最有生命保证的人，但左医生为应付朋友的质疑，去询问三叔"匪"是否被处死，结果被他三叔当作"匪"的同伙给处死。这是很荒诞的情节：死本是一个陌生而遥远的字眼，但在殖民地却成为最时兴的和最轻易实现的东西。白朗的《生与死》中的"老伯母"本来是在敌伪监狱里看守犯人的，她出于最基本的人性需要，给女犯人送些棉衣、药品，最后竟成为犯人，被处以死刑。这种对立角色的关系逆转，是令人深思的。李辉英的《丰年》中，孙三只想做个安分守己的老百姓，他认为不帮义勇军打仗，横竖日本兵不能说你怎么样，他连家门一步都没有出，就已经成了罪犯。罗烽的《生意最好的时候》中，在所有的商业正在倒闭、被查封与不景气时，沈万清的铁匠炉因为生产枷锁而生意异常红火起来。由于生意繁忙，他的徒弟被一批又一批地累倒了，他又马上雇来另一批徒弟，于是就出现了荒诞的情节："他不能让'病倒'妨碍着他的生意！可是他不能不靠着'病倒'维持他的生意兴隆。"[1]最荒诞的是最后，沈万清竟然

---

① 罗烽：《罗烽文集》，春风文艺出版社，1983，第230页。

戴上了自己日夜不歇地打造的脚镣。罗烽的《一条军裤》中的杨石匠因为认领了一条本不属于自己的军裤而被枪杀。在这种荒诞的情节中，本质与现象是分裂的，动机与结果是相背离的。在日本侵略者的铁蹄下，什么荒诞的事都可能发生。在东北流亡作家创作的荒诞情节中，不再有对人肯定的审美快感，其实质是人的异化和局限性的表现。在荒诞的痛感里混杂着悲喜，荒诞中的喜的因素反而强化了悲的因素，让人在深思中体验到了更强烈的悲。正如法国荒诞戏剧家尤涅斯库所说的那样："喜剧作为荒诞的直觉在我看来比悲剧更令人绝望……在我看来，喜就是悲，而人的悲剧是可笑的。"[①]东北流亡作家正是以作品的荒诞性表现悲剧的主题。

第二节　否定型滑稽与肯定型滑稽

不协调和失衡往往容易产生滑稽感。由于日本的侵略，人民处于水深火热之中，生活的平衡被打乱，生活处于非常态之中，沦陷区出现了光怪陆离的现象，生活已经变得不协调，从而使人产生了不协调感。这种不平衡、不协调不是人为造成的，而是残酷的现实生活导致的，也就是由特定的生活场域造成的。

在理性的光芒照耀下，人们清楚地看到了种种畸形的东西和不伦不类的组合，它偏离了、低于了正常的历史尺度，于是畸形的怪异的东西就流向了滑稽。

一、否定型滑稽

车尔尼雪夫斯基认为丑是滑稽的根源和本质。李辉英的《丰年》

---

① 张容：《荒诞·怪异·离奇》，社会科学文献出版社，1995，第67页。

中，一个伪满兵和一个日本兵夜间闯入孙三家，想祸害妇女，在黑暗中被孙三的儿子庆祥痛打，开灯后，孙三看清了来人，怕惹事，吓坏了，这时敌兵反倒摆出了无上的威严，受害人孙三反倒变成了犯罪的。而且敌兵还理直气壮地说："干什么，来强奸，你能怎样！"①敌人炫耀这种丑行，不以为耻，反而自炫为美，这就产生了滑稽的效果，因为敌人的行为明显偏离了正常的伦理道德，显得异常低下，可笑的是敌人偏离了正常的伦理道德而不自知，敌人居然低下到缺乏做人最起码的常识，敌人的本质上的虚弱低下暴露无遗，而且敌人本质上的虚弱和低下已经达到了一种可笑的地步。喜剧艺术就要在倒错的形式中显示真实。美国心理学家浩林司瓦兹认为："可笑的事物都必有令人惊讶的成分。"日本鬼子的残忍已经达到令人发指的程度。

二、肯定型滑稽

这种类型的滑稽是以人的弱点和琐事为基础的。这时，自然因素优于精神因素，或者说主体的身体行为掩盖了其内涵和意义，主体的内涵和意义显得渺小和卑下，或者，主体迫于维持身体生存的需要，丧失了内涵和意义，人的自然本质处于突出的地位，作品就具有了滑稽性。端木蕻良的《科尔沁旗草原》中的张地户用猪还去年的亩捐，他赶着猪走到铁道边上，让日本兵看到了，好不容易逃回了家门，丢了猪，正在走投无路时，忽然发现丢失的猪正在家门口拱门槛呢，他趴在地上就给猪磕起头来。这种情景显得很滑稽，让人哭笑不得。新西兰皮丁顿在《笑的心理学》中认为："无论什么时候，滑稽情景的产生总是某一人物违反了社会契约的结果。"②张地户给猪磕头很显然

---

① 李辉英：《丰年》，载王培元编选《东北作家群小说选》，人民文学出版社，1992，第43页。

② 普罗普：《滑稽与笑的问题》，杜书瀛等译，辽宁教育出版社，1998，第65页。

是不符合社会规范的，已经失去了行为的合理性，但从另一方面也揭示了社会黑暗的现实，人的地位和价值已经不如动物了，人丧失了主体性地位。

由于不同民俗生活场域的人员的流动，其他民俗场域人员的习俗在另一个民俗场域往往很突兀，往往也被人看成笑料，甚至产生民俗冲突。"把一个人同周围的环境区分开来的任何特点或古怪之处，都能够使他变得可笑。""任何群体，不仅是整个民族那样的大群体，而且还有较小的和很小的群体，如一个城市、一个地区、一个村庄的居民，甚至一个班里的学生，都有某种不成文的法典，这种法典既包含道德的理想，也包含外在的理想，大家全都不自觉地遵守这一法典。对这种不成文的法典的破坏，也就被看作一种缺陷，而这种缺陷的发现，如同在其他情况下一样，就会引人发笑。这种破坏、不适宜或矛盾能够引人发笑的现象，早已被人注意到。"①普罗普认为："不只是他民族的大群体或小群体的人，就是本民族的人，如果他们与众人在某点上有明显差别，也会显得可笑。每一个民族和每一个时代都有它自己的风俗习惯和外部日常生活的规范。"②卓别林认为滑稽可笑的重要经验之一是敢于冒犯尊严。

第三节　对于丑的绝妙讽刺

讽刺所反映的对象是社会生活中的否定现象。普罗普认为："物理因素掩盖了精神因素，从而突然暴露出直到那时还隐蔽着的某些缺

---

① 普罗普：《滑稽与笑的问题》，杜书瀛等译，辽宁教育出版社，1998，第44—45页。

② 普罗普：《滑稽与笑的问题》，杜书瀛等译，辽宁教育出版社，1998，第47页。

点时，笑就会发生。笑有着嘲笑的性质。"①罗烽的小说《到别墅去》中的商务会长王宾清有钱有势，他具有一定的优越感，在富商云集的公馆里自命不凡地说着自己的观点。"得得，老兄，你未免过甚其词，而且未免……""吓，未免吹毛求屁（疵）啦。"实信储蓄会李会长哈哈大笑起来，许多宾客竟然莫名其妙地看着他。王宾清隐蔽着的无知突然暴露在众人面前，引起了意识到他的缺陷的人的嘲笑，而众人的无知也暴露无遗，显得更加可笑。这些商客胸无点墨，像行尸走肉一样，沦为一种机械性的存在，由高贵的有思想的人沦为无思想的生理的动物性的存在。在国难危急时刻，这些人没有任何危机感。这些人的动物性的物理存在因素如此突出，掩盖了他们的精神存在，这种描写就具有了嘲笑的性质，同时具有了鲜明的讽刺性。

　　东北流亡作家对东北陋俗、丑恶现象是批判的、讽刺的。萧红揭示了在生死场中备受煎熬的人们，尤其是女人们已经失去了灵魂，变成了一种动物性的存在："在乡村，永久不晓得，永久体验不到灵魂，只有物质来充实她们。"②萧红的《呼兰河传》中人们为了给吃瘟猪肉一个理由，就把瘟猪肉放到泥坑里。"若没有这泥坑子，可怎么吃瘟猪肉呢？吃是可以吃的，但是可怎么说法呢？真正说是吃瘟猪肉，岂不太不卫生了吗？有这泥坑子可就好办，可以使瘟猪肉变成淹猪，居民们买起肉来，第一经济，第二也不算什么不卫生。"③萧红讽刺了这种寻找借口、自欺欺人的可笑做法。萧红辛辣地讽刺了跳大神的陋俗："老胡家跳神跳得花样翻新，是自古也没有这样跳的，打破了跳神的纪录了，给跳神开了一个新纪元。若不去看看，耳目因此是会闭塞了的。当地没有报纸，不能记录这桩盛事……呼兰河这地方，尽管奇才很多，但到底太闭塞，竟不会办一张报纸，以至于把当地的

---

① 普罗普：《滑稽与笑的问题》，杜书瀛等译，辽宁教育出版社，1998，第26页。

② 李威主编《萧红经典》，京华出版社，2001，第29页。

③ 李威主编《萧红经典》，京华出版社，2001，第103页。

奇闻妙事都没有记载，任它风散了。"那些患瘫病的人不能看老胡家跳大神，"真是一生的不幸"①。萧红讽刺了男人打女人的陋习："可见男人打女人是天理应该，神鬼齐一。怪不得那娘娘庙里的娘娘特别温顺，原来是常常挨打的缘故。可见温顺也不是怎么优良的天性，而是被打的结果，甚或是招打的缘由。"②萧红还讽刺了人的拜金观念。七月十五日是个鬼节，呼兰河上放河灯，人们用灯照亮从阴间到阳间的路，帮助死去的冤魂恶鬼托生。这一夜托生的孩子不受欢迎，只好改生日。"不过若是财产丰富的，也就没有多大关系，嫁是可以嫁过去的，虽然就是一个恶鬼，有了钱大概也不怎么恶了……若是有钱的寡妇的独生女，又当别论，因为娶这姑娘可以有一份财产在那里晃来晃去，就是娶了而带不过财产来，先说那一份妆奁也是少不了的。假说女子就是一个恶鬼的化身，但那也不要紧。"③

　　李辉英在《这里是上海》中讽刺有钱人由于奢侈糜烂的生活，得了"风流病"。"这病说起来不是也很好听吗。叫什么——啊，叫什么'风流症'吧？不还有一个时髦的名字，不是你们也知道吗，叫作'文明病'的？到底是文明人才长得出'文明病'，我们高攀不来。单只说我们的衣着就离开'文明'两字远得很呢。"④"一个人要是'为活着而活着'，不用说，监狱变成了一座最合理的、最佳妙的寄托人生的场所，然而，起码人的欲求比一头猪栏里的肥猪，贪恋着一条泥泞沟还要高些吧。"⑤骆宾基的小说《乡亲——康天刚》中，康天刚访山寻参，十七年没寻到山参，按照当地的民俗，人们已经认定康天刚是挖人参的克星了，康天刚也默认了自己是挖参的克星，但当他决定跳崖时，峰回路转，他居然发现了一棵千年老参。李辉英的《丰年》

---

① 李威主编《萧红经典》，京华出版社，2001，第210页—第211页。

② 李威主编《萧红经典》，京华出版社，2001，第140页。

③ 李威主编《萧红经典》，京华出版社，2001，第125页。

④ 马蹄疾编《李辉英散文选集》，百花文艺出版社，1986，第16页。

⑤ 罗烽：《狱》，载王培元编选《东北作家群小说选》，人民文学出版社，1992，第225页。

中，"关帝庙全部炸毁了，被炸断了一只肩膀的悟空和尚，压在零碎的瓦砾中，还不住地念着'阿弥陀佛'，随后，又一颗炸弹炸上他的身子，全身分了家，他才把灵魂游上了天国，不在人世上念那句大典了"①。在残酷的战争面前，宗教是如此苍白无力，作者讽刺了悟空和尚的愚钝。

试看林珏的《登场》开头的景物描写："冷雾退尽了。朝霞像是红澄的彩带，抹在沉寂了一整年的大烟囱上。麻雀在马路上游行，一只吃惯了人肉的旅狗从杏树底下钻出来，又钻进柳树的空隙去。"作者在首先简练地交代了故事发生的时间之后，抓住清晨时麻雀落满街头、在市区悠然迈步的场景，朴素地加以描绘，这不但把号称"东方小巴黎"的北方名城哈尔滨的凋敝、荒凉景象极其巧妙地渲染给读者，又把这个禽兽的世界形象地展现给人们。作者接着写教育局局长带着苍白的脸色"箭一般"溜进督办公署、督办用他那"筛箩的步子"走进公署时，再回过头来品味一下作者对"吃惯了人肉"的疯狗"从杏树底下钻出来，又钻进柳树的空隙去"的描写，一定会忍俊不禁，为作者的妙笔所叹服。作者刻画教育局局长、财务局局长等伪官员在武装警察的保护下，心惊肉跳地来到督办公署上班时的惶恐与不安，从中，我们不难窥见作者对统治者强烈的憎恨和辛辣的嘲讽。

第四节　逼仄生存境遇下的变形与异化

东北流亡作家善于用动物比拟作品中的人物，这是一个非常突出的现象。生活的极端恶劣使人异化。作品中的人物往往都异化为非人，异化为动物，或者说人沦落为动物，人物形象变形为动物的形象。"把人称为某种动物，不论在生活中还是在文学中，都是最常见

---

① 李辉英：《丰年》，载王培元编选《东北作家群小说选》，人民文学出版社，1992，第64页。

的滑稽的骂人形式。"①在东北独特的生活场域中，东北流亡作家使用最多的修辞方法是比喻，使用最多的喻体是动物，所有人的生存都降低到了动物的水平，这样导致了作品中人物形象的变形。

东北流亡作家善于用动物描述人、比拟人。在萧红、萧军、罗烽的笔下，这种现象更加突出。在萧军的笔下，人们的眉毛像两条不蠕动的毛虫；人们像灰色的田鼠；人像青蛙一般饮着水。当李七嫂受伤时，嘴虽然张动，但是没有声音，活似一条失掉水的鱼。王三东家和他的老婆像两只刮掉毛绒的肥猪崽。队伍走起来，是一条固执的蛇，长长地拖着尾巴。老八像条夏天的狗样慵懒，伸着懒腰爬向田里去。宋七月像一只蜘蛛。汪大辫子完全是一只失了触须和甲壳的龙虾，一条失了母水的泥鳅。汪大辫子和妻子的聪明竟走起来，只是一只蹩脚的龟，老婆却是一只灵敏的兔子。警官是刁巧的狼。杨洛中狼似的露着长长的牙齿。井泉龙闪着光亮脱了毛的鹭鸟似的脑袋。女人们只是生孩子、喂孩子的猪、母狗。人糊涂得像酱缸里的蛆虫。在萧红的《生死场》中，"麻面婆是一只母熊，让麻面婆说话，就像让猪说话一样"②。在萧红的笔下，人们像马一样喝水，脸孔和马脸一样长，人像微点的爬虫，像猫头鹰，像瘦鱼，像生病的猫。《生死场》中《刑罚的日子》一章中写到女人的生产："她开始不能坐稳，她把席子卷起来，在草地上爬行。""光着身子的女人，和一条鱼似的，她爬在那里。""赤身的女人，她一点也不能爬动，她不能为生死再挣扎最后的一刻。"由此我们不难发现女性生不如死、令人窒息的生存境遇。

在骆宾基的笔下，作品人物可以像甲虫，像饥狼，像灯蛾，像蝼蛄，像笨熊，像疯狗，像蚯蚓，等等。在萧军的笔下，人像失了洞穴的耗子，在院子里到处慌乱地穿跑。罗烽反复用苍蝇描写商客。"所有高贵的宾客，都忘了自己的身份，也来不及充分思索怎样表情，就

---

① 普罗普：《滑稽与笑的问题》，杜书瀛等译，辽宁教育出版社，1998，第50页。

② 萧红：《生死场》，中国文联出版社，2005，第120页。

像一窝苍蝇寻着一摊鼻涕似的，拥到长几的前面。"①"听了这话的宾客们，又像一窝苍蝇寻着一摊鼻涕似的把唐处长围上了。"②《混沌初开》中韩四婶的丈夫有着一双黄牛样的眼睛。人的脚指头像红虫子一样蠕动。俄国孩子的眼睛像山羊。袁家宝有一双猢狲的眼睛。在端木蕻良的《遥远的风沙》中，双尾蝎简直就是一条蜈蚣虫。用动物描述人成为东北流亡作家的一个鲜明的特征。

把人描写为动物产生了一种喜剧效果。我们笑动物是因为它们使我们想起人。"只有那些具有类似人的否定性品质的动物，才适用于幽默的和讽刺的比拟。把人称为某种动物，不论在生活中还是在文学中，都是最常见的滑稽的骂人的形式。猪、驴、骆驼、喜鹊、蛇等等，都是能够引人发笑的常见的骂人话。这里可以产生各种各样的突然的联想。"③

在东北流亡作家的笔下，物也像动物。在萧军的笔下，房子全部在坑里面，像懒惰的狗缩睡在狗巢里。骆宾基的《边陲线上》中："树枝搭盖的蒙古包式的矮屋，四散在沟壑间，沐浴着月光，像是巨熊的尸体。"把物描写为人也能产生喜剧效果。"基尔希曼认为，为了使一件物品变得可笑，人就应该借助想象把它变成一个生物。'无生命的东西，只有当想象赋予它生命和个性时，才能变得可笑。'"④

东北流亡作家把人变形为动物这种创作方式和残酷的现实是分不开的。在沦陷的东北，在死亡线上挣扎的东北人过着猪狗不如的生活，人们生不如死，没有了人的尊严，只能像动物一样苟活着。因此，东北流亡作家笔下的人物往往都是动物的形象，人物形象已经变形为动物。东北流亡作家不是有意为了寻找噱头，把人比拟成动物，

---

① 罗烽：《罗烽文集》，春风文艺出版社，1983，第43页。

② 罗烽：《罗烽文集》，春风文艺出版社，1983，第59页。

③ 普罗普：《滑稽与笑的问题》，杜书瀛等译，辽宁教育出版社，1998，第50页。

④ 普罗普：《滑稽与笑的问题》，杜书瀛等译，辽宁教育出版社，1998，第32页。

而是由于东北流亡作家采用现实主义的创作方法，把东北特定生活场域的最严酷的现实揭示了出来。小说中的人物已经没有了人的尊严，人已经异化为非人。

人物形象变形的背后是人的价值和尊严的丧失，人的价值甚至不如物的价值，这在东北流亡作家的小说中也有揭示。在萧红的《生死场》中，当金枝由于有心事误摘了青柿子时，金枝的母亲暴怒地踢打金枝，金枝被打得鼻子都流血了。萧红写道："母亲一向是这样，很爱护女儿，可是当女儿败坏了菜棵，母亲便去爱护菜棵了。农家无论是菜棵，或是一株茅草也要超过人的价值。"①萧红的《生死场》中王婆忙于收麦子，她的三岁的女儿从麦垛上掉到犁铧上撞死了，王婆和别人说："我把她丢到草堆上，血尽是向草堆上流哇！她的小手颤颤着，血在冒着气从鼻子流出，从嘴也流出，好像喉管被切断了……你们以为我会暴跳着哭吧？我会号叫吧？起先我心也觉得发颤，可是我一看见麦田在我眼前时，我一点都不后悔，我一滴眼泪都没有淌下。"②王婆在残酷的生活面前，最伟大的母爱已经变得麻木了，人的生命价值已经低于物的价值。金枝误摘了青柿子，她的母亲就把她踢打得鲜血直流，在母亲的眼里，青菜的价值要比人的价值重要得多。马克思的异化理论揭示了人异化为物，东北人民的处境比马克思指出的人的悲惨处境更为凄惨，人不如物。东北流亡文学的创作，"有人生的思考，更有民族的忧患和社会的悲愤。这是热切的民族和社会的使命感受到阴凄黯淡、卑庸污浊的环境抑制和压抑时的一种冷嘲，一种心理反拨"③。

---

① 李威主编《萧红经典》，京华出版社，2004，第20页。
② 李威主编《萧红经典》，京华出版社，2004，第7—8页。
③ 杨义：《中国现代小说史》，人民出版社，1989，第311页。

结　语

　　东北流亡文学的创作是东北流亡作家在经历了亡国之痛后的一种文学的自觉。东北流亡作家是在特定历史文化语境下自觉形成的文学创作群体。1947年，蓝海（田仲济）先生在《中国抗战文艺史》中第一次提出了"东北流亡作家"的概念，沿用至今。王瑶先生的《中国新文学史稿》（1951年）中，在论及20世纪30年代的小说创作时，首次开辟"东北流亡作家"一栏，标志着对东北流亡作家研究的进一步深化。关于东北流亡作家是否可以称为"流派"仍有争议。白长青认为东北流亡作家由于时空上的断续分散，缺乏有机联系及以后创作的流变与转换，因而"这是一个不够典型、不够完善的文学流派"。王培元《对东北作家群小说创作的再认识》一文中，亦认为东北流亡作家是一个生成中而又未最终完成的流派。严家炎则从中国现代小说流派史的角度出发，认为东北流亡作家及其创作，属于现代小说史上的"准流派"。应当说，虽然东北流亡作家没有统一的文学纲领、相对固定的文艺刊物作为阵地，但是国难乡愁始终是他们创作的底色。东北流亡作家饱尝国破家亡之痛，深受颠沛流离之苦，他们最先以一种强烈的爱憎交织的群体意识和饱蘸血泪的文字，书写东北的灾难以及东北人的觉醒与抗争，他们心头郁结着悲苦怨愤要倾吐，内心的怀乡情绪便自然而然地流溢于字里行间。他们的歌哭与呐喊也成为抗战文学的先声。正是他们，在中国的文化史上，第一次把在当时东北这块大地上、在日本侵略军的铁蹄下形成的独立的生活体验、社会体验和精神体验带入到整个中国文化中来，成了整个中国现代文化的一个有机组成部分。从此之后，中国文化、中国文学才不仅仅是关内的文化、关内的文学，而是关内文化和关外文化的综合体。

东北流亡文学的创作是"根植于黑土地的异乡之花"。独特的地理历史人文环境，使东北具有不同于关内的地域文化特点，这不仅体现在原始的旷野、寥廓的草原、苍莽的山林、浩荡的江河和酷烈的寒冬等自然环境，更在于雄强、粗犷、剽悍、刚直、豪爽、大气等文化精神和人格精神的形成。这必然会给生于斯长于斯的东北流亡作家的创作以潜在影响，他们的作品也必然会浸透着东北地域文化的因子和内蕴，有着东北这片神奇的黑土地所赋予的气息与血脉。这具体表现在：其一，东北流亡作家笔下的人物形象无论是抗日民众群像，还是带有英雄主义色彩的胡子形象，无论是具有野性美的东北女性，还是有家不能回的流亡者，他们大都受到浓郁的东北地域文化的浸染，在国难家仇的历史背景下，昭示着我们中华民族潜藏着不可战胜的精神能量。而没落的满洲土著，闯关东而来的山东移民，跨过图们江的朝鲜移民，苏联教师、苏联贫民、流亡的白俄贵族、白俄苦力、传教士等，他们的共处与交融构成了东北流亡文学独特的文化与人生景观。其二，东北流亡文学作品中融入了大量的民俗生活相，包括跳大神、唱秧歌、放河灯、野台子戏、四月十八娘娘庙大会等等，可以说，东北民俗生活场域对东北流亡作家的创作产生了共时性的影响。这是一种文化乡愁，这也是一种"精神在场"。其三，东北流亡作家的带有浓郁乡土气息和地域特色的语言运用，给他们的创作增添了野性、明丽与新鲜。其四，东北流亡文学的创作在总体风格上表现出一种阳刚之美，一种"力的美"。在创作艺术手法上也呈现出一种疏阔勾勒的粗线条的笔法。在艺术追求上，东北流亡作家也在不断地寻求突破，尤其是在抗战中后期的创作上，体现出一种有意味的形式，如萧红、端木蕻良、骆宾基等。

总体观之，东北流亡文学是东北流亡作家融入生命的创作结晶，是浓缩九一八事变后苦难东北的时代侧影，它饱含血泪，情透纸背，是那个特殊年代的岁月回声，必将以其难以混同的时代风貌，永驻中国现代文学的丹青史册！

后 记

　　展卷重读萧军、萧红、端木蕻良、骆宾基、李辉英、罗烽、白朗等东北流亡作家的"十四年抗战"文学作品，尤其是将其置于东北地域文化的视域中，纳入世界反法西斯战争和世界文学的大背景下来考察，我们会发现中国的抗战文学，不但因这些作家作品而开启，而且他们的创作表现了当时未曾有过的新的题材、主题、人物、精神体验和审美风范。这不仅传达了社会和时代的普遍需要，而且引起了强烈的情感共鸣，由此，东北流亡作家及其相关作品，从边缘走向中心，使人们注目于东北这片热土以及生活在土地上的人民。

　　本书完稿之际，我心中涌荡的不是如释重负的快慰，而是一种诚惶诚恐的忧思感喟。由于自己的能力所限，总是感觉有些问题没有充分展开、论述深刻，有一种"未完成"感。

　　对于东北流亡文学创作的研究，从20世纪30年代至今已经取得了丰硕的成果。有的学者对于东北流亡文学的创作主体——东北流亡作家进行整体概述、综合研究，如王富仁的《三十年代左翼文学·东北作家群》、白长青的《论东北流亡作家群的创作特色》、王培元的《对东北作家群小说创作的再认识》等。也有从空间理论角度研究的，沈卫威认为，十四年东北流亡文学的态势呈四大板块有机整合，共同营构起一个文学的独特的"状态空间"，这是立体的具有层次性和自身调节机制的类似"冰山"的完形。为抗日救亡而呐喊、擂鼓的"抗日文学"只是"冰山"的水上部分，体现着东北流亡文学的显现

198

性特征。对东北民族历史文化反思、寻根的"怀乡文学"是"冰山"的水下部分，体现着东北流亡文学的潜隐性特征。而向延安文艺认同的"工农兵文学"和诞生于抗战后期的"讽刺文学"只是环绕"冰山"的海水。前两种文学完全隶属东北流亡作家，是他们对中国现代文学的独特贡献，是任何非东北流亡作家所无法提供的。后两种文学随政治气候变化，如在自然气候的作用下"冰山"的部分融于海水一般，汇入解放区的"延安文艺"和国统区的"讽刺文学"之中，失去其自主性和独立性。也可以从时间（1931年—1945年）维度进行脉络梳理。如沈卫威将东北流亡作家划分为六个时期：（1）孕育期：时间为1931年以前，空间主要为东北，尤其是在哈尔滨萌生的东北左翼文艺运动。（2）降生期：1931年—1935年。（3）崛起期：1936年—1937年。（4）融合期：1938年—1940年。（5）分化期：1941年—1945年。（6）回归与解体期：抗战胜利。也有从地域文化角度研究的，如逢增玉的《黑土地文化与东北作家群》等，也可以进行比较分析，如将东北沦陷时期的乡土文学与关内乡土文学加以比较。也可以进行文本研究，既可以整体宏观把握，也可以进行个案分析。总之，对于东北流亡文学的创作还有很多问题值得我们进一步研究。

最后，感谢阎丽杰教授抱病参与撰写本书的第五章、第六章、第七章、第十章、第十一章。感谢辽东学院的谢淑玲教授提供相关资料及研究成果，感谢辽宁大学的王春荣教授、吴玉杰教授给予我的帮助和关爱，还要感谢春风文艺出版社的编辑姚宏越给予我的支持与鼓励。

姚　韫